III
Unnamed Memory
アンネームドメモリー
-after the end-
古宮九時
illust. chibi
JN061433

「今度は何の用？
あの面倒事は
片付いたの？」
「片付いてないです。
別の呪具は別のところで

一つ見つけて
壊したんですけどね。
人を強制的に好きに
なるってやつ。
ほんと意味が
分からない……
反省して欲しい……」
「何それ。
面白いじゃない。
詳しく聞かせなさいよ」

Contents

幸福な街 009

1. 家族 010

2. 継承破棄 136

3. 青の議場 202

4. 幕引き 212

Void 219

5. 荒野の城 220

6. 喪失を贖う 264

7. 白姫の腕 276

8. 区切られた空 290

9. 王の器 298

10. 夢の果て 404

あとがき 420

章外：月光 422

Unnamed Memory

アンネームドメモリー

-after the end-

III

古宮九時

illust. chibi

characters

＜逸脱者＞

オスカー
人より変質した逸脱者。
魔女ティナーシャと結婚した
王としても知られている。

ティナーシャ
人より変質した逸脱者。
大陸最強の青き月の魔女で
契約者のオスカーに嫁いだ。

＜無所属＞

ロツィ
孤児の兄弟の兄。
父と姉を探すため、オスカー
に剣を教えてくれるよう願う。

ファラース
孤児の兄弟の弟。
明るく好奇心旺盛な少年。
料理と剣を逸脱者から習う。

ノノラ
ロツィたちの血の繋がらない姉。
盗掘屋である父たちを捜索中
行方不明になった。

＜リサイ＞

ルース
リサイ国の末の庶子王子。
王である兄に疎まれ、荒野の
ウィリディス城に放逐された。

ラノマ
ルースに仕える剣士。
主人の才能を見抜いて
上を目指すようけしかける。

ヴァーノン
ルースに古くから仕える剣士。
真面目な性格で周囲の
奔放さに手を焼いている。

ネズ
ウィリディス城に属する学者。
井戸計画や荒野の緑化を
一手に引き受けている。

リグ
ルースと共に育った黒豹。
主人の影として
常に付き従う。

＜ノイディア＞

シェライーデ
ノイディア国の神職の娘。
ルースに祖国奪還を願って
協力する。

エナ
シェライーデと魔法的な繋が
りを持つ少女。
主人と祖国奪還に挑む。

タウトス
シェライーデの護衛。
神職である彼女の御目付役
でもある剣士。

Unnamed Memory

～Unnamed Memory 大陸地図～

魔法大陸共通歴2066年

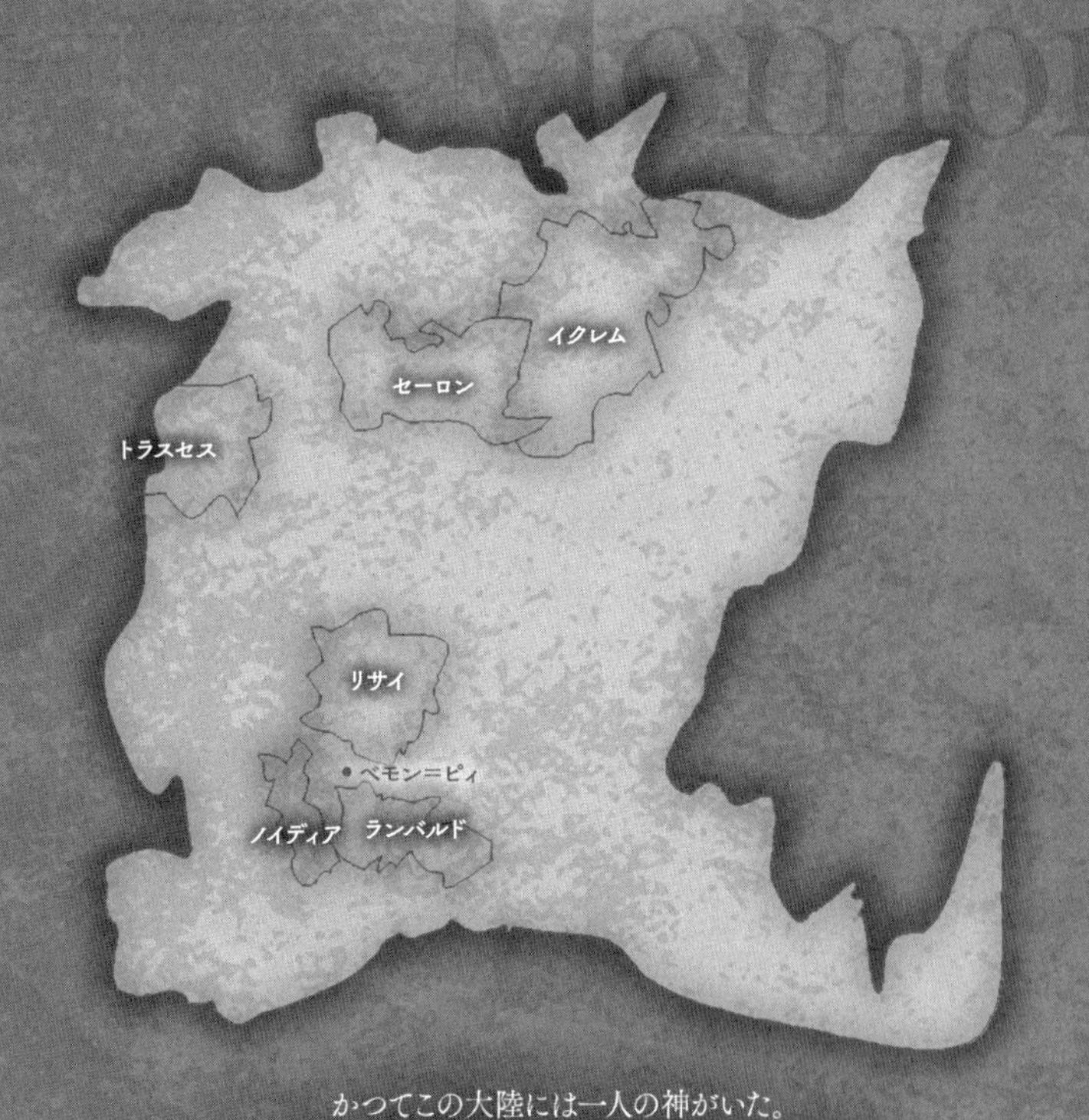

かつてこの大陸には一人の神がいた。
人々をその力で統治し、彼らに崇められていたディテル神。
彼はある日、人の中から優れた王や強靭な戦士、
信仰の篤い魔法士たちを選び出し、彼らに命じた。
「人を束ね、守り、彼らの為に戦え」と。
与えられた神具は血と共に受け継がれ、けれど今は歴史の騒乱の中に消え去った。

神の国ケレスメンティアが滅び、神代の遺産が清算され
人の歴史は新たに紡がれる。
神も楔もない大地に魔法はない。
ただそれでも、人は人の意志で歩んでいく。

幸福な街
-2064年-

1. 家族

遥か昔に地中深くに埋没した遺跡。

砂に埋もれていたその最奥の扉を掘り起こすのに、三時間かかった。二人の男は興奮を隠せず顔を見合わせる。

「ここが神具のあるっていう部屋か……」

「けど、神具の安置場所の扉には、ディテル神話の壁画が刻まれてるって話だろ。この扉にはそれがないじゃないか」

二人が掘り出した扉の表面には、びっしりと魔法紋様らしきものが彫られているが、文字と思しきそれは初めて見る意味の分からないものばかりだ。

盗掘屋である彼らが一年ほど前に偶然見つけた廃棄資料に、この遺跡のことが書かれていた——それから彼らなりに散々調べて、幸運にも恵まれ、ようやくこの遺跡に辿りついた。

遥か昔、ディテル神が十二人の選出者に授けたという神具は、今はもう失われて久しいと聞くが、ここにはその一つがあるという。男の一人は、扉に手をかけた。

「まあいいさ。開けてみりゃ分かる。本当に神具なんてものがありゃ、すごい金になるぞ」

「で、でも、大丈夫かな。『決して触るな』って書いてあっただろ」

彼らが見つけた廃棄資料にはそうあったのだ。『あの神具に触れてはならない。あの神具を動かしてはならない。万が一不測の事態が起きた時は、神の国の女皇に助けを求めること』と。

なかなか物々しい記述の上、神の国ケレスメンティアは既に滅亡しており、神の代行者たる女皇の血も国と共に絶えた。つまり何か起きてもどうにもできない。彼らが廃棄資料を見つけなければ、この遺跡は誰からも忘れ去られ、地中で朽ちていくだけであっただろう。

そんな遺跡を人知れず、少しずつ時間をかけて進んできたのだ。

「ここで退き返すなんて選択肢はないさ。ガリバリのやつがおれたちの動きを嗅ぎまわってる。もたもたしてたらまた横からかっさらわれちまうぞ」

男は扉にかけた手に力を込める。

「それに——金が入りゃ子供たちにも充分に食わせてやれる」

その言葉を聞いて、もう一人の男の目にも決心が宿った。二人は砂で軋む扉をゆっくりと開けていく。そして暗い中をランタンで照らしながら踏み入った。

「何だこりゃ」

小さな部屋の中央。そこには人の腰ほどの高さの四角い石柱が置かれており、それを挟むように左右に二つの玉座がある。

けれどそれより二人を驚かせたのは、玉座の片方に座る白骨死体の方で——

死体の胸には、真白い槍が深々と刺さっていた。

※

「こっちの大陸もかなり情勢緩和したって話ですけど、まだまだ荒れてる地域も多いですね」

街道近くにある街は、戦火の爪痕をあちこちに色濃く残していた。

崩れかけた建物は珍しくもなく、その壁には焼け焦げた跡が残っている。通りの石畳はぼろぼろで、むき出しになった土の中には石片や硝子の欠片が多く埋まっていた。

人通りはほとんどなく、ただ建物の中や路地の陰から複数の視線を感じる。余所者を用心しているのだろう。この街は少し前にも戦場になったばかりだという。物々しい空気も無理はない。

旅装用のローブを目深に羽織った女は、けれどそんな雰囲気をまったく気にせず辺りを見回す。フードからはみ出た長い髪は漆黒で、すらっと高い鼻筋と小さな唇は彼女の美貌を容易に想像させる。隣を行く男が苦笑した。

「それでも安定した国は増えたと思うぞ。俺たちが前にこっちで呪具の本を燃やした時から百年くらい経ったか？　それまで二千年近く暗黒時代みたいだったことを考えると相当な変化だ」

長身の男もまた旅装姿だ。端整な顔立ちに均整の取れた体は、身に染みついた品の良さを漂わせている。そんな彼は剣を佩いてはいるが、防具の類は身に着けていない。旅人だから軽装優先というより、単に腕に自信があるからだ。見る人間が見れば、歩き方からして男の実力が相当のものだと分かる。

そしてそれ以上に、彼らの会話が聞こえれば尋常な人間ではないと察するはずだ。

百年は、人間の寿命を軽く超えている。それだけの年月を生きられるのは人外か、もしくは強力な魔法士だけだ。どちらかと言えば前者の二人は、今いる大陸より西の魔法大陸の出身者で、事情を知る者たちからは「逸脱者」と呼ばれている。

かつては人間であり、その生において世界外から来た呪具を破壊し変質した夫婦。今は「この世界の呪具」として、世界外の呪具を排除するために戦う彼らは、不老と転生という権能を与えられている。戦闘巧者でもある彼らはだから、よほどのことがなければ死ぬこともない。

初めてこの大陸を訪れてから百年、二人は再びここで世界外から来た外部呪具を探そうとしているのだ。現状、五つを破壊して残りは七つ。いずれも魔法法則外で動く、観察や実験を主目的にした代物だ。

「ティナーシャ、前を見て歩け」

女が躓（つまず）いて転びそうになるのを、隣から夫が支える。道にいくつも空いている穴に引っかかったのだ。ティナーシャと呼ばれた女は「すみません」と謝ると、視界の狭さを厭（いと）ってフードを下ろした。その下から現れたものは、二十歳ほどに見える傾国の美女だ。

闇色の大きな瞳は、人には見えぬものを見抜くかのように力に満ちている。一分の狂いもないほどに整った造作は芸術品よりも作り物めいて、ただ美しい。

彼女は目を細めて雲一つない白日を見上げる。

「でも皮肉なものですね。今まで何度か起きていた大戦では、『神の国』と言われていたケレスメンティアが参戦国の間を回って沈静化に動いていたそうじゃないですか。なのに、いざそのケレスメンティアが滅んでから大陸情勢が安定するって、報われないというか」

「ケレスメンティアか。俺たちがこっちの大陸を離れてから数年で滅んだらしいな。ずいぶん突然の滅亡だったという話だが。お前は以前来た時、ケレスメンティアの女皇に会ったんだろう？」

「会いましたよ。十代半ばの若い女皇でしたけど、ちょっと不思議な感じの人でしたね。達観ぎみというかこの大陸そのものの諦観を纏っているというか。あの当時、大陸全土にそういう感じがありましたよね、オスカー」

「まあ、そうだな。百年前はそういう空気があったな。今はそうでもないが」

荒れた大陸に漂っていた諦観はいつの間にかすっかり消え失せている。今この大陸にあるのは、何かになろうと動いていく熱だ。

そんな熱を帯びた大陸では、既に「安定した強国」として固まりきっている場所もあれば、人々の利害や信条によって衝突が起き続けている場所もある。今二人がいる街もそんな地域の一つで、国になろうとしつつ、けれどそれを先導できる能力のある者がいない。足掻いているうちに潰し合いが起き、近隣国からの武力侵攻を受ける。それを何とか跳ね返しても、今度は自勢力を安定させるための力が不足し……の繰り返しだ。

「泥沼情勢からいち早く抜け出せた勢力は優位に、それができなかったところは搾取される側に、という感じか。そのあたりは魔法大陸が辿ってきた歴史と一緒だな」

「暗黒時代の終わり頃がそんな感じでしたからね。一度ぐちゃぐちゃになっちゃった状況から国を作るって、やっぱり大変ですよ」

しみじみとしたティナーシャの声音は実感がこもったもので、夫のオスカーは興味を駆られる。

「お前は建国に関わったことがあるのか？」

四百年以上も昔、彼女は魔法大陸最強の魔女だったのだ。どこの国でもない荒野に塔を建て、その最上階に棲んでいた。そして試練ばかりの塔を登りきれた達成者には、魔女の力で願いを一つ叶えると謳っていたのだ。オスカー自身も、達成者となって彼女を塔から下ろしたのだが、彼以前にも達成者はいたはずだ。そんな夫の疑問に、ティナーシャはくすりと笑う。

「一度だけありますよ。暗黒時代に。ただ建国はできたんですけど、長続きはしなかったですね。滅びた頃にはもう私は塔に戻ってたんで、後から聞いた話ですけど」

闇色の瞳に懐古の色は薄い。それは彼女にとってあまりにも遠い記憶なのだろう。

逸脱者となった二人は、時間遡行の呪具に記録されていた無数の消滅史の記憶も汲み出すことができる。エルテリアが使われる度に無自覚のまま繰り返していた彼ら自身の生は膨大で、特に魔女であったティナーシャの記憶量は尋常ではない。だから彼らは普段、精神に負荷をかけかねないそれらの記憶を半ば思い出さぬよう意識の底に沈みこませている。そうして必要な時にだけ汲み出して触れる。大海から掌一杯分の水を取り出して光をあててみるように。

今彼女が口にした記憶は正史のものか、それとも近しい消滅史のものだったのか。オスカーは妻の横顔をそっと窺ったが、闇色の瞳に特別な感情は何もない。それは彼女の心が凪いでいることを示しているのだろうが、同時に人間らしい感情も薄れてきているようで彼は少し気になっていた。

通りの両脇にだんだん崩れた建物が増えてくる。オスカーは石壁に開いた真新しい大穴を見つけて声を上げた。

「あれはひょっとして砲撃兵器とやらの跡か？」

「あー、そうっぽいですね。魔法攻撃じゃああいう感じには壊れませんし」

「一度実物を見てみたいと思ってるんだが、まだまだ稀少らしいな」

砲撃兵器はこちらの大陸でここ数十年研究されている武器の一つだ。中距離間で高威力の攻撃を可能にするもので、金属でできた筒状の砲から火薬などの力で砲弾を撃ち出すことにより敵陣や建物に損害を与える。昔の投石兵器と似た系統の兵器だ。

ただ今のところそれらは研究改良中の兵器とあって、配備しているところも少ない。高価で貴重な品だ。こんな辺境に使用跡があるのは単に、試作品の試し撃ちか何かだろう。魔法大陸には存在しない兵器なので、オスカーはこの兵器が気になっているのだが、それは彼が戦術家としても適性を持っているからだ。

一方、ティナーシャは夫よりも淡白な反応だ。

「砲撃兵器って魔法の代わりに考案されたんでしょうね。今こっちの大陸って魔法士がほとんど生まれなくなっちゃったそうですから」

「そうなのか？　どうしてそんなことになるんだ？」

「不明です。人の魔力の有無ってどこで決定してるのか、未だに謎ですもん」

道の先に大きな濠とそこを渡るための石橋が見えてくる。橋の先にあるのは小さな城館だ。数十年前にこの地の領主だった男が建てたという城館は、完成する直前からたびたび主を変えてきたらしい。今はとある武装集団が占拠しているらしく、賞金つきの討伐依頼が出されているのだ。

二人はそれを見てやってきたのだが、濠を渡るための唯一の橋は真ん中で崩れてしまっている。けれど彼らは進む足を止めない。オスカーが妻に問うた。

「魔法士が生まれなくなったなら、現存してる魔法士は争奪戦になってるんじゃないか？」

「おそらくは。今いる魔法士は、どこかの国に囲いこまれたり隠されたりしてる人がほとんどだと思います。こんな辺境の戦闘にはまず駆り出されないでしょうし、だからさっきの壁の破壊跡も、魔法士によるものじゃないとすぐ分かるというか」

「それはそれで世知辛い話だな」

「おかげでナークが出せませんよ。百年前以上に騒ぎになっちゃいます」

ティナーシャが押さえる胸元には、小さな紅い水晶球が入っている。

そこにはオスカーが使役するドラゴンが眠っているのだ。ナークはドラゴンとあって人間の数十倍の寿命を持つが、永遠をわたる主人と旅をするのにその寿命はさすがに心もとない。だからティナーシャはある時から折を見てナークを魔法の眠りにつかせるようになった。少しだけ長い眠りと解放を繰り返されるようになったドラゴンだが、もともと永い寿命を持っているせいか、さして気にもせず順応している。

オスカーは荒れ果てたままの街を見やった。

「魔法が貴重なんて、生活も不便だろうに」

彼らが普段暮らしている魔法大陸は、すっかり生活基盤に魔法が浸透している。こちらの大陸のように魔法士が生まれなくなるなどとなったら大混乱に陥ってしまうだろう。隣合う二つの大陸はわずかながら交流があるせいか今まで似た文化を有していたが、これ以降は魔法の有無で大きく道が分かれそうだ。

「じゃあお前もあんまり魔法使わない方がいいかもな。稀少種として目をつけられる」

「えー、別に目をつけられても薙(な)ぎ払(はら)うからいいですよ。そんなことで魔法使用に制限受けるのも疲れるじゃないですか」

言うなりティナーシャはふわりと浮き上がる。そうして壊れた石橋を渡ろうとする妻を、けれどオスカーは捕まえて抱き取った。

「こら、さすがに魔法使用が早すぎるぞ。他の手段で何とかできる時は使うな」

「そんなこと言われても。橋を渡れないですし」

壊れた橋の下は泥水が溜(た)まった濠だ。深さがどれだけあるかは分からないし、泳いで渡るにも抵抗を覚える濁りっぷりだ。

けれどオスカーは妻を抱えたまま数歩戻ると、助走をつけて走り出す。砕かれた石橋の向こう側めがけて、思いきり踏みきった。

「ちょ……っ」

ティナーシャが悲鳴に近い声を上げかけた時、オスカーは彼女を抱いたまま危なげなく十歩分ほどの距離を跳躍した。難なく橋の向こうに降り立つと、彼女は瞠目(どうもく)して夫を見上げる。

「びっくりした……貴方、ちょっと身体能力おかしいですよ……」

「これくらい跳べないと、崩れかけた遺跡の探検ができないからな」

「それ昔、ラザルがすごく嫌がってたやつじゃないですか。どうして魔法士を連れないで遺跡探検に行くんですか」

「宮廷魔法士を連れ出すと、抜け出したのがばれやすくなるからだ」

「貴方がその状況で死んだらラザルが城に死亡報告入れなきゃいけなかったんですよ。ちなみに消滅史の中でそうなったことってありました？」

「ない。さすがに俺も引き際を弁えてる」

オスカーは言いながら妻を下ろそうとする。

けれど寸前で、彼はティナーシャを抱え直すと横に跳んだ。二人がいた場所に射かけられた矢が突き立つ。オスカーが見上げると、城壁の狭間に人影が見えた。

正面の石扉は閉ざされている。ティナーシャが夫に言った。

「魔法使いますよ」

「分かった。頼む」

再び放たれる矢に対し、オスカーは抜いた剣を一閃させる。刃は狙い違わず全ての矢を空中で斬り落とした。その間にティナーシャは石扉へ走る。

「――破砕せよ」

鈍い音を立てて、分厚い石扉の中央が割り砕かれる。

その先に人影はない。占拠している武装集団も、まさか白昼堂々この扉を破って入ってくる人間がいるとは考えていなかったのだろう。ティナーシャは結界を張りながら生まれた隙間に体を滑りこませる。オスカーがその後に続き、二人は荒れた前庭に到達した。

瓦礫の転がる広場の向こうに、崩れかけた建物が見える。

大きさから言って、三百人ほどで運用する小さな砦も兼ねるつもりで建てたようだ。

ティナーシャはぐるりと辺りを見回す――その右脇を狙って、扉の陰から短剣が突き出された。

けれど鋭い刃は彼女に届く前に、ぴたりと動きを止める。それを持った少年の腕はオスカーの手によって摑みあげられていた。

「っ、ちょ、放せ！」

「殺されなかっただけマシじゃないか？」

幼い少年は腕を摑んだまま宙に吊り上げられて、ばたばたと暴れる。ティナーシャがその手からひょいと短剣を抜きとった。彼女はそれをそのまま城壁の上へと投擲する。短い悲鳴が上がり、狙いを外した矢が飛んでいった。オスカーが感心の声を上げる。

「お前は相変わらず中距離の投擲は精度がいいな……。弓の遠射なんかは全然駄目なのに」

「短剣は昔かなり練習したんですよ。けど遠距離は魔法があるし別にいいかなって……」

「きっと砲撃手にも向いてないな」

城館を占拠しているという集団は人手が足りないのか、他に外に出ている人間はいなそうだ。オスカーが吊り下げた少年に問う。

「仲間はあと何人いる？」

「……あんたたち、何者？」

薄汚れた少年は十歳に一つ二つ届かない年だろう。オスカーを見上げる目は敵意や警戒心に満ちているというより、単純に不思議がっているようなものだ。魔法士が稀少種となった大陸で、いきなり扉を破られたら確かに疑問には思う。

ただその疑問の表出は、武装集団の一員がするものにしては素直なもの過ぎる。ティナーシャがぷっと噴き出し、オスカーが眉根を緩めた。

「俺たちは旅の人間だな。たまに資金稼ぎに依頼を受けたりもする。今回はその一環」

「依頼？　おれたちを助けに？」

「一応その逆」

「え？」

少年はきょとんとした顔になる。彼の表情はどう見ても城館を不当占拠している武装集団のものではない。ティナーシャが首を傾げた。

「貴方たちは助けが必要な状況なんですか？」

「や、そういうわけじゃないんだけど……」

その時、城館の方で複数の気配が動く。三階の窓に矢を番えた人影が見えた。

オスカーとティナーシャはほぼ同時に駆け出す。二人が走った先は矢を避けるための物陰ではなく――城館の方だ。オスカーに吊り下げられたままの少年が顔色を変える。

「ちょっ、危な……！」

彼がそう叫んだ時には、ぱらぱらと射かけられた矢が三人の上に振りかかっていた。

けれどその全ては彼らに到達する前にふっと消え去る。少年がまた素直な声を上げた。

「なんで!?　魔法みたい！」

「魔法です」

「そのやりとり、微妙にずれがないか？」

荒れ放題の前庭はそう広くはない。三人はあっという間に正面の建物に到達する。

オスカーは格子の壊れた窓に足をかけると、少年を小脇に抱えて一階に飛びこんだ。すぐにティナーシャが続く。左右に延びる廊下は中も同様に瓦礫だらけだ。うっすらと床に積もった土埃(つちぼこり)には何人もが行き来した足跡がついていた。

「オスカー、どうしてその子連れてきちゃったんですか」

「置いといて矢にでも当たったらまずいかと思って」

「あ、確かに」

当の少年は荷物のように持ち運ばれて半ば目を回している。オスカーは先行して手近な角を曲がろうとし――けれど、寸前で後ろに重心を引いた。彼の顔の前を、研がれた刃が過ぎていく。

常人相手なら必殺の一撃になっただろう攻撃を放ってきたのは、十代前半に見える少年だ。

彼は、まさか空ぶるとは思わなかったのだろう。剣を引きながら焦った目でオスカーを見る。小脇に抱えられたままの方の少年が叫んだ。

「あ、兄貴！」

「今助ける」

短い兄弟の応酬は瞬間、逸脱者夫婦の虚をついて動きを止めた。

だがそれは本当に瞬間に過ぎず、剣を振るおうとした兄の足をオスカーは無造作に払う。

「な……っ」

顔から転びかける少年を見えない力が宙に留めた。その隙に少年の手から剣が消失する。尋常ではない現象続きに、弟の方が叫んだ。

「兄貴、こいつらおかしい！　逃げ――」

「そろそろ寝てなさい。持ち運ぶのも大変なんですから」

ティナーシャが指を弾くと同時に、二人の目からふっと意思の光が消える。オスカーは意識を失った少年二人を、瓦礫のない部分に座らせ壁に寄りかからせた。

「魔法使い放題だな。この二人はどうする？」

「ここに置いていきましょう。思ったより人数少なそうですし、すぐに制圧できそうです」

「分かった。手分けするか」

「二手に分かれましょう。防護結界を張りますね」

ティナーシャが短い詠唱と共に夫と自分に結界を張る。オスカーの反射神経なら結界がなくても大丈夫だろうが、不測の事態はいつどこで起こるか分からないことを二人ともがよく分かっている。

オスカーは、細剣を手にした妻に言った。

「可能なら殺さず無力化で。ちょっと様子を把握したい」

「お安い御用です」

ティナーシャは言いながら、地面より少し上の空中を歩いていく。足場の悪さを嫌ってのことだろうが「魔法をできるだけ使わない」という条件はすっかり無視されている。

ただ別行動をする以上、その方が安全だろう。オスカーは普通の長剣を手に歩き出す。埃臭い通路の先に、武器を持った男が二人現れた。

「いたぞ、あそこだ！」

「なに勝手に入って来てやがる！」

ぼろぼろの姿の男たちに恫喝(どうかつ)され、オスカーは苦笑した。

「勝手にここを占拠してるのはそちらだと思うんだが」

「うるせえ！　とっとと出ていきやがれ！」

向かってくる男たちは、どちらも腕や足に古傷があるらしいことが、ぎこちない動きで分かる。元は兵士だったのが怪我(けが)をして一線を退かざるを得なくなったか。オスカーは彼らの様を観察しながら近づいてくるのを待つ。これくらいの相手なら、ティナーシャも生かしたまま無力化するのに苦労はしないだろう。

――その予想通り、逸脱者二人が建物内を制圧してしまうまで、結局一時間もかからなかった。

※

「武装集団という感じじゃなかったな」

「武装はしていたし集団は集団だったんですけどね……」

無力化した人間たちを運び出し、空になった城館を検分してもらって報酬を受け取ったオスカーたちは、東の大陸に買った屋敷に帰ってきていた。

がらんとした広い食堂には、六人掛けの食卓テーブルしかない。基本は夫婦二人しか住まない予定の家なので、このテーブルを選んだのは単に広々と皿を並べたいからだ。

けれど今はそこに、二人の来客が座っていた。

城館で接敵した兄弟の子供。風呂に入れられ、真新しい服を着せられた彼らは、兄が居心地悪そうに、弟は興味津々の顔で椅子に座っていた。

ティナーシャはそんな二人の前に、焼き菓子の大皿を置く。

「はい、どうぞ。調理器具がまだそろってないんで、簡単なものですけど」

「食べていいの!?」

テーブルに乗り出してそう問うたのは弟の方だ。きらきらと期待に輝く目に、ティナーシャは「どうぞ」と答えた。けれど伸ばされた手を、兄が摑んで止める。

「……何が入っているか分からないだろ」

向かいに座っていたオスカーはその言葉に感心する。即座にティナーシャが返した。

「普通の材料しか入ってませんよ。貴方たちをどうにかしたいなら、とっくにやってます」

それはただの事実なので、兄はうっと言葉に詰まる。その様子をオスカーは興味深く眺めた。

——あの城館にいた人間は皆、行き場を失った者たちだった。

オスカーが見て取った通り、足を痛めた元傭兵や兵士、戦争で職や故郷を失った者など、行くあてがない人間たちが肩を寄せ合って暮らしていた。そんな彼らを邪魔に思ったのは、あの街で平穏に暮らしたり、商売を始めたかった普通の人間たちだ。

世知辛い話だが、どちらの言い分も分かる。情勢が緩和したとは言え、この大陸において安定して暮らせる場所はまだ多くないのだ。戦争が絶えない時代であれば、多くの人は流れに押し流されるしかなかったが、今はどこでどう生きるかいくらか選択の余地がある。けれどそのせいで不器用な人間は余計に行き場を失ってしまうのかもしれない。

そこまでの事情を踏まえて、オスカーはあの城館にいた人間たち一人一人から状況と希望を聞き取って、できるだけ彼らが折り合いをつけて暮らせる場所に送り出した。遠い故郷の町や、新しく作られて評判のよい国、ケレスメンティアが健在の頃からある強国など、彼らが選んだ場所は様々だ。その際生活に支障が出るような身体の後遺症はティナーシャが治していたが、彼女は全員に「戦場に戻ろうなんて思わないように。出くわしたら今度は殺しちゃいます」と釘を刺していた。

そうして最後に残ったのが、この兄弟だ。

オスカーは、警戒心むき出しの兄に苦笑する。

「行きたいところがあれば融通すると言ってるだろうに」

「行きたいところがあるわけじゃない。探したい人間がいるだけなんだ。でも、僕たちみたいな子供二人じゃ無理だった……だからあそこで、みんなから戦い方を教わってた」

「あそこでの暮らしに満足していた、というわけか」

オスカーがそう言うと兄弟は頷く。彼ら二人だけは、確固たる目的があってあの城館にいたのだ。夫の隣に座ったティナーシャが言う。

「なら、私たちが代わりに探し人を探すというのはどうですか。どうせこれから大陸中を旅するので、ついでに探してあげます」

「それは……」

兄の方が迷うように口ごもる。あっけらかんと首を横に振ったのは、弟の方だ。

「だめだよ。ノノラは『危ないからついてきちゃいけない』って言ってたんだから。おれたちが強くならないと、ノノラとは一緒にいられないよ」

子供らしい、けれどその分率直な言葉に痛いところを突かれたのだろう。兄はむっと苦い顔になる。兄が目を伏せて何かを考えている間に、弟は焼き菓子を手に取った。

沈黙が続く。弟が二枚目の焼き菓子を取った時、兄はようやく顔を上げた。幼さを残す茶色い双眸が、真っ直ぐにオスカーを見据える。

「あなたたちについてきたのは、僕が今まで見た誰よりも、あなたが強かったからだ」

率直な言葉にオスカーは目を丸くする。その隣でティナーシャが顔を綻ばせた。

大人二人の反応に構わず、少年は続ける。

「生きやすい場所はいらない。僕に戦い方を教えて欲しい」

「……それは」

人間でなくなってから長く旅をしていて、こんな風に教えを請われたのは初めてだ。

呆気に取られていたオスカーは、隣でくすくす笑っている妻に気づくと気まずげな顔になる。けれど彼はすぐにそんな珍しい感情も面から消すと、大人としての落ち着いた態度で言った。

「突然そう言われて引き受ける大人はいない。どうして戦い方を身に着けたいのか、事情を聴かなければ考慮もできない」

「言えないんだ。でも――」

「駄目だ。説明を聞いてから考える。それに、言っておくが俺は基本的に人に剣を教える気がないし、それをしていい立場でもない。だから、話したくないというなら大人しく別の町に行くんだな。人間の生き方は、一つしかないように見えてもそうじゃない」

説教臭い言い方になってしまったが、オスカーにとってそれが一番誠実な答えだ。人外となった自分に剣を教われば、子供の人生など容易く歪む。それよりもっと別の選択肢はあるだろうし、ないように見えるならそれを探してやればいい。

穏やかな態度でそう言うオスカーを、隣の妻は頬杖をついて面白そうに見ている。

弟がぽりぽりと焼き菓子を食べる音だけが響く中、兄は唇を噛んでじっとオスカーを睨んでいたが、不意にその視線を逸らしてテーブルを見つめた。オスカーが選んで買ってきたテーブルの天板は、艶やかな無垢の木だ。

「……わかった。事情を話すよ」

兄は、ロツィと名乗った。

彼ら兄弟はもともと血の繋(つな)がりがない孤児で、ノノラという姉のような少女と共に、二人の男に拾われて育てられていた。

父親である二人の男は盗掘屋で、ただそれは父たちが悪人であるというより他に稼げる手段がなかったからだ。自身も親がなく苦労してきたという父二人は友人同士で、道端で弱っている子供を拾ってしまうくらい善人だった。血の繋がらない家族である五人は、そうして貧しくもお互いを大事にして旅をしながら暮らしていたのだ。

そんな暮らしが終わったのは、一年ほど前のことだ。

父たち二人はしばらく前から「大きな儲(もう)け話がある」と調べものをしていたが、その調査結果が出たらしく「すぐに帰るから」と言い残して二人で発掘に出かけて行った。

そしてそれきり、行方不明になってしまった。

兄のロツィより五歳ほど年上、十六歳のノノラは一月後「自分が様子を見に行く」と出かけ……彼女もまた戻って来なかった。ロツィは姉を一月待つと、弟を連れて三人が向かったと思しき場所を訪ねた。

けれどその土地は荒れた廃墟(はいきょ)があるだけで、最寄りの町も非常に治安が悪かった。喧嘩(けんか)や殺人は当たり前で、とてもではないが子供二人が長くいられる場所ではなかったのだ。二人は家族を見つけられないまま何とか逃げ出すと、相談した結果「家族を探せるだけの力をまず自分たちがつけなければ」ということになった。


話を聞いた逸脱者二人は、それぞれの表情で考えこむ。ティナーシャがロツィに問うた。

「家族の情報を集めなかったんですか？」

「……ノノラについては聞いた。似た人間を見かけたって人も何人かいたけど、それ以上は分からなかった」

「父親は？」

「父さんたちは『遺跡の情報が洩れるとまずいから、誰にも言うな』って」

「それで事情を言い渋ってたんですか。貴方たちの年齢からすると、無理もない判断かもしれませんけど……」

二人は自分たちの正確な年齢を知らないが、ロツィが十一歳で、弟のファラースが八歳くらいらしい。それくらいの子供にとっては、親が緘口を命じたなら守らなければ思って当然だろう。ただそうして口を噤んだままではいられないともロツィは決心したようだ。彼は様子を窺う目で二人を見る。

ティナーシャは夫に尋ねた。

「どうします？」

「俺たちが行方不明者を探すのが一番早い」

「ですよね」

当然と言えば当然の答えに、ロッツィは立ち上がる。

「それはありがたいけど……でもそれじゃ、また同じことになるんじゃないかと……思う。父さんたちやノノラは、僕たちのことを子供扱いして関わらせないから、だから……」

歯切れ悪く、悔しそうに言うロッツィは要するに「自立できる力が欲しい」と思っているのだ。

或いは一年もの間行方不明の父親たちについては、覚悟もできているのかもしれない。この大陸にはまだそういう場所がいくらでもある。

オスカーにもその気持ちは分かるが、それ以上に自分たちは普通の人間ではない。子供と長く一緒にいていい存在ではないと思う。

そんなことを考えて難しい顔をしているオスカーに、隣の魔女が口を挟んだ。

「定期的に稽古をつけるくらいはいいと思いますよ」

「ティナーシャ」

彼女の方からそんなことを言い出すのは意外だ。逸脱してからというもの、彼女は特定の人間に深入りしない生き方を好んでいるようだったのだ。夫の軽い驚きに、ティナーシャは目を閉じて微笑む。

「このままこの子たちをどこかの町に送り出したとして、同じようなことを言ってもっと悪い大人に引っかかる可能性は高いでしょう。それより私たちが見た方がましです」

「……そうかもしれないが」

「それに、貴方はきっとよい師になりますよ、先生」

百年以上も前に、少女だった彼女が口にしていた呼び名。

懐かしいそれを呼ばれて、オスカーは目を丸くした。けれど彼はすぐに我に返ると苦笑する。

「お前にそれを言われるとおかしな感じだな」

「言えるのは私しかいないので。これでも貴方より永く生きてるんですよ」

さらりとそう言う彼女は、出会った頃を思い出す魔女の貌だ。つまり彼女は当時、今のオスカーが抱いているような迷いをとうに越えていたのだろう。彼は久しぶりに、自分が年上の妻をもらったことを思い出す。

オスカーは軽く息をつくと、緊張顔のロツィに視線を戻した。

「分かった、剣は教えよう」

それを聞いて少年の顔はぱっと輝く。オスカーはしかし、ロツィが何か言う前に釘を刺した。

「ただ、お前たちはちゃんと町で暮らして、それ以外のことも学ぶんだ。色んな人間を見て学んだ方がいい。俺たちは子供の手本になれるような存在じゃないからな」

「それには同意です」

隣で妻が立ち上がる。夫婦で話がまとまったので支度をしようというのだろう。ロツィは隣で焼き菓子を食べ続けている弟を一瞥すると、恐る恐るオスカーに問うた。

「でも、僕たち町で暮らせる伝手なんてなくて……」

「それはこちらで援助する」

「ほどほどの治安の町に住むところを見繕ってあげます。最初は生活も援助するんで、二人で生きていくのによいやり方を模索しなさい。困ったことがあったら相談してくるように」

「その間、お前たち家族の情報はこちらでも集めておく。ああ、消息を絶ったという付近は見ておきたいから、一度一緒に行こう。あとは稽古も定期的につける。それ以外で学びたいことができたら言ってみればいい。何とかする」

オスカーよりもティナーシャの方が教師を務めた経験が多いのだ。彼女は永く生きる間に何人か為政者や文官を育てていった。厳しい教師ではあったが、彼らに多分野における思考と知識を叩き込んで優秀な人材を生み出していったのだ。

それを聞いて弟のファラースが、焼き菓子を手にテーブルへ身を乗り出した。

「こういうの、どうやって作るの？　おれにも作れる？」

「知っていれば作れますよ。その気があるなら教えましょう」

「ほんと!?」

空になった皿を手に厨房へ向かうティナーシャの後を、ファラースは追いかけていく。広い部屋に二人きりになると、ロツィはそっと遠慮がちにオスカーに尋ねた。

「あの、ありがとう。でも、そこまでしてくれていいの？　賞金稼ぎしてるのに、お金とか……」

「賞金稼ぎは情報集めも兼ねてるからな。出費は別に構わないんだ」

こちらの大陸で長く調査することを考えて、資産は潤沢に持ってきているのだ。子供の二人くらいは援助できる。ただそれをしたいか、するべきではないか、そんな問題があるだけだ。

オスカーはまだ不安げな少年に微笑って見せる。

「それに、将来お前たちに助けられることがあるかもしれないからな。俺たちも色々手探りでやってるようなものだ」

魔法大陸では「大陸歴史文化研究所」に集まる論文や、魔法大国ファルサスの動向を参考に呪具を探していたが、こちらの大陸にはそういった足がかりもない。子供を助けるのはささいな縁だが、それが何かに繋がるかもしれない。

ロツィの茶色い瞳に好奇心がよぎる。

「あなたたちは、何を探してるの？」

それはオスカーたち夫婦が永劫を追っていくものだ。彼は瞬間、ここまでの永い旅を想起すると、世界外から来た呪具について端的に言う。

「俺たちが探して、壊そうとしているものは——人の運命を狂わせてしまう道具だ」

※

「お前が『面倒を見てもいい』と言いだすとは思わなかった」

すっかり夜も更けた寝室は、ひんやりとした空気が静寂を引き立てていた。

子供たちをとりあえずの空き部屋で寝かせた後の時間。寝室は、寝台と、窓際に置かれたテーブル以外にはまだ何もない。月光とランプの光が照らすそのテーブルで、白湯を飲んでいたティナーシャは少女のように笑った。

「それが一番無難ですよ。ただ剣を習いたいだけならともかく、あの二人は家族を探したがっていますから。貴方が稽古をつけながら定期的に様子を見るのが一番、不幸になりにくいです」

「それはそうなんだろうが……少し迷ってな。お前が塔に棲んでた気持ちがよく分かる」

普通の人間ではない身で、どこまで普通の人間に関わって許されるのか。今までも何度か悩むことではあったが、幼い兄弟となればなおさらだ。

良い生き方を探せればいいと思って施設に預けた少女が、大人になってから呪具の巻き添えで死んだことがある。遥か昔の自分たちの婚姻が原因で、王家に捻じれを生んでしまったことも。

人の運命は何が原因でどう転ぶか分からない。それを実際に見てきたからこそ躊躇ってしまうのだ。だからかつてのティナーシャも迷った末に「この塔を登りきれた者の願いを叶える」と線を引くことになったのだろう。

ティナーシャは空になったカップを置くと、テーブルの上に置かれたランプを指で弾く。

「私が塔に棲んでいたのは過去の清算のためもありますから。過去に留まり続けるために人との接触を減らしてたんです。そんな私を誰かが無理矢理塔から下ろしましたけど」

「……ちゃんと契約上のことだっただろうが」

「感謝してますよ。おかげで幸せになれました」

彼女はふわりと浮き上がると、自分の両膝を抱える。今はもう御伽噺でしか語られない魔女は、余分なものを削ぎ落とした微笑を見せた。

「私が人の営みに触れずにいられたのは、塔に引きこもっていたからです。でも今の私たちはどうしても人の間をわたっていくしかないですからね。水の上を歩いていく以上、波紋ができてしまうのは避けられません。ならその波紋がどの方向に広がるのか、選んでみてもいいとは思いますよ。人間はどうしたってそう長くは生きられないんですから」

ティナーシャは細い両手を広げて宙に伸ばす。降り注ぐ月光を受け止めようとしているような彼女は、神秘そのもののように眩い。オスカーはその姿に目を瞠る。

月に照らされた横顔。──そこに見えるのは純化された感情だ。

人の歴史を俯瞰して、自分が生むささやかな波紋でさえも「そういうもの」として眺め下ろす眼差しは、明らかに人間のものとは違う。初めて出会った頃の、無自覚な孤独を受け入れている彼女とも異なって、ただ美しかった。

「……ティナーシャ」

ずっと一緒にいたから気づいていなかった。

いや、少しずつ彼女の精神が人から遠ざかっていることに気づいてはいたのだ。しかしその変化は緩やか過ぎて、いつの間にかここまで来ていたと認識していなかった。

息をのんだままのオスカーに、ティナーシャは気づいて首を傾ぐ。

「どうかしました?」

「……いや、綺麗だと思って」

「なんですか、それ」

ティナーシャは小さく噴き出すが、そう思ったのは事実だ。人とのしがらみから解放された彼女の様相は、純粋に眩い。

ただそれが、彼女が持つ情の深さとぶつかりあった時、彼女自身を軋ませてしまわないか。オスカーは、以前ティナーシャが「変わってしまうことが怖い」と言っていたのを忘れていなかった。

彼は精霊に忠告された言葉を思い出す。

『お嬢ちゃんは、大事なものを大事にし過ぎちまう。それはきっと、永く生きるのに向いてない』

人のものから少しずつ外れていく精神は、これからの悠久を助けるものになるのか違うのか。けれど彼は脳裏をよぎった懸念を隠して妻を手招いた。ティナーシャは音もなく宙を泳いで彼の膝上に収まると、夫の胸に寄りかかって目を閉じる。

「大丈夫ですよ。私たち自身のことはいくらでもやり直しがききますから」

まるで見透かすような、けれど本当は違うものを見ているのだろう妻の言葉に、オスカーは頷く。

彼は小さな白い手に己の手を重ねた。上から指を絡めて握る。

「それでも俺は、お前のことを一番に優先するからな」

「一番替えがきくのにですか？」

「きかない。まったくきかない。俺の特別だからな」

言い聞かせるようにそう囁(ささや)くと、ティナーシャは嬉(うれ)しそうに細い足をばたつかせる。

――その手を引いて、最後の時まで歩いて行けるように。

「ちゃんと大事にする」

「なんですか急に。大事にしてもらってますけど」

「大事にするから結婚しないか？」

「してるしてる。また花嫁衣裳着せたい期が来たんですか？」

「その機会はいつも狙ってる。こっちの屋敷はまだ衣裳部屋が空だから好きに買えるな、とか」

他愛もない話に、ティナーシャは少女のようにはしゃいだ声を上げて笑う。

その響きと温かさに支えられて、彼もまた時をわたるのだ。

※

――彼ら二人は、不思議な夫婦だとロツィは思う。

無茶な願いをした翌日には、ティナーシャが小さな町に兄弟が住むための下宿を見つけてきてくれた。それはロツィの「少しでも情報を集めたいから」という希望を反映して、家族の消息が途絶えた地域から街道で繋がる場所にある粉屋の家だ。

ロツィとファラースは、三日中二日は粉屋の手伝いをし、それ以外の時間を稽古や情報集めに費やして過ごす。オスカーとティナーシャは、正確な場所は知らないが町から離れた岬に屋敷を建てており、ロツィたち兄弟は転移用の魔法具を使って彼らの屋敷を訪ねていた。

そんな生活を三カ月ほど続けて分かったことは、兄弟であっても向き不向きはそれぞれ違う、ということだ。

「……っ！」

木剣を手にしたロツィは、呆気なく弾き飛ばされ草の上に転がる。上手(うま)く受け身が取れなかったせいで全身の衝撃に息が詰まった。すぐには立ち上がれないロツィに、オスカーは苦笑する。

「少し休憩だな。ファラースと交代だ」

「で、でも」

「休憩。成長しきってない体を酷使し過ぎるのは良くない。それにお前には、他にもやりたいことが色々あるんだろう？」

広がる青空と、眩(まぶ)しい日差しを見上げてロツィは悔しさを味わう。

屋敷の裏庭になっているここは、草が生い茂る広場ではあるがすぐ後ろは断崖絶壁だ。初めはロツィたちもそのことを怖がったが、ティナーシャが「落ちないよう結界張っておいてあげます」と言うので気にせず弾き飛ばされるようになった。

そうして稽古を始めて、明らかになったのは弟との違いだ。

「オスカー！　始めていい!?」

「いつでもいいぞ」

弟のファラースは言われるなり木剣を振り上げて師に飛びかかっていく。その様はまったく無軌道だが、実戦形式の訓練でオスカーに食らいつけるのはいつも彼の方だ。稽古を見ていたティナーシャ曰(いわ)く「ファラースのあれは天性のものですね。貴方はまず考えてしまうところがあるから、その分反応が遅れるんです」ということらしい。それを反射で何とかできるようにひたすら訓練はしているのだが、ロツィが頑張る分、ファラースは先に行ってしまう。兄としては忸怩たる思いだ。カンカン、と音を立ててぶつかり合う剣を見ていたロツィは、生き生きとした弟の姿に羨望混じりの溜息をついた。草の上にあおむけに転がる。

空は細長い雲が流れていく。実にいい天気だ。柔らかな風が吹いていて、こうして寝転がっていると普段の悩み事が薄らぐ気がする。

ただ……事実としては、父たちもノノラも見つかっていないままだ。

とは言え、オスカーたち二人も大陸を巡りがてら情報を集めてくれており、その中には有用な情報が一つあった。それは「ノノラが父たちを探しに行ってまもなく、遺跡の最寄りの町で彼女らしき人間が、盗掘屋の男といるのを見た」というものだ。オスカーは実際にその目撃者を連れてきてくれたが、彼は父たちと顔見知りで、だからこそノノラを見て怪訝に思ったのだという。何故なら彼女と一緒にいた盗掘屋はガリバリという名で、人の研究調査を横から奪っていくような悪名高い男だったのだから。

この情報にロツィは驚いてガリバリを探したが、彼もどうやらノノラと一緒にいたのを最後に行方知れずらしい。それきり何も新しい情報は入らないままで、ロツィも覚悟はしていたが気鬱になってしまう。だがそうして意気消沈していても時間は流れて行ってしまうのだ。その時間を無駄にしてはいけないと分かっている。

「ロツィ？　寝てるんですか？　暇なら講義を始めますよ」

「あ、今行きます！」

屋敷からかかった女の声に、ロツィはあわてて起き上がる。まだ弟の相手をしているオスカーに頭を下げると、彼は笑って手を振ってくれた。片手でファラースを捌きながらそれだけの余裕がある師に感心してしまうが、裏返せば自分たちがまだまだ未熟だということだ。屋敷の中に入ると、居間で待っていたティナーシャが呆れ顔で手布を投げてくる。

「風邪を引かないように。自分の体力に甘えていると、疲れた時に倒れますよ」

「ごめんなさい」

彼女に物を教わるようになって知ったことだが、ティナーシャは割と口うるさい。教師というのはこんな感じか、と思いもするが、ノノラもうるさかったので母親や姉の類かもしれない。

ただ、その口うるささも気にならないほど、ティナーシャの教えてくれる知識は幅広かった。

彼女は二人の兄弟に読み書きを教えてしまうと、「興味があるものを教えてあげます」と自分が身に着けている分野の存在を教えてくれた。

政治、経済、歴史、軍事、気象、医学、文学、心理。網の目のように張り巡らされた知は、他の知と繋がって新たな世界を見せてくれる。彼女自身も絶えず新たなことを学んでいるらしく、ロツィが質問して「調べておきます」と言われたことは、次の時には必ず答えを返してくれた。それが面白くて、剣術よりも夢中になってしまっているのは事実だ。

ロツィが汗を拭きながらいそいそと椅子に座ると、ティナーシャは一冊の本を開いて差し出す。

「では前回の続きからいきましょうか」

彼女が今教えてくれていることは、国を作ることと動かすこと全般だ。

ロツィが「どうしてこの世界には落ち着いて暮らせる場所と、そうでない場所があるのか」と尋ねたところから始まり「治安のよい土地の作り方」「国家の成立」「国の安定と動かし方」と彼の興味と疑問に答える形で講義は広がっていった。

普通の大人なら、何もない子供が国の作り方について知りたがっても一笑に付したかもしれない。けれどこの夫婦はまったく笑わず、当然のように教えてくれる。それは一度全てを失ってしまった子供の自尊心を支え、新たな好奇心を抱かせるに充分なものだった。

「――ティナーシャは別の大陸から来たんでしょう？」

区切りのよいところで休憩に入ると、ロツィは教師の女に問う。彼女はあっさり頷いた。

「そうです。ただ向こうの大陸も今は落ち着いているとは言え、私は荒れた時代を知ってますからね。それを踏まえると、こちらの大陸もそのうち落ち着くとは思いますよ」

「そのうちってどれくらい？」

「あと二、三百年くらいですかね」

「ティナーシャ……僕死んでます」

「大陸全土が落ち着くのは、という話ですよ。今だって落ち着いている土地はいくらでもあるでしょう？　出遅れた地域は搾取されやすいですから、全てを安定させるにはある程度人々の意識が変わらないと」

そう言う彼女の瞳は、底のない夜のようだ。ロツィはその眼差しをじっと見返す。

――彼ら二人が人間でないことは、オスカーから聞いている。

人の運命を違わせる道具を探して、遠く別の大陸から来た存在。「だから俺たちのことは普通じゃないと頭の隅に置いておくように」と言われたが、元は人間であったという夫婦は長命でやたらと物知りであること以外は、普通の人間に見える。

人と違うことと言えば、ティナーシャが息を吐くように使っている魔法だが、これも魔法大陸では当たり前に使われているものらしい。ファラースが「おれも魔法習いたい！」と騒いで、ティナーシャに「魔力がないから無理」とばっさりやられていた。

魔女は左手で大陸地図を示す。

「今安定しているのはこの国とこの国と……この辺が一番ですかね。とは言え長く安定していると内部腐敗が始まったりもしちゃうんで良し悪しですけど」

「内部腐敗ってどうやって防ぐんですか？」

「相互監視とそのための制度作りが肝心ですけど、完全にはまず無理ですね。締め付けすぎても今度は普通の人がやりにくくなりますし。人間がたくさん集まる以上思惑もばらばらなので、ある程度は仕方がないですね」

あっさりとした答えはなかなかに夢がない。夢はないが、それが現実だろうということはロツィにも分かる。まだ子供でしかない彼もこれまで多くの人間を見てきたのだ。性格も振る舞いも様々な大人たちの意志を統一するなど現実的ではないだろうし、国ほどの大きな集まりになれば意見のそぐわない者は増える。

「どう防ぐかじゃなくて、どう対処するか、が現実的？」

「そうです。前向きな姿勢でいいですね。──これは国と国の間柄にも言えることです。個人であれ集団であれ、存続のためにはある程度利己的に動かざるを得なくなる。そのためには他を出し抜いてもいい、と思っている人間は少なくありません。そういう相手にどう対処するかは継続的な課題になります」

ティナーシャは薄い肩を竦める。そんな仕草は人間味が多いものだ。彼女は机に頬杖をつく。

「あんまり期待を高く持ちすぎるのもよくないですよ。理想を全ての人間に共有させるなんてことはできませんから。問題に優先度をつけて、より深刻な問題を除去するために軽微な問題の発生は受け入れる、くらいでいないと」

「でもそれだと問題がなくならないんじゃ」

「同じことを繰り返していけばいいんですよ。大きな悪を排除して小さな悪を生む、それが終わったら次に大きな悪を、って続けていくと全体が改善されていきます」

「あ、そっか……」

「──ティナーシャ！　今日の夕飯、おれが作っていい？」

音を立てて扉を開けたのはファラースだ。稽古が終わったらしく汗と草にまみれた彼を、ティナーシャは眉を上げて見やった。

「いいですけど、先に風呂に入りなさいね。あと漬けこみ肉は焼きますよ。あなたたちが来る日に合わせて下ごしらえしてたんですから」

「いいよ！　おれが作りたいだけだから！」

言いながらファラースは風呂の方へ走っていく。相変わらずじっとしていない弟だ。ロツィが二人の持つ膨大な知識に魅せられたのに対し、ファラースは剣術と料理に興味が偏っている。オスカーに体力が尽きるまでかかっていっては、屋敷で夕食を作り出すのがここ数回の恒例になっていた。粉屋でも率先して料理を作っているが、こちらの屋敷は「ティナーシャのこだわりで変わった調味料や調理器具が多くていい」のだそうだ。

片時もじっとしていない弟にロツィは気の抜ける思いを味わう。オスカーが扉から顔を出した。

「ロツィ、もう少しやるか？」

「やります！」

勢いよく立ち上がったロツィは、けれどすぐティナーシャの講義が途中だったことを思い出す。恐る恐る教師の女を見ると、ティナーシャはふっと微笑んだ。

「いいですよ。私は夕食の準備を手伝わないといけませんから。稽古が終わったら貴方も風呂に入りなさいね」

「わかった。いってきます！」

外は夕暮れに差しかかったくらいだ。待っていたオスカーがちょうど、魔法で灯りを生んでいた。鍛え抜かれた体と隙のない立ち姿に、ロツィは感嘆の念を抱く。

何でも知っているティナーシャも不思議な存在だが、その夫も変わっている。

剣の腕は尋常でなく、ロツィが立ち回りを身に着ければつけるほど師の果てしなさがよく分かる。

けれどそんなことを口にすると「俺は永く生きてるからな」とあっさり片づけられてしまうのだ。

そうかもしれないが、それだけではないとロツィは思う。

靴底から伝わる草の感触を確かめる。思い描くのは理想の動きだ。

柄をきつく握りこむ。ロツィは鋭く息を吐きながら、木剣をオスカーに打ちこんだ。

けれどその一撃はあっさりと受け流される。予想通りの展開に、ロツィは右足を軸にして回転した。側面に回りこんだオスカーからの攻撃をぎりぎりで弾く。彼の空いた懐に更に一歩入りこみ、相手のみぞおちを狙って剣を薙ごうとして——

「うわっ」

視界が半回転する。足を払われたと分かった時には、ロツィの頭は身を屈めたオスカーの手に支えられていた。地面に頭からぶつかるところを助けられた少年は、師の手を借りて立ち直す。

「びっくりした……」

「相手の意識外を突くのは上手いやり方だ。お前もよく狙うだろう？」

「はい」

むしろロツィは「考えて剣を振る」性質だ。野生の勘で動く弟とは違う。それは弟の上達ぶりを見てロツィ自身が考えたやり方で、数手先の動きまで読んで、自分が望むところに相手を誘導する戦い方は、今のところ自分に合っていると思う。現にファラースには七割の確率で勝てる。

ただオスカー相手にこう簡単にあしらわれると自信もなくなる。そんな彼の内心を見抜いているように、師の男は笑った。

「お前のやり方は悪くないんだが、先を読んで動くせいで不測の事態に対応できなかったり、諦めが早かったりする。多少は思考にゆとりを残しといた方がいいぞ」

「はい……」

そこまでの余裕はない、というのが事実だが、その余裕を生むのも訓練だ。今は「やり方は悪くない」と言われたことを励みに鍛錬するしかないだろう。

「もう一回！　お願いします！」

「ああ。好きにやってみろ」

鷹揚（おうよう）に笑う師に向かって、ロツィは剣を構える。

そうしてすっかり日が落ちきった頃には、兄は弟と同じく汗と草だらけになっていた。


汚れきったロツィを見てティナーシャは目を細めたが「もうすぐ夕食なので手早く風呂に」と言っただけで叱らなかった。ティナーシャの趣味で作られたらしく、やたらと広い風呂場で、オスカーと入浴することになった少年は、洗い場にいる師に気になって尋ねる。

「オスカーって、今何歳なんですか？」

「年か……もう数えてないから分からないな。最初に生まれたのは四百年くらい前だが」

四百年は、ぱっと想像もできない年月だ。探している呪具のせいで人ではなくなったという彼らは、そこからずっと呪具を探す旅をしているのだろうか。

「その呪具を見つけて壊したら、人間に戻れるんですか？」

広い浴槽に浸かっているロッィの問いに、オスカーは振り返る。師が目を丸くしているのをロッィは初めて見た。

「……何かまずかった？」

「いや、その考え方はなかったから新鮮だった。人間に戻る、か」

微笑するオスカーの表情から、ロッィは不意に「彼らは人には戻れないのだ」と察する。同時に無神経なことを聞いてしまった自分を恥じた。湯舟の中に顔をつけてしまった少年の肩を、立ち上がったオスカーは軽く叩く。

「気にするようなことじゃない。人じゃなくなってよかったこともあるしな」

「それってどんなこと？」

好奇心が抑えられず顔を上げると、隣に座ったオスカーは軽く返す。

「そうだな。普通の人間の寿命を超えて、剣の腕を磨ける」

「……いいことなのかもしれないけど」

もう充分過ぎるほど強いと思うのだが、まだ上を目指しているのだろうか。それはいいことなのか、むしろ果てのなさを感じる。

そんな少年の表情を見てとって、オスカーは笑った。

「あとはこっちの方が大事だな。――長い時間、ティナーシャと一緒にいられる」

「それだけ？」

「俺にとっては永劫を生きられる理由だ」

そう即答されるとただ気圧されてしまう。そんな風に言える感情がロツィにはよく分からない。強いて言うならそれは、血の繋がらない家族に対する感情と同じだろうか。

「……僕たちも、家族とずっと一緒にいるつもりだったんです」

ちょっとした偶然の出会いで家族になった五人だった。父たちに拾われ、ノノラとは助け合って生きてきた。いずれ自分たちが大人になり別れて暮らす日が来ようとも、決して家族という関係は切れないだろうと思っていたのだ。

「父さんたちは、いつも僕たち子供を優先してくれてました」

目を伏せると、かつての日常がまざまざと甦る。

――食事に困った時も父二人は、「お前たちはこれから育つんだから」と自分たちはろくに食べずにパンを回してくれた。寒い夜は子供たちだけを毛布をくるんで、父たちは酒を飲んで寝てしまうことも少なくなかった。その度ごとにノノラが「お父さんたちも自分たちを大事にして」と心配そうにしていたのだ。

ただそれでも父たちが変わることはなかった。「お前たちが大きくなっていくのが、おれたちの楽しみなんだよ」と笑っていた。一度だけひどく泥酔した父が「おれたちはろくな大人になれなかったから、お前たちにはできるだけのことをしてやりたいんだ」と零したのを聞いたことがある。

それはまぎれもない愛情で、でもそのために無理をして欲しくはなかった。盗掘に手を染めていた父たちは、大きな儲け話とみれば危ない橋を渡ることも珍しくなかったので。

そんな父たちのやり方が悪い、とはロツィには言えない。だからできるだけ早く大人になって、父二人にはのんびり暮らして欲しいと思っていた。

そう思っていたのに――今のこのありさまだ。

「僕たちを拾わなければ、父さんたちはもっと……」

「親と子の意思がいつも嚙み合うわけじゃない。親たちは、お前たちに手をかけることを日々の喜びにしてたんだろう。だから、今こうなってるのも親たちの選択の結果だ。お前がその選択を引き取ってしまう必要はない……気持ちは分かるけどな」

オスカーの言葉は、実感がこもったものとして湯気の中に響く。そこに含まれる郷愁に好奇心を覚えて、ロツィは師を見た。

「あなたも、そうやって後悔したことはあるんですか」

「過去に戻れたらこうするのに、と思ったことは何度もあるな。けどそれで一度とんでもないことを引き起こした。その結果、今こうやって探し物の旅をしてるんだが」

「後悔して後悔した？」

「それはしてない」

永い年月を生きてきた男は、その年月の分、失敗と後悔を重ねてきたのかもしれない。その中に彼らが探す特異な呪具絡みの失敗もあったのだろう。

ロツィは師の横顔をそっと窺う。自分の知らないことを知っているその目は、過去から未来までを見据えているようだ。自分も大人になればそんな目をすることがあるのか、それとも人外だからこその眼差しなのか、ロツィはふと考える。

その答えは――それから七年が経っても分からなかった。

父たちとノノラは、結局何の手がかりもないまま戻って来なかった。

※

『今日から一緒だよ。少しずつ家族になっていこう』

父親二人に拾われて小さな家に連れて来られた時、そうノノラに言われたことを、ロツィは覚えている。初めて会った時は彼女もまだ子供で、それでもロツィたちの前では年上ぶろうとしていた。

実際、当時の兄弟にとってノノラはとても年上に見えたのだ。

彼女の実の両親は、ちょっとした揉め事で命を落としたのだという。

そのせいか彼女は、常にどこか陰を滲ませており、それでも弟たちの前では努めて笑顔でいようとした。特別な美人ではなかったが、その笑顔は人の心を引いて家族の心の支えでもあった。

『ロツィのそういう何でもちゃんと考えて用心深く立ち回るところ、いいと思う』

考えた結果、いつも一歩踏み出すのが遅れがちなロツィに、そう言ってくれたのはノノラだけだ。

ファラースは考えるより先に走って行ってしまうし、父たちもどちらかと言えば「とりあえずやってみよう」という性格だ。家族の中でロツィだけが色々と考えてしまう性質で、けれどノノラは彼のその個性を認め、生かすように、うまく立ち回ってくれていた。

『人なんて違って当たり前だよ。それを補うための家族でしょう？』

そう言う時の彼女が、少しだけ自嘲気味に見えたのは気のせいだっただろうか。

最後に見た彼女の笑顔も、それに似たものだった。

『危ないからついてきちゃ駄目。ちゃんとお父さんたちは連れて帰ってくるから』

行ってはいけないと、今のロツィならきっと言っただろう。

十一歳だった彼と同じく、あの時十六歳だったノノラも子供に過ぎなかった。

そのことが分からないほど、皆幼かった。

※

「ロツィ、そろそろ時間だ。ベモン＝ビィの使者も到着したらしいぞ」

「今行きます」

机の上に積んだ書類を、ロツィはあわてて抱えこむ。

あれからの七年で、ロツィとファラースは三度住む街を変えた。それは年齢が上がったことや、強さや技術が身に着いてきたこと、自分たちが必要とされるところに移動したこと、そして家族が行方不明になった地域に近い場所へ居を移したこと……などが理由だ。

七年前は荒れた廃墟だったその地域には、今は新興の都市国家ができた。ベモン＝ビィという名のその小さな国は、行き場がなくなって他から流れついた人間たちによって作られたのだという。

七年前には治安が最悪だった最寄りの町も、ベモン＝ビィに進んで統合されたらしい。

ロツィたちの住む街は、そんなベモン＝ビィと接している小国の、国境際の要所だ。旅人も多く訪れる、半ば自治で動いている街であり、そこに今日初めてベモン＝ビィからの使者が訪れる。

今までずっと対外的には沈黙していた都市国家が、どんな姿勢で現れるのか、他の周辺国も注意を払っているだろう。

そのような場に新人の地方役人として同席するロツィは、自分の身なりがきちんとしているか今更ながらに確認したいと思った。別に役人になろうと思ってなったわけではないが、街の設備工事や組合運営が滞っていたのに対し、口を出しているうちにこうなった。師であるティナーシャに言わせると「貴方には国一つ動かせるだけの知識を持たせたんですから、それくらい当たり前です」ということらしい。

一方弟のファラースはファラースで、街の食堂で働きながら、荒くれ者の相手をするなど傭兵のようなこともしている。街の仕事で忙しくなってしまった兄の代わりに、父たちの残した資料を読み解いたり、旅の傭兵の仕事に加わって情報を集めたりもするようだ。そのせいか、まだ十五歳の少年だが剣の腕は確かなものになっていた。

そして、彼ら兄弟が成長するにつれ、オスカーたちは屋敷を長く空けて探索に出るようになった。短い時で一月、長い時で三カ月ほど、彼らは大陸を回っているようだ。ただそうした探索でも彼らが探す「魔法外の力を持つ呪具」は見つからず、またロツィたちの家族の情報も得られなかった。旅から戻ってきた師からその報告を聞く度、ロツィは少しずつ自分が大人になっていく気がする。

——結局、三人は自分たちの知らないところで失われてしまったのだろう。

その実感が、最近ようやく湧いてきた。喪失を認めるまで七年かかった。今でも昔の、皆がいた頃の夢を見て飛び起きることがある。悔しくてやりきれなくて、涙してしまう朝が。

けれどそれを一生引きずってはいられない。自分と、誰よりファラースのために生きていかなければならないのだ。父たちは何よりも自分たちの成長を楽しみにしてくれていたのだから。

ロツィは気を取り直すと使者たちが待つ会議室へと向かう。

部屋に入ると、ベモン=ビィから来た五人の使者たちと、街の上役がちょうど挨拶しているところだった。同じ濃緑の服を着ている使者たちの一番端、痩身の女を見てロツィは絶句する。

「……まさか」

くすんだ赤髪に少し垂れた緑の目と困ったような眉。口元だけは穏やかな微笑を浮かべている少女は、彼を見ると外交的な笑顔で会釈する。ロツィはぽつりとその名を呼んだ。

「ノノラ?」

少女は顔を上げると、曇りのない両眼を向けて微笑む。

「はじめまして。本日はよろしくお願いします」

そう挨拶したのは、行方不明になったはずの——彼の姉だった。


「ティナーシャ！」

扉を開けながらの叫び声に、居間で本を読んでいたオスカーは顔を上げる。

転移陣を使ってやって来たロツィは、師を見るなり尋ねた。

「ティナーシャいますか!?」

「起きていない」

「ああああああ！」

膝から崩れ落ちる青年は見ていて面白いが、ひどくあわてているというのは分かる。オスカーは本を置いて立ち上がった。

「どうした。緊急なら起こしてくるが」

「緊急ってほど緊急じゃないんだけど……何時間寝てます？」

「日付が変わる頃からだから、半日ぐらいか」

「起こしてください」

そう言われるのは無理もないので、オスカーは黙って寝室に向かう。広い寝台の上で掛布にくるまって丸くなっている妻の額に口付けると、抱き上げて寝室備え付けの方の浴室に運んだ。よくティナーシャの解凍に使われるこの浴室は、常に浴槽にお湯が張られている。その中に浸して少し待つと、彼女はうっすらと目を開いた。

「おはよう……ございます……？」

「ロツィが来てるぞ。そこそこ急ぎの用があるらしい」

「がんばって起きます……」

弱々しい返事だが、受け答えができているということはそのうち起きるだろう。オスカーは妻の頭を撫でて居間に戻る。そこで待っていたロツィは水を飲んで幾分落ち着いたらしい。椅子に深く座ると、青ざめた顔でオスカーに切り出した。

「ノノラがいたんです。ベモン＝ビィっていう隣国の使節団の中に」

「それは……よかった、んじゃないか？」

中途半端な返事になってしまったのは、ロツィの表情が明らかに曇っているからだ。生き別れになった姉とようやく再会できた顔ではない。

ティナーシャがすぐには起きてこないと知っている青年は、ぽつぽつと話し出す。

「ノノラに見えたんです。でも僕のことを知りませんでした。名前も違っていて……」

「似てる別人とか」

一番高い可能性がそれだ。何年も経っていて見間違えてもおかしくない。

それに、ノノラに血縁がいなかったとも限らない。そう冷静に指摘するオスカーに、ロツィは膝の上で指を組む。七年の間にすっかり大人びた顔立ちは、怜悧な印象で整っている。難しい顔で考えこんでいると近寄りがたい雰囲気があるが、その中身は少年の頃から変わらず、知的好奇心が旺盛で弟思いの優しいものだ。ティナーシャの厳しい授業についてきただけあって忍耐力もある。

妻は「大国に仕官してもいいところまでいきますよ」などと言っていたが、本人にその気はないらしい。なんだかんだ言って、まだいなくなった家族のことを諦めきれていないのだろうか。

青年は青ざめた顔で何度か口を開きかけて、言葉をのみこむ。それを繰り返しているうちにティナーシャがやってきた。

「お待たせしました」

「思ったより早かったな。あと一時間は沈んでるかと思った」

「ロツィが来てるんですから頑張りますよ！　で、何があったんです？」

妻の問いに、オスカーは今聞いたことを説明する。と言っても大した量もない話だ。すぐに終わって二人でロツィを見た。彼は恐る恐る、自分の座学の教師を見やる。

「ティナーシャは、魔法で成長を止めることもできるって言ってましたよね」

「できますね。今止まってるのは変質のせいですけど。それがどうかしました？」

「魔法が使えれば、他の人間でもそれができますか？」

ロツィの目は真剣そのものだ。ティナーシャは軽く首を傾げる。

「できますけど……普通の魔法士には無理ですよ。難しいですもん」

「ノノラはそうだったんです」

「え？」

「十六歳の……いなくなった時のままでした。別人ではないと思います」

ロツィは自分の左耳の前を指でなぞる。

「ここに古い傷跡がありました。僕とファラースの喧嘩を止めた時についてしまった傷です」

オスカーは軽く目を細める。隣の妻は無表情だ。けれどそれは、彼女が考えこむ時の癖であることをオスカーは知っていた。

「あれはノノラ本人です。少なくとも体は、前と同じ姉のものです」

きっぱりと、確信を持ってロツィは宣言する。

ティナーシャが軽く目をすがめた。彼女が口を開きかけたところで、またも玄関の扉が乱暴に開けられる。

「ティナーシャ、いる!?」

「いますよ。なんなんですか貴方たち兄弟は。登場が唐突で騒がしいです。そんなところオスカーに似なくていいんですけど」

魔女のぼやき声は当人には当然届かない。ただその場にいたロツィが「騒がしくてごめん」と言い、オスカーが「俺のことをそう思ってたのか……」と呆然(ぼうぜん)としただけだ。すぐに居間に現れたファラースは、集まってる三人を見て目を丸くする。

「兄貴、どうしたの。大事な仕事があったんじゃ」

「仕事を終えてから来たんだ。お前こそどうしたんだ。珍しい料理本でも手に入れたのか」

ファラースがティナーシャに今でも教わっているのは料理だけだ。一時期は彼女の双剣を習いたがっていたが、魔女自身が「これは暗殺技能なんで人に教える気はないです。せめてオスカーに勝てるようになってから他に目を向けなさい」と釘を刺してそれきりだ。ちなみにファラースがオスカーに勝てたことは一度もない。

「違うよ、今日は料理の話じゃないって。でもちょっと待って」

十五歳の少年は勝手知ったる足取りで厨房に向かうと、水の入ったグラスを手に戻ってくる。ファラースは兄の隣に座ると、一息で水を飲み干した。

「——父さんの手記の暗号が解けたんだ」

「あれ本当に暗号だったのか」

大量の資料の中に挟まっていた書付は、ファラースが二年ほど前に見つけたものだ。オスカーも実物を見たことがあるが、完全に崩された字と意味の分からない図や単語ばかりで内容は取れなかった。どうやらファラースはそれを解読したらしい。

「そうなんだよ！　これ見て！」

彼は斜めがけしていた布鞄（かばん）から、テーブルの上に次々資料を広げる。ぼろぼろの本や紙束、木の皮の破片など一つ一つを指して説明しようとする弟を、ロツィが制した。

「先に結論。何が分かったか言えよ」

「あ、ごめん」

ファラースの思考は飛び石的な直感が多く、夢中になると周りが見えなくなるし、説明が要領を得ないこともざらだ。三人ともがそれに慣れていて普段はのんびり話を聞くのだが、今は先が気になる。ファラースは薄汚れた書付を引っ張り出した。

「これ、小さい父さんの覚書なんだ。日付から言って失踪する直前、最後に調査してたものについて書いてある。――地下に忘れられた遺跡があって、その遺跡の存在自体が隠されてたって」

「地下の遺跡に潜ったのか」

オスカーは溜息を洩らしそうになる。「盗掘を生業にしていた」というから遺跡絡みの行方不明は疑っていたが、問題の地域周辺には遺跡が存在するという情報さえまったくなかったのだ。

だがそれも、遺跡の存在自体が隠されていたのだとしたら話は変わってくる。ファラースは空っぽのグラスをちらりと見たが、水を汲みに行くことは諦めたらしい。彼は緊張の面持ちで、オスカーとティナーシャを順に見る。

そして重い口を開いた。

「その遺跡で、父さんたちが探していたのは……神具だったらしいんだ」

――神具。

オスカーは青い目を瞠る。それは彼にとって、知ってはいるが馴染みの薄い単語だ。

「確か、この大陸の主神、ディテルダが十二人の選出者にそれぞれ与えた武器、だったか？」

うろ覚えの確認に、隣でティナーシャが首肯した。

「そうです。といっても今ではすっかり過去の遺物ですね。もともと神具って、選出者の血筋が追えなくなった頃にほとんどが行方不明になってたんです」

それは以前この大陸に来た百年ほど前の話だろう。ティナーシャは講義をするように続ける。

「確実に一つは持ってると言われていたのが神の国ケレスメンティアですが、その神具もケレスメンティアの滅亡時に破壊されちゃいましたし、ケレスメンティアの滅亡直前に起きた数カ国の衝突の際に、存在が確認された神具は一通り破壊されたんですよね。なので実際のところ、現存しているものはないとされてるはずなんです」

断定しきれていないのは、ティナーシャは百年前の衝突の当事者ではないからだろう。そこまで聞いていたファラースが手を挙げる。

「あのティナーシャ、こっちの主神はディテルダ神じゃないよ。ディテル神だよ」

「魔法大陸では『ディテルダ』で伝わってるんですよ。多分こっちの方が本来の名です」

脱線とも言える指摘にティナーシャはあっさり返す。兄弟二人は、出会ったばかりの子供のように目を丸くした。

「本来のって……どうしてですか？　こっちの主神なのに間違って広まっているなんて……」

ロツィがそう問うたのは、半ば彼女の生徒としての癖だ。ティナーシャは眠気が残る闇色の目をしばたたかせた。

「私は魔法大陸の人間なんで、昔の事情は知りませんけど……多分、ディテルダ神を畏れたんじゃないですかね。そのまま伝えるのに抵抗があったというか。そんな感じじゃないですか」

ロツィたちは理解しがたい、というように顔を見合わせたが、オスカーにとっては分かりやすい話だ。魔法大陸でもそうして「魔女の名を知っても伝えない」という不文律があったのだから。

「とは言えケレスメンティアが滅亡した以上、そういった畏れも薄らいでいるとは思いますが、肝心の知識が失われてるんじゃ戻りようがないですね」

「はー、面白いね」

ファラースはのんきな声で相槌を打つが、今の問題はそこではない。ロツィが顔を顰めた。

「で、父さんたちはその『現存しない神具』を探しに行ったと……？」

青年の顔にいささかの落胆がよぎってしまったのは彼が大人になったからだろう。夢想のようなものに父たちの命が浪費されてしまったと知って傷ついているのだ。そんな兄の心境を分かっているのか、ファラースは苦笑する。

「神具がもう残ってないって言われてるのは、父さんたちも分かってたみたいだよ。ただその神具は、神代の終わりにはもう行方不明になってたものなんだ」

ファラースが解読した資料によると、問題の神具は「霧の槍」と呼ばれていたものらしい。ディテルダ神からこの武器を授かった選出者は、その十数年後、神具を持ったまま行方知れずになった。

「一番早く失われた神具」と言われていたもので、父たちが手にしたのは、その失われた神具についての手がかりだった。ティナーシャが腕組みをする。

「あー、とっくの昔になくなったと思われてた神具なんですね。じゃあ破壊を免れてるって線もあるのかな……偽物の可能性の方が高いとは思いますけど。念のため、その隠された遺跡を調べてみましょうか」

「それが、その遺跡のあった上に今は街ができちゃってる。みんな知ってると思うけど——」

軽い緊張が三人の中に流れる。

七年前、全員が一度はその場所を訪れて、そして今は何があるのか知っている。

荒れた廃墟だけがあった場所。

今はそこに、ベモン=ビィという名の国ができている。

※

「五年前に作られた街にしては大きいですね……」

ベモン=ビィは、荒れた廃墟以外何もない荒野にぽつんと生まれた街だ。

高い二重の壁に囲まれた都市国家。日干し煉瓦でつくられた高い壁を、検問をくぐったティナーシャは振り返って仰ぎ見る。隣にいるファラースが子供らしい声を上げた。

「ほんとに街だ。おれ、ベモン=ビィって初めて来たよ」

「迷子になるなよ。思ったより人が多い」

そう釘を刺したのはオスカーだ。彼は妻と、「どうしても自分の目で見てみたい」というファラースを連れて、ベモン=ビィに調査へ来たのだ。ロツィも来たがってはいたが、弟と違って兄には街の仕事があってすぐには抜けられない。そんなわけで三人で近くまで転移し、そこからベモン=ビィにやってきた。

乾いた壁に囲まれた街は、建物のほとんどが石と煉瓦で作られている。最初から計画的に作られたのだろう。建物はどれも似通った薄茶色で揃いの玩具のようだ。

坂が多い街らしく、左右に延びるあちこちの路地に階段が作られている。路面も煉瓦で舗装されており、建ち並ぶ建物も段差をつけて奥に行くほど高くなっていく。建物はどれも大きな窓を有しており、硝子や格子が嵌っていないそれらを見てオスカーは首を捻った。

「ずいぶん治安がいいみたいだな」

「そんなことが分かるの？」

「窓を見るとざっくりは。治安が悪い街は低層階に大きな窓を作らないし、格子を嵌めるからな」

「え、それが普通だと思ってた。それって治安悪いの？　ってか、こんなに窓大きくて雨の時に困らない？」

「こっちの大陸はある程度大きい街は大体格子窓だから、この街が変わってると言えばそうだな。ただ魔法大陸だと硝子窓の他に水窓とかあるぞ。あとこの街は雨がほとんど降らないはずだ」

「水窓？　水窓って何？」

「魔法で水を硝子代わりに流してる」

「え、水もったいなくない？」

「魔法で循環させてるからそれほどでもない」

ファラースがいつもの好奇心で質問を重ねてくる中、ティナーシャは周囲に視線を送っている。通りを行く人々を見ているのだろう。三人が行く中央通りは人で溢れかえっていた。

この通りは検問をやっていた正南門から真っ直ぐ奥へ延びているが、門の幅いっぱいを使って行われている検問自体も長い行列ができていた。おかげで昼過ぎには到着したのに、今はもう日が傾きかけている。検問では訪れた目的と滞在日数を確認され、滞在中に携帯するよう証明書を渡されるので、その作業に時間がかかるのだろう。

一方、交易商人は手早い商いができるようにか検問の隣に専用の受付があって、そこで役人とやりとりしている。街の中に入らなくても手続きして帰れるようだ。どんどん来ては帰っていく交易隊に、遅々としている行列からは羨ましげな視線が投げられていた。

とは言え、旅人の訪問確認においても特にうるさいことを聞かれるわけではない。この街は他国に対し友好的な態度を基本としている。現にロツィが出た先の会談でも「何かあれば話し合って、敵対せずいきましょう」という姿勢だったようだ。ベモン＝ビィができたおかげで、荒れていた周囲も落ち着いた。今のところよいことづくめだ。――ノノラにそっくりの少女がいるということと、神具があったかもしれない遺跡の上に建っているということを除けば。

物珍しげにあちこちを見回していたファラースが、声を潜めて問う。

「でも、二人もすごい力を持った道具を探してるんだよね。神具もそうじゃないの？」

「ん、誤解があるようなんで言っておきますけど、私たちが探してるのは呪具であって神具じゃないです。神具なら私も持ってますし」

「えっ、そうなの!?」

二人の会話を背後に聞きながらオスカーは角を曲がる。今回の調査は数日滞在する予定だ。そのためにまずは宿を取っておおよその方針を決める。先ほどより人通りが少なくなったせいか、ファラースは道脇の低い塀に飛び乗って、そこを歩き出した。

「神具って今も持ってる？　見たい！」

「気軽に言わないように。見せられますけど。あと、塀の上を歩くのはやめなさい」

　ティナーシャは呆れ声で言ったものの、軽く右手を振る。そこに現れたのは刃のない剣の柄だ。鍔もないそれを、地面に飛び降りたファラースはまじまじと見やった。

「それが神具？　刃がないよ」

「刃は自分で作るんですよ」

　ティナーシャがそう言うと同時に、柄の先に短剣ほどの長さの淡く輝く光の刃が現れる。彼女が魔法で作ったのだろう。オスカーは二人を振り返った。

「街中で何やってるんだ……」

「他からは視覚隠蔽張ってるから平気ですよ。こっちの大陸もう魔法士いませんし」

　ティナーシャのそのような挙動に慣れきっているファラースは、感心の目で光の刃を見やる。一方、オスカーも妻が持つ神具の存在は知っていたが、刃があるところは初めて見た。魔力で作られた刃はうっすらと青く輝いており透き通っている。

「魔力で刃を作るって、結局それは魔法士じゃないと使えないのか？」

「そんなことないですが、異能者じゃないと使えないですね。これって要するに自分の操れる力を凝縮強化するものですから。本来はケレスメンティアにいた異能の一族のために作ったものらしいですよ。その一族は、別位階の負を己の武器として操れたそうです」

「そんな異能者がいたのか……。面白いな」

「この大陸特有の異能らしいですけどね。魔法大陸の精霊術士みたいなものでしょうか」

さらさらと続く夫婦の会話を聞いていたファラースは、あっけらかんと問う。

「神具を持ってるって、ティナーシャは選出者だったの？」

「違います。これはディテルダ神の神具じゃないんです。魔法大陸の主神、アイテア神の末娘クリュアが作った神具です。友達だからもらったんですよ」

ティナーシャはもう一度軽く手を振ると神具を消す。彼女と同じくらいの背丈になったファラースが感心の声を上げた。

「魔法大陸ってまだ神様がいるんだ！」

「ろくでもない半神半人ですけどね。よく人で魔法薬の実験したりしてきます」

ティナーシャ自身は無神論国家だったトゥルダールの出身とあって、なかなかに雑な評価だ。もっとも、ティナーシャがそれを知ったのも神具をもらったのも、普通に友人に会いに行っての茶飲み話でのことらしい。オスカーは、長い知り合いであった最古の魔女の正体を聞いて「なるほど」と思ったくらいだ。元々得体の知れない存在だったのでさほど支障はない。

オスカーはその後も後ろの二人が雑談しているのを聞きながら、何軒かの宿屋を比べて選ぶ。本当は事前に評判の良い宿を調べておきたかったのだが、できたばかりの街のせいか、ベモン＝ビィ内部の話は不思議なほど手に入らなかった。

「どこも変わらないから、ここにするか」

「はーい」

宿の値段はほぼ均一で、他の街よりもいくらか安いくらいだ。オスカーはそんな中から一軒を選ぶと二部屋を取る。客室のある二階に上がって、当然のように一人部屋に向かおうとするファラースの襟首を摑んだ。

「お前は俺と一緒。ティナーシャが一人」

「え、おれ一人でも平気だよ」

ファラースがそう言うのは、師二人が夫婦だからだろう。しかしティナーシャがそれに軽く手を振って返す。

「寝ている時に襲撃を受けても私たちは平気ですが、貴方はまだそうでもないですから。大人しく守られてなさい。ロツィが追いついてきたなら、また部屋分けを考えますよ」

ロツィは仕事に目途が付き次第、合流することになっている。彼のために屋敷にはベモン＝ビィからほど近い場所への転移陣が描かれていた。

と言っても、合流はどんなに早くても明日以降だ。ティナーシャがさっさと部屋の中に消えると、ファラースは素直に頷く。

「じゃあオスカー、よろしくお願いします。……って、襲撃されたりするの？」

「念のためだ。こういうのは先に用心しておいた方がいい」

「ティナーシャは一人で寝てて本当に起きられるの？」

「襲撃があれば起きられる。何もなければ起きない」

「じゃあ二人で調査だね」

「即諦めるな。昼過ぎたら起こしに行く。あとで室内の転移座標を聞いとこう」

オスカーは言いながら鍵を開け、部屋に入る。寝台が二つ置かれたその部屋は思っていたよりもずっと広く綺麗だ。ファラースが寝台を決めて荷解き(にほど)きをしていると、自室に荷物を置いたティナーシャが訪ねてくる。三人はそれぞれ椅子や寝台に座ると方針を打ち合わせた。

「今日は遅くなったから夕食を食べて明日に備えるとして、明日以降調べたいのはお前たちの姉に見える少女と、地下遺跡か。手分けした方がいいな」

「私が地下遺跡を探しますよ。多分、転移が使えた方がいいですから」

「じゃあこっちは街の聞きこみだ」

ベモン＝ビィの使者として現れた少女は、ロツィのことをまったく知らない初対面として挨拶した。会議後もロツィは彼女に食い下がろうと追いかけたが、彼女は気にした様子もなくさっさと使節団の中に混ざって帰ってしまったのだという。その態度は自然なもので、本当に知らない他人のような素振りだったそうだ。

ファラースはきつく拳を握りこむ。

「おれもそのノノラに会ってみたいんだ。記憶がなくなって年を取ってないってことだろ？」

「どういう状態かは不明です。ロツィが仕事を優先する性格で全然話せなかったそうですから。ちゃんと当人を見つけて聞きとらないと」

「使節団にいたってことは要職についてるんだろう。俺は顔を知らないからファラース頼んだぞ」

「まかせといて！　見ればわかるはず。……きっと多分」

いささか最後が弱気な返事になったのは、十五歳のファラースにとって昔の自分は今以上に子供だったからだ。それでも家族の顔を見て分からないことはない。三人は簡単に打ち合わせると、街に夕食を食べに行くことにした。

外に出た時にはもう日は落ちていた。夕暮れ時の大通りは、先ほどより人は減ったが充分に賑わっている。三人は大きめの食堂を見つけるとそこに入った。

高い天井に燭台が輝く食堂は、半分ほどの席が外からの人間で占められているようだ。ティナーシャとファラースは、壁にかかっている料理名に夢中になる。

「知らない料理すげえある。あの『鶏のドパティ煮』って頼んでいい？　あ、卵のやつも。『ワリーダーン』って何？」

「南部で食べられている汁のある麺類ですね。新しい街だけあって大陸中から色んな料理を集めてるみたいです。食べたことのないものも結構多いですね」

「二人で好きに頼んでくれ。俺は来たものを食べるから」

オスカーは酒だけを指定して、他の注文は料理好きな二人に任せる。ほどなくテーブルには種々雑多な皿が運ばれてきた。ティナーシャとファラースが手分けしてそれらを取り分けていく。香りや見栄えについて口々に感想を述べあう二人は実に楽しそうで、これだけ見ているとただの旅行に来た人間にしか思えない。

オスカーは、ファラースが一皿食べては書付を取っているのを微笑ましく見ながら、広い食堂を眺め渡す。賑わう店内にいる客はおおよそ四十人ほどだろうか。酒も出す食堂なので大きな笑い声も上がるが、総じて見た印象は――

「行儀がいいな」

「んー、そうですね」

野菜の炒め物に手をつけながらティナーシャが相槌を打つ。彼女もそう思っているということは気のせいではないのだろう。この大陸の街はかなり回ったが、街の気風と酒の有無、店の広さや料理の値段などでおおよそ客層は大別できる。そこからするとこの店は、手頃な値段の割に客の行儀がいい。

「街の人たちはみんな穏やかな感じですね。この大陸でこれだけ落ち着いてるのって、古い国の城都くらいじゃないですか」

「五年間でここまで大きくなったのは、この気風が人気を集めたからかもな」

「戦乱が続いた反動ですかね。それにしても極端すぎる気がしますけど」

「そうだな……」

平穏であるのはいいことだ。ただ微かな違和感もあるのだ。

オスカーは酒杯を手に客や店員を観察していたが、ふと外へ出て行く男に気づいて眉を寄せた。

「あれは――」

「オスカー？」

反射的に立ち上がった彼に、ファラースが怪訝そうな目を向ける。ティナーシャが顔を傾けて夫を見上げた。

「何かいました？　追跡します？」

「……いや、気のせいかもしれないからいい」

「ひょっとしてノノラ？」

「違う」

かぶりを振ると少年は残念そうな顔になる。オスカーが座り直すと、妻が手を伸ばしてきて彼の前髪を梳いた。これは「後で話を聞きます」ということだろう。彼は頷いて食事に戻る。

——気のせいである可能性は高い。何しろオスカーは本人の顔を一度も見たことがない。

ただ一瞬だけ見えた横顔、その頬にある傷痕が、話に聞いた盗掘者の特徴によく似ていたのだ。

ノノラが最後に目撃された時に一緒にいた、ガリバリという名の行方知れずの男に。

※

翌朝オスカーは妻の部屋の結界を抜けて、ティナーシャを起こした。彼女は「どうせ起きられないから」と扉に鍵をかけずに、夫だけが通れる結界を張って寝ていたのだ。

二日連続で朝起こされた魔女は、「朝が憎い……」とよれよれしながらも支度を済ませて出かけて行った。それを見送ったオスカーは、ファラースと共に街へ出る。

二人が向かうのは街の中心にある庁舎だ。通りは相変わらず人が多いが、武器を佩いているのは全員が来訪者のようだ。街の人間は皆似たような格好をしているので簡単に見分けがつく。

「昨日も思ったけど、この街って人多いよね」

「そうだな。密度が高い。下手したらそこらの国の城都より人がいるんじゃないか？」

ここが他の街と明らかに違うのは、通りの流れに雑然さがないということだ。

人々は進む方向によって自然と左右に分かれ、誰を追い越すことも押しやることもない。皆同じ速度だ。そうでなければファラースなどは早々に、庇や屋根に上がって歩き出してしまうだろう。よくそれで兄に怒られている。

流れの良さは、人々の暗黙の示し合わせだけでなく、街の設計に負うところも大きいようだ。通りに面した店先で買い物をしている人間もいるが、店構え自体が通行の妨げにならないよう少し窪んでいる。軒先に品物を並べている店はどこもそうで、最初から商店として建物を建てたようだ。

「よくできてる」

「何が？」

「計画通りに作られてるってことだ。新しい街とは言え、よっぽど上に権力があるか、民の聞き分けがいいかでなければ、なかなかこうはいかない」

「ふーん。ここはそのどっちなんだろうね」

ファラースの感想は他意のないものではあったが、なかなか的を射ているとオスカーは思う。

「ロツィの話では、市民から選ばれた代表者が議会を作って国政を回しているらしい。使節団もその議員が主体で構成されてたんだそうだ」

と言ってもその話も、使節団と面会して初めて外に知られた情報だ。それまでベモン＝ビィがどんな国でどうやってできたのか、情報らしいものはほとんどなかった。いつの間にか廃墟を中心に高い壁を持つ城砦が生まれ、人が集まった。そうしてできたベモン＝ビィは他国と最低限の交易をしているだけで、踏みこんだ外交はしようとしなかった。まったくもって謎の国だったのだ。

二人は人の流れに乗って内側の城壁へと辿りつくと、そこを通り過ぎる。てっきりまた検問などがあるかと思ったのだが、門扉もなく上り階段が続いているだけだ。

「ここ、おれたちが来た七年前はもっと平らな土地だったと思うんだけど」

「人造の大きな丘にしてるみたいだな。推測だが、中央にかなり深い井戸を掘って、風車で汲み上げてから、高低差を利用して街に張り巡らせた暗渠に水を流してるんじゃないか？　中央井戸の管理は大変だが、水の少ない地域でたくさんの井戸を掘るよりは汲み出しの手間が減らせる、という判断なんだろう。昔似たような町を見たことがある。もっと規模は小さかったが」

「へー、よくわかんないけど、兄貴なら面白がりそう」

庁舎へ向かう二人がすれ違う人々は、おおむねが穏やかな笑顔を見せている。笑いあう声や親しげな会話があちこちから聞こえた。そんな人々の様子を眺めていた少年は、頭の後ろで腕を組む。

「なんかさ、怪しい街かと思ってたけど入ってみると雰囲気いいよね」

「そうだな。物価も安いし治安も悪くない。人が急激に増えたのは住みやすいからだろう」

ただ、人の暮らしやすさは無から生まれてくるものではない。それまでずっと荒野だったこの土地にそれを可能にするものがあったのか。あったとしたらそれは「神具」に関わるものなのだろうか。オスカーは通りの先に現れた白い塔状の建物を見やる。

街の中央で頭一つ高いその建物は、四角い柱を三段に重ねたような形をしている。建物部分は上の段に行くほど一回りずつ小さくなっており、一番上は鐘楼のようだ。遠目からでも銀に光る鐘が吊るされているのが見えた。周囲には風車塔がいくつか立っており、白い羽が勢いよく回っている。それらの下、庁舎に続く階段を人がまばらに上っていくのが見えた。

ベモン＝ビィの権限が全て集中しているのがあそこだ。旅人でいきなりあそこを訪ねる人間はいないだろうが、駄目だったらその時考えればいい。

ファラースは目を細めて白い塔を見上げた。

「あのさ、年を取らないって、魔法を使えばみんなできるの？」

「無理だ。成長停止ができる魔法士は魔法大陸でも数例しかない。……ただ数年くらいなら、どうともでもやりようがある、と思う」

「ふーん」

そうこうしているうちに、二人は何回か階段を上って庁舎の前に立つ。

その頃には人通りも大分減っており、どうやら街の中心部であるこの辺りには公共の施設しかないようだ。街全体は緩やかな円錐(えんすい)状になっているようで、オスカーはぐるりと周囲を見回す。入ってきた正南門と逆側の門外には畑や牧場が見え、もう一枚外側に城壁を建築し始めているのが見えた。内側の城壁に検問や見張りがいなかったところを見ると、単純に人口増加による拡張のようだ。城壁内の建物が埋まれば次の壁を建ててそこに新たな街部分を建築するのだろう。

「まるで立体模型を作ってるみたいだな」

多くの人間が暮らしている場所のはずなのに、ここには人の営みにつきものの雑然さを感じない。あまりにもよくでき過ぎているからだろうか。

「にしても、やはりおかしいな……」

「オスカー、入らないの？」

「あ、悪い」

オスカーはファラースを連れて、庁舎の入口へ向かう。白石でできた真四角の建物には窓がなく、正面には巨大な両開きの鉄扉が嵌めこまれている。鉄扉の前には衛兵がおり、槍を携えた兵は笑顔で二人に問うた。

「外の方ですね。ご用件はなんでしょうか」

「先日の使節団にいた女性と面会したい。探している家族によく似ていたそうなんだ」

嘘(うそ)は言わず、けれど問題になりそうなところは避けて、オスカーは用件を告げる。

憲兵は笑顔のまま、けれど少しだけ困ったように眉を寄せた。

「左様でございますか。ですが残念ながら、外の方は議員と面会できかねます」

「えっ、なんで。何も悪いことしないよ」

笑ってしまうほど率直に反駁(はんばく)したのはファラースだ。憲兵は十五歳の少年に対し、申し訳なさそうに返す。

「誰であっても外の人は面会できないんだ。でも、この街に三カ月以上滞在している人なら面会予約が取れるよ。滞在証明書は持ってる？」

言われてファラースは素直に証明書を出す。厚手の紙に書かれているのは昨日の日付だ。憲兵はそれを少年に返した。

「あと三カ月経ったらもう一度おいで。ただ、その間この街を出ると経過日数が戻ってしまうから、そこは気をつけて」

「おれ、仕事があるからそんなにずっとはいられないんだけど」

「だったらやっぱり面会はできないな」

残念だけど、と付け足して憲兵はオスカーに視線を移す。オスカーは考えながら確認した。

「外の人間が簡単には会えないというのは分かるが、期間が三カ月なのは何故だ？」

「議会で決まったことですから。でも、それくらい滞在してくれれば、街の空気にも慣れるし、街にもお金を落としてくれているでしょう。そのお礼のようなものじゃないですかね」

「なるほど。それは議員以外への面会でもか？」

「使節団に加わっていたような方については、そうですね。あの方たちが街の外に出られたということ自体が異例のことですから」

「議員か使節団の名簿は見られるか？」

「あちらの図書館に街の記録も置かれていますよ」

憲兵はそう言って、階段下の小さな白い建物を指さす。オスカーが頷くと憲兵は笑顔で言った。

「よろしかったら、次は長期滞在の予定をつけていらっしゃってください。この街はとても暮らしやすくていいですよ」

愛想よい態度だが、これ以上交渉しても進展はないだろう。オスカーはファラースの肩を叩く。

「分かった。ありがとう」

「よいご滞在を」

ファラースは残念そうに庁舎の鐘楼を見上げる。

白い風車が周囲で回る中、鐘は銀に光ったまま沈黙していた。

※

「作り物みたいな街ですね……」

緩やかな傾斜がついた街を行きながら、ティナーシャがまず抱いたのはそんな感想だ。夫のオスカーと似たそれは、彼らが永い旅をする中でいくつもの国や街を見てきたせいだろう。

あちこちを歩き回ってきたティナーシャは、腕組みをして手近にあった階段に座る。

――調べたいのは地下遺跡だ。

ただこの街はその上に広範囲な丘を築いている。あまり地下まで距離があるようなら、闇雲に転移するということもできない。転移魔法は本来、転移先の厳密な座標が必要なのだ。ティナーシャは近距離においてはそれを強引な相対指定で転移したりもするが、さすがにどこにあるのか分からない地下遺跡には飛べない。無理にやると間違いなく土の中に出る。

「せめて遺跡の入口がどこか分かればいいんですけど」

ファラースが調べていた資料にそれは書かれていなかった。というより、おそらく肝心の資料は父たちと、彼らを追った少女が持っていったのだろう。

「適当なところで地下まで縦穴を開けてしまうっていうのが手ですが……」

縦穴というと、街の中心部には空いている。元精霊術士の彼女には、地下に整然とした水の流れを感じ取れるからだ。その大元は街の中心部にあるらしい母井戸で、相当深くまで地中に穴を穿(うが)っている。

そこに侵入して下に降りてみればいいのだが――多分、見つかった時に大ごとになる。ファラースを連れてはさすがにまずい。

ただ、この街に地下遺跡への入口がないということはないはずだ。それは必ずどこかにある。でなければ、ずっと何もなかった荒野に突然数年で大きな街ができるはずもない。何かの理由があったからこそ、ここに街ができたのだ。

「――何かお困りですか」

後ろから声をかけられティィナーシャは顔を上げる。振り返ると三十代くらいの男が人の好(よ)さそうな笑顔で立っていた。無地の貫頭衣を帯で締めているところを見ると、この街の人間だろう。ここの住人は皆似たような格好をしているのですぐ分かる。

ティナーシャは階段に座ったまま返した。

「この土地にあった廃墟の調査がしたいのですが、どこにあったか分からなくて困っています」

もとあった廃墟は、七年前に一度調査している。だがベモン＝ビィはそれがあった位置を含んで建設されている。その廃墟に遺跡の入口などはなかったが、何かのとっかかりにはなるかもしれない。

ティナーシャの問いに、男は笑顔のまま答えた。

「わたしは半年前にこの国に来たのでちょっと分かりませんね。お役に立てずすみません」

「いえ。じゃあ代わりにどこか地下設備に心当たりはありませんか？」

これだけの規模の人造丘を作るのに、五年は早すぎる。相当の人数が整然と働かなければ難しいはずだ。魔法大陸ならまず魔法の関与を考えるが、そうでないなら何らかのからくりがあるかもしれない。街の人間に聞いて分かるかはともかくとして、聞くだけ聞いてみる。

それに対し、男は首を捻った。

「地下設備ですか？　水道は地下を通っていますね。あとは個人宅に小さな地下倉庫なんかがあるくらいじゃないですか？」

「ありがとうございます。助かりました」

それでは普通の街と変わらない。ティナーシャは礼を言って膝の上に頬杖をつく。男はにこにこと笑って彼女に手を振った。

「では、よいご滞在を」

あっさり去っていく後姿は何の変哲もない。ティナーシャはしばらく考えこむと立ち上がった。

「二人にまともな調査を任せておいて、こちらは何の成果もないじゃ申し訳ないですし、正攻法で挑みますか」

ティナーシャは少し歩いて、人のいない路地裏に場所を定めると人払いの結界を張る。

そうして彼女は手元に神具を抜いた。刃のない柄を右手で握り、詠唱する。

「定義する。ここに来しもの、縒りて穿つ針、細く、細く細く縒りて、我が命を叶えよ」

剣の柄から地面に向けて、細い光が現れる。それは真っ直ぐに垂らされた糸のように煉瓦の隙間に落ちると、そのまま微細な穴を開けて地中に滑りこんでいった。

ティナーシャは意識と魔力を集中させながら、縒った糸を地面の中へ伸ばしていく。糸は水の気配を避けて土を掘り進んでいる。このままどこかの空洞に出れば、そこの転移座標を取得する。空洞に突きあたらなければ場所を変える、その繰り返しだ。

人外の魔女は集中するために右目を閉じて糸を伸ばしていく。その糸が丘部分を貫通して本来の地表に達し、更にそこから地下深くへと進んだ。

そして糸は、土ではない固いものに触れ――

「何かお困りですか」

愛想のよい声が、背後からかけられる。

ティナーシャが振り返ると、そこには先ほどとは別の男が笑顔で立っていた。それだけではなく、男の後ろには五人の憲兵が同じように笑顔で立っている。憲兵たちはそれぞれ槍を持っているが、その穂先は刃ではなく大人の拳ほどの鉄球になっている。鎮圧用なのだろうが、あれに殴られたら少なくともその箇所の骨は砕けそうだ。

ティナーシャは左目だけでそこまで観察すると、口を開いた。

「……結界を張ってあるんですがね」

魔法士がほぼいないこの大陸で、結界を見通せる人間はそういないはずだ。

現にそこにいる六人全員に魔力はない。ならばどうして憲兵がここにやって来るのか。

ティナーシャは左手を彼らに向けた。男が笑顔のまま口を開く。

「何かお困りですか」

「いえ、特には何も」

無詠唱での構成構築。それを彼らは妨げようとはしない。対魔法士の戦い方を知らない。

だから魔女は当然のように精密な魔法を発動させると、不可視のそれを、彼らに直撃させた。

※

教えてもらった図書館は街の規模に比べると大分小さく、宿の部屋二つ分程度の大きさしかなかった。窓がない部屋は全面が本棚で、けれどその書棚にも隙間が多い。受付もなく自由に出入りできるのは、この施設が街にとってそう重要ではない証左だ。

ろくに分類もされていない書棚を、オスカーとファラースは手分けして調べる。他に人がいないため堂々と本をさらっていたファラースが、反対側を見ていたオスカーを呼んだ。

「このあたりっぽいよ」

少年が開いている薄い本は、ベモン＝ビィの歴史を記した年表だ。と言っても五年の歴史しかないので、街の建設計画や整備などについて書かれているだけだ。オスカーは隣からその記述を覗きこんで、近くにあった別の本を手に取る。

そんなことを何度か繰り返して、ようやく記録書の一冊、街の要職名簿に行き当たった。

「議員は三十七人か。議会ができてから増えてはいるが減ってない」

「おれも見たい見たい！」

隣からファラースが覗きこんでくる。姉の名を探したのだろう目が、すぐに落胆に翳った。けれどそれはほんの一瞬のことで、ファラースはすぐに笑顔を作って見せる。

「ないね。残念」

「まあ、こういうところに素直には書かないんじゃないか」

オスカーは言いながら、ぽんとファラースの頭に手を置く。

「あと、俺しかいないから気にしなくていい」

その言葉に、少年はぽかんとして師を見上げる。ファラースは言われた意味を理解すると、普段よりも大人びた苦笑を見せた。

「ごめん、わざとじゃないんだけど」

「分かってる。ロツィや周りの人間は、お前のそれに助けられているんだろうしな」

重ねて言うと、ファラースは「だったらいいけど」と自嘲を見せる。

この少年が、本来の精神性より幼く明るく振舞っているのは、生真面目な兄に負担をかけないようにだ。自分より年上の人間の中でずっと暮らしてきている彼は、周囲の苦労や疲れをよく見ている。だから雰囲気が暗くなり過ぎないように、自分の中の負を見せて相手に気遣わせないように、ファラースは常に笑顔でいる。それは成長するに従って身に着いた癖のようなものだろう。

「ノノラがこういう感じだったんだよね。できるだけ笑顔で、みんなの雰囲気をよくしてって。おれは全然あそこまではできないんだけどさ。昔はノノラはなんでもできるし、何にも困らないんだって信じきってた。今から思うと、きっと無理もしてたんだろうなって分かるけど」

「だからってお前がそれになる必要はないぞ」

「うん。ティナーシャにも前に言われた」

オスカーは軽く目を瞠ったが、すぐに口元を緩める。

「あれの言い方じゃ厳しかっただろう」

「でもティナーシャの言う通りだと思うし。おれはおれで大人にならないと」

ファラースは真剣な眼差しを宙に向ける。この大陸において、子供が子供でいられる時間はそう長くはない。それを象徴するような述懐にオスカーはかぶりを振った。

「目指したい相手がいて、それに寄せていくのが悪いわけじゃないさ。ただ気を張ってそうしてるなら、俺たちの前では不要だってだけだ。大人であっても子供であってもそれは同じだ」

「大人でも？」

「俺はあいつに出会ってから、大分自由に息ができるようになったからな。あいつは俺より年上で、何でもできたから」

ずっとずっと昔、愛しくも懐かしい日々のことをオスカーは思い出す。

重責の中で生きてきた彼にとって、大陸最強の魔女は初めて出会った遥か格上の存在だった。その彼女が隣に来て「好きにすればいい」と彼の重みをいくらか引き取ってくれたのだ。それはオスカーの世界を広げ、彼に自由をくれた。「私の方ができること多いですから」と粗雑に扱われることは新鮮で、肩の力を抜けた。

その分、彼女に好かれたくて見栄を張って背伸びをしてしまったところはあるが、そんな毎日も楽しかった。だからというわけではないが、自分は子供たちにとって好きなように自由でいられる居場所でありたいとも思う。

「と言っても、これはただの俺たちの我儘だ。お前たちに気を使わせるために助けているわけじゃないからな。頭の隅にでも置いておけばそれでいい」

自由に振舞って欲しい、というのが兄弟たちへの圧力になってしまっては意味がない。重ねてそう言うオスカーに、ファラースはしばらく考えて頷いた。

「うん、ありがとう。覚えとく」

「関係ない話をして悪いな」

オスカーは苦笑して手元の名簿を捲る。半ば記録書を閉じるための動作だったが、最後の頁で彼は手を止めた。

「……あった」

「え」

二人の視線が奥書に集中する。

そこに書かれていた名は二つだ。

管理者：ガリバリ＝ビィ
管理者：ノノラ＝ビィ

「ノノラ！」

「管理者？」

その役職がついているのは彼ら二人だけだ。奥書には他に、ベモン＝ビィの理念として「太平・拡大・融和・支配」とだけ書かれている。まるでちぐはぐな単語から、オスカーは意識を二人の名に戻した。

「ガリバリもか……」

昨晩見かけたのは間違いではなかったようだ。以前の目撃情報を最後に行方が知れなくなっていた盗掘屋の名がそこには書かれている。ファラースがあからさまに顔を顰めた。

「なんであいつがノノラと一緒に……」

「彼女とガリバリは、もともと繋がりがないはずだったな」

「うん。父さんたちの仲間の中ではガリバリは悪い意味で有名だったけど、ノノラとは関係ないよ。だから、一緒にいたって話を聞いて驚いたんだけど……」

少年はそこで思案の表情で顔を傾ける。

「今になって考えると……多分父さんたちが入った遺跡を調べるために、ガリバリの手を借りたんだと思う。表に出てない遺跡は危ないから……」

父たちの資料を持っていったノノラには、遺跡についての情報があったはずだ。彼女は父親たちを探したくて、ガリバリは遺跡の情報が欲しかった。利害が一致したのだとすれば話は合う。

ただ問題は、その後何があったかだ。

「オスカー、このビィって何？」

「分からん。街の名と一緒だな」

表記の仕方から見て家名ではなさそうだが、どういう意味かは分からない。「管理者」という役職も普通の議員とは違うようだ。

じっと姉の名を見ていたファラースは、意を決したようにオスカーを見上げた。

「おれ、やっぱり一旦帰って兄貴に話してから、この街に来なおすよ。三カ月ここに居続ければ、議員に面会できるんだろ」

「ファラース」

「それで、ちゃんとノノラと話してみる。何があったか聞くよ」

気負いなく、けれど固い意志を感じさせる目で少年は言う。

決然とした表情は七年間の成長を感じさせるものだ。オスカーは口にしかけた制止をのみこむ。

「分かった。なら俺たちも――」

その時、鈍い地響きがして、小さな建物が震えた。

※

軽い違和感に、二人が顔を上げたのはほぼ同時だった。

ベモン＝ビィの中枢たる部屋で、向かい合わせに座す彼らは顔を見合わせる。

男の方が乾いた口を開いた。

「何かが来た」

「そうみたい」

少女は返す。その声は荒れ地に吹く風のように掠れかけていた。男は無造作に彼女へ言う。

「お前がやれ。これはオレの仕事じゃない」

返答は、すぐにはなかった。動かない女へ男は重ねて命令する。

「お前の仕事だ。お前が望んでこの街を作ったんだろう。父親たちを殺してな」

「そんな言い方はやめて」

「事実だろうが。追われなくてもいい暮らしのために父親たちを見捨てて――」

「やめて。わたしがやるから」

煩わしげな制止に男は口を噤む。二人しかいない部屋に、透明な倦怠感がとろとろと垂れて広がった。それらが石の床を全て覆ってしまう前に、彼女は古い息を吐き出す。

「わたしがやるわ。誰であっても、この街を侵すことは許さない」

彼女は目を閉じる。冷たい石の肘掛けを両手で握りしめる。

暗い部屋の中で、神具の放つぼんやりとした光だけが、床に散乱した白骨へ影を生む。

それら軀の中にある玉座の上で、女は呟いた。

「ベモン＝ビィは、わたしのための街だから」

氷面を叩くに似た声には、感情の一滴さえも残っていなかった。

※

構成を作り、発動させる。

その効果は単純なものだ。少しの間、思考を麻痺させぼんやりとさせるだけ。そして単純な分、強力だ。

「昨日来たばかりで騒ぎを起こすわけにはいかないので。少し目を瞑っていてもらいますよ」

ティナーシャの編み上げた構成が、男たちに接触する。

――この街は明らかに不審だが、事を構えるにしても自分だけの判断ではできない。少なくともこの場はしのいで二人に報告しなければ。

そう考えながら彼女は神具を消すと、開けてしまった微細な穴を塞ごうと地面に手をかざした。

けれど、その構成を組み上げる前にティナーシャは大きく飛び退く。

「っ……」

それをさせたのは、彼女のいた場所に突きこまれた鉄球だ。ティナーシャは、六人の視線が明らかに自分を追っているのを見返して目を丸くする。

「あれ、効いてない？　そんな馬鹿な」

怪しい憲兵たちとは言え、彼らの気配はただの人間だ。魔法士でもなんでもない。

そんな相手にティナーシャの組んだ精神魔法が効かないなどということはあり得ない。

「これは予想外ですね……ルクレツィアの精神魔法も効かないのか試したいところです」

精神魔法では比類するものがない友人の名をティナーシャはぼやいたが、ルクレツィアの正体は半神だ。その魔法も効かないとなれば、異常の限界値を超えてしまう。

一人だけ憲兵ではない男が、変わらぬ笑顔で問うた。

「何か、お困りですか？」

男の左右からは、憲兵たちがじりじりと距離を詰めてきている。ティナーシャはそれを見ながら唇を曲げた。

「そうですね、貴方たちが誰に操作されているのかが知りたいです」

精神魔法が効かない可能性の最たる一つ。

それは――「既に誰かの操作下にある」というものだ。

精神魔法は魔法の中でも複雑で繊細だ。強力なものなら人を現実と変わらぬ精神世界に閉じこめることさえできる。ただそこまでの力を発揮できるのは、あくまでまっさらな状態に魔法をかけた場合だ。先に何かがかかっていたなら、不発に終わることはある。

だとしてもティナーシャの精神魔法を完全に無効化したとなれば、元々かかっていた操作は相当強力なもののはずだ。

彼女は、笑顔のまま槍を構える憲兵に視線を流す。

「貴方たち、どうやって私を捕捉したんです？　裏にいるのは誰ですか？」

今、ここで憲兵たちが現れたのは、ティナーシャが何かの警戒線に引っかかったからだろう。でなければ、これだけ多くの来訪者がいる街でどうして彼女のところに現れたのか。

一応問うてはみたものの、男たちは答えない。ティナーシャを半包囲した憲兵たちが、じりじりと距離を詰めてくる。

魔女は闇色の目を細めた。溜息を一つつくと乾いた煉瓦に踵を打ち付ける。

カン、と固い音が鳴り——黒い鎖が数条、宙を走った。

避けられない速度での攻撃。魔力で作られた鎖は、たちまち彼らの体に巻き付き拘束する。

そのまま重なり合って地面に倒れこむ男たちを、魔女は思案顔で見下ろした。男たちは悲鳴も呻き声も上げず、鎖に縛られてもがいている。

「さてどうしましょうか。精神魔法が効かないんじゃ転移で遠くに放り出しちゃおうかな」

操られているだけの人間なら、あまり乱暴もできない。できるなら精神に介入して誰にどんな操作を受けているか調べてみたいが、彼らが受けている操作深度によっては精神が壊れる可能性もある。

消去法として転移構成を組みかけたティナーシャは、けれどそこで新たな気配に顔を上げた。

倒れた男たちの向こう、路地の入口に、いつの間にか一人の少女が立っている。

暗い赤色の髪に緑の目。特徴的な下がり眉は、話に聞いていたものとよく似ている。

ゆったりとした深緑色の貫頭衣を帯で締めた少女は、ティナーシャに笑顔で告げた。

「市民に害を及ぼすことは禁止しています。今すぐ彼らを解放して、この街に従うか退去を選んでください」

先ほど声をかけてきた男と同じく自動的な警告。魔女は眉根を寄せた。

「貴女（あなた）は、ノノラという名の女性じゃないですか？」

「わたしはこの街を管理する一人です」

「先日の使節団にいたのも貴女ですか？」

深緑色の服は、使節団の議員も着ていたと聞いた。その時にいたノノラらしき人物も、ロツィの問いかけに「何も分からない」といった反応を見せたという。

問われた少女は申し訳なさそうに苦笑した。

「残念ながら、わたしは街の外には出ていません」

「えー？　絶対当たりっぽいのに……」

ロツィもこんな感じで否定されたのだろうか。と言ってもティナーシャはノノラに会ったことがないので判断がつかない。

「こっちにファラースがいれば分かったんですけど。仕方ないからこの子は連れて行きますか」

少年の名にも相手は反応を見せない。

ティナーシャは右腕を上げる。念のため不可視にした鎖が少女を搦めとろうとし――

けれど、鈍い破裂音がして鎖は弾け飛んだ。

少女は笑顔のまま抜いた細剣を払う。

「このようなことをされては、困ります」

「それはすみません。でも今、どうやって束縛を解いたんです？」

何かの力が働いたのは感じたが、あまりに最小に抑えられていてよく分からなかった。

第一、目の前の少女自体、一見魔力を持たないように見えるのだ。それが相当強固に隠蔽されているのだとしたらなかなかに厄介だ。ティナーシャは魔法大陸の知己を思い出す。

「まさか、『水の魔女』みたいに構成不可視なんじゃないでしょうね……あれっていわゆる『魔法士殺し』の一種なんですけど」

「もう一度ご案内します。今すぐ彼らを解放して、この街に従うか退去を選んでください」

「どちらもお断りします」

即答と同時にティナーシャは軽く手を振った。鎖で捕縛されていた男たちの姿が掻き消える。突然の転移に少女は限界まで目を見開いた。

「一体何を……」

「貴女も経験してみます？　この街から出してあげます」

「……彼らを返してください」

「転移は放り出すより引き寄せる方が大変なんですよ」

軽口で返すティナーシャに少女は押し黙る。その表情からようやく笑顔が消え、緑の目が森の奥のような陰を湛えて魔女を見た。少女は細剣を左手で構える。

「あなたは、よくない人ですね」

「久しぶりに言われました、それ。異論はありませんが」

魔女は腰に佩いていた短剣を抜く。鋭い刃先に複雑な構成が灯った。

音を立てて刃の表面に白い火花が上がる。それは全てを焼く魔力の迸りそのものだ。

周辺一帯を焼き尽くせるほどの力を凝縮させて、ティナーシャは美しく酷薄に微笑む。

「では、少し試させてください。私もたまには戦わないと腕が鈍ってしまいますので」

ベモン＝ビィに鈍い爆発音が響いたのは、その直後のことだった。

※

建物へ伝わってくる振動に、ファラースがぎょっと辺りを見回す。

「え、これって地震？」

「いや、爆発だ。爆発音がした。もしかしてティナーシャか？」

一番ありそうな可能性を口にしたオスカーに、少年は飛び上がった。

「ちょっ、早く助けに行かないと！」

「助けにというか……場合によっては、俺たちは姿を晦ました方がいいかもしれないぞ。あいつが何かやらかして暴れてた時、同行者だと分かると捕まる可能性がある」

「ティナーシャってそんなの？」

「割と。短気なのは知ってるだろう」

「うん。かなり」

冗談ではあるが、半分以上は本気だ。ティナーシャは搦め手が効かないと分かると純粋な力に訴えるところがある。それはそれで話が早くていいのだが、ファラースには累が及ばないようにしなければ。オスカーは記録書を棚に戻した。

「とりあえずティナーシャと合流して何があったか確認するか。お前は先に――」

「おれも行く！」

先に帰されることを予想してそう叫ぶ少年に、オスカーは微苦笑する。

「分かった。本当に何かあったらあいつの方から転移してくるから、合流は難しくないだろう」

ティナーシャにとって同族である夫は探知にかかりやすい。同じ街の中くらいなら短距離転移を繰り返して追ってこられるだろう。

そう思ってオスカーは図書館を出る。出た瞬間、離れた空に白い魔法の光が瞬くのが見えた。日の光よりも眩い閃光は、彼にとってはよく知るものだ。

「ん、本当にティナーシャだな」

「ええ!?」

この大陸で、あんな魔法を使える人間はそういない。ただ戦闘になっているのだとしたら、それなりに不測の事態だ。一体何を相手しているのか。

一瞬見ただけだが光は位置からして内壁と外壁の間から上がっていたようだ。

「ちょっと走るぞ、ファラース」

「わかった！」

二重壁の最内から出られる門は限られている。オスカーは最寄りの門に向かって駆け出した。

だが、そうして走り出してからまもなく、オスカーは何かの気配を感じて左腕を上げた。何もない空中を摑む。すぐに柔らかな感触と「ギャッ」という短い悲鳴が返ってきた。

オスカーは摑んだものを引き寄せて、それが黒い子猫であることに気づく。

「なんでお前ここにいるんだ」

「なんでぎゅっと摑むんですか！　内臓出ちゃうかと思いましたよ！」

彼の手の中でじたばたと暴れるのは黒い子猫だ。ファラースがぽかんと口を開ける。

「なんでその猫、ティナーシャの声がするの？　どこから降ってきたの」

「私だからです。魔法で姿変えてるんですよ」

「へ!?　魔法ってそんなことまでできるの!?　犬にもなれる!?　白いふさふさのやつ！」

「なれますけど、あいにく私は猫派です」

「お前たちは二人になるとどうしてそう話が逸れるんだ」

オスカーは歩調を緩めながら猫を肩に載せる。ティナーシャは一度ぶるっと体を震わせて、よれてしまった毛並みを戻した。

「ちょっと何かの尻尾を踏んでしまったみたいで、相性悪い敵と戦闘になったんです。なので目晦ましをかけて離脱してきたんですが……」

「何をしたらそうなったんだ？」

夫の言葉に、黒い子猫はぴんと尻尾を立てた。

「おそらく――鍵は地下です」


何故彼らがティナーシャの前に現れたのか。

人外であることや魔法士であることが看破されたのかとも思ったが、同条件のオスカーには誰何（すいか）がかかっていない。なら神具を出したことが原因かとも思うが、神具はファラースに請われて一度街についたばかりの時に出している。

残る違いは、ティナーシャが地下に魔力糸を伸ばしたことだ。

「それが向こうの警戒線にかかったのか。やっぱり地下……神具の遺跡か」

オスカーは建物の隙間に見える鐘楼を振り返る。ティナーシャと合流して、一旦彼らは図書館から二つ隣の資料館へ入ったのだ。図書館と同じでこちらも無人だ。入口には資料館と書かれていたが、小さな広間には街の模型しかない。図書館もそうだったが、とりあえず建物だけ作って、中身が追いついていない印象を受ける。

彼らは壁際に置かれた椅子に座ると、情報共有をしていった。

「それで、憲兵が精神操作されていたって？」

「現れた市民もですね。簡単には解けなそうだったんで、拘束してロツィたちの家に転移させておきました。あとでどんな魔法がかかってるか調べようと思いまして」

「兄貴驚くだろうなー」

「私たちの屋敷に転移させたら私たちが帰らなかった時、餓死しちゃいますからね」

さらりと自分たちの死の可能性を口にしたティナーシャはまだ子猫姿だ。彼女は夫の頭の上で尻尾を振る。オスカーは手を挙げて猫の頭を撫でた。

「しかし、精神操作の話を聞くと腑に落ちるな」

「何がですか？」

「いや、この街の住人は少しおかしいだろう。食堂でも通りの往来でも少し行儀が良すぎるというか、皆同じように穏やかに振舞っている」

「それは思いますけど……って、え？」

ティナーシャがぶわっと毛を逆立てて絶句する。それを見上げたファラースはまだついていけずにオスカーに問うた。

「どういうこと？」

「そうだな……昨日街に入った時の検問は、門の幅全部を使って手続きしていただろう？」

「うん。商人はすぐに帰れていいなって思ってたけど」

「それもあるが、門がいっぱいだと帰る人間が通れないだろう？」

「あ……」

「だから普通大きな街は、ああいう風に検問を広げないで半々で使うことが多い。別の門を出口に設定していることもあるが、上から見た限りそれもしてなかったからおかしいなとは思ったが」

少年は、師から言われた意味を反芻(はんすう)する。数秒おいて、呆然とした目がオスカーを見た。

「もしかして、出ていく人がいない……？」

「まったくいないというわけじゃないだろうが、入ってくる人数と明らかに釣り合ってないのは事実だ。それを踏まえてみれば、議員への面会条件が『三カ月間この街にい続けること』というものになっているのも分かる」

そこでオスカー自身が答えを言わずに、ファラースが思い当たるのを待ったのは、この兄弟と知り合ってから身に着いた習慣のようなものだ。境遇に比して高等教育を受けている少年は、すぐに示唆されていることが分かったらしく口元を押さえた。

「え、まさか三カ月この街にいたら、おれたちも精神操作されるとか……？」

「私とオスカーは魔力量が多いんで平気ですけど、貴方が逃れるのは難しいでしょうね」

「そ、それってまずくない!?　こんなに大きい街なのに！」

ファラースが叫ぶのは当然だ。数万人規模の街で精神操作が行われているなど、魔法大陸でも前例がない。オスカーは自分の頭の上に尋ねた。

「お前なら同じことをできるか？」

「不可能じゃないとは思いますけど……かなり大変ですよ。完全支配までに三カ月かかってもいいということで出力は低くてもいいんでしょうけど、規模が規模ですからね……街の基礎自体に魔法陣を入れこむように設計しないと。かなり骨が折れそうです」

「人造丘を作ったのはそれのためかもな」

「でも、そしたらノノラは……」

呟く少年に、黒猫は困った顔になる。自分が何と交戦して撤退してきたのか、まだ二人には話していないのだ。だがそれは言わないわけにはいかない。猫は夫の頭に大きく溜息を零した。

「実はさっき、貴方の姉らしき人と交戦しました」

「え」

「と言っても外見特徴が同じというだけです。憲兵と市民を拘束したら現れたんですよ。こっちの誰何には答えないし、使節団として街に行った覚えもないというんで別人かもしれませんけど。ただ感じから言っておそらく、精神操作されている人間たちより上位の権限を持っている存在のようですね」

ファラースはオスカーの表情を窺う。「上位の権限を持っている」という推測の裏付けを、二人は既に図書館で見ているのだ。オスカーは妻を頭の上から下ろした。

「相性が悪いって敵はそいつか？」

「そうなんですよ。魔法防御がかなり高くて、よく分からない打ち消され方もするし、真剣に戦うなら周囲に被害が出そうなんで退いてきたんです」

「お前が言うって相当だな。魔法湖の魔獣並みか」

「さすがにあそこまでじゃないですけど、人里で戦いたくない相手ですね。姿を似せた使い魔の類なのかもしれません。ちょっと正体が知れません」

子猫は二本足で立って肩を竦めようとし、失敗してオスカーの膝上にころんと転がる。人の姿に戻らないのは、外見で手配がかけられていることを用心してだろう。

「ティナーシャにも面倒な規模の魔法を実現しているとなると、大元は神具か……？」

「あり得る可能性としては、それが一番高いですね。……神具が残ってるっていうのがもう予想外なんですけど。神代からこんなに経ってるのに……」

ティナーシャは箱座りでぼやく。大陸主神とそれに連なるものについては、本来的には逸脱者の負うところではない。ただ今回に関しては、起きている事象が大きすぎる。

オスカーはファラースの顔を一瞥する。十五歳の少年は、事態をのみこもうと考えこんでいるように見えた。この数年間、彼ら兄弟はそうして自身の失われた家族と向き合ってきたのだ。

オスカーは立ち上がる。落ちそうになった猫が、あわてて彼の服に爪を立ててぶらさがった。

「このまま地下を確認するか。ファラース、一緒に行くか？」

「っ、行く！」

少年は即答すると立ち上がる。ぶらさがったままのティナーシャが問うた。

「地下って、どう確認するんですか。小さな穴を開けただけで感づかれたんで、転移座標も取れてないんですけど」

「簡単だ。この街にはもともと地下まで開いてる穴があるじゃないか」

言われてファラースは大きく目を瞠る。少年は窓越しに鐘楼を見上げた。その周りには五基の風車が勢いよく回っている。

「もしかして、母井戸？」

「ああ。これ以上向こうが警戒状態になる前にこの街の正体を暴きにいこう」

ファラースは緊張に唾を飲む。

その目によぎったものは不安と希望で、けれどそのどちらが大きいのか、この時は全員がはかりかねていた。

※

「変な我慢や遠慮はするなよ」

片方の父は、そうよく言っていた。

「おれたちは、血でなんとなく家族になったわけじゃない。自分たちで選んで家族になったんだ。だから、変な遠慮はするな。口に出していけ」

胸を張って言う父の姿を、ロツィはよく覚えている。そう言いながら父二人が子供たちのために多くの我慢をしてきたことも。

決して周囲から褒められるような人間ではなかったと思う。盗掘を生業にしていたのも、二人が「他のことは上手くやれない」と思いこんでいたからだ。それでも父たちは親であることを諦めたりはしなかった。その手段として選んだものが「神具を密かに発掘する」という埒外のものだっただけだ。

乾いた路地裏。弟と身を寄せ合って死にかけていた時のことを、ロツィは思い出す。

あの時、掠れた視界の中にしゃがみこんだ父たちが差し伸べてくれた手。汚れて罅割れた手を取った時に、自分たちはもう一度この世界に生まれたのだ。だから、そんな父たちがいなくなった時、ノノラは当然のように「自分が下の子のために動かなければ」と思ったのだろう。

その結果選んだ道が、年下の子供を置いて一人で父を探しに行く、というものになってしまうくらい、彼女は父たちに育てられた、父たちが好きな子供だったのだ。

——自分がノノラより年上だったらどうしていたか。

そんなことを考えながら、ロツィは足早に家へと向かう。無理を言って仕事は終わらせてきた。今から支度をすれば、明日にはオスカーたちに合流できるだろう。ベモン＝ビィでノノラに会えれば、きっと今の疑問の答え合わせができる。自分たちがどこかで間違っていたのか、それとも今に行きつくしかなかったのか、分かる気がするのだ。

ロツィは弟と二人で住んでいる小さな家の扉を開ける。そして無言になった。

「……なんだこれ」

床に転がっているのは人間の塊だ。

正確には数人の人間が鎖でぐるぐる巻きにされて放り出されている。

まったく意味不明だが、ロツィは彼ら憲兵の服装に見覚えがあった。こんなことをしそうな人間の心当たりも。

「ティナーシャ……何があったんだ……」

呆然と呟いたロツィは、すぐに我に返ると、自分が勤める街役場宛に走り書きをして、それを隣家の住人に預けた。中に書いてあるのは「自分が一日経っても戻らなかったら、家にいる人間の様子を見て欲しい」というものだ。新人役人の家に、隣国の憲兵が縛られて転がっているのだから、発覚したら大問題になるだろう。

だが今は、何が起きているのか確かめるのが先だ。ティナーシャが自分の屋敷ではなくここに憲兵を転移させたということは、すぐには戻れないかもしれない面倒事に見舞われているはずだ。

ロツィは家に戻ると元から準備してあった荷物を摑んで、転移陣に乗る。彼ら兄弟にしか反応しない転移陣は、オスカーたちの屋敷に繫がっており、そこには更にベモン＝ビィ付近への転移陣が用意されていた。

彼はそして、一人遅れてベモン＝ビィに向かう。

その足跡は、いなくなった姉を追うものだった。

※

街の中心に母井戸がある、というのはあくまで推察ではあったが、風車の位置から考えて怪しいところを探すとすぐに地下への階段が見つかった。

入口の憲兵を不可視の魔法ですり抜けた三人は、階段を二階分ほど降りた先、巨大な真四角の池を底とした地下空間に出くわす。

四方を白い石で固めた貯水池は、中から街の水路へと繋がっているようだ。水中に没している階段の途中からそれを覗きこんだファラースは、感嘆の声を上げた。

「すごい。作るの大変だっただろうな」

「ここが汲み上げた水を貯めておく場所みたいですね。濾過は各水路の入口でやるのかな」

そう言うティナーシャはまだ猫のままだ。オスカーは肩の上の妻に確認した。

「お前、猫で濡れて大丈夫か？」

「水を避けて潜行するから大丈夫です。どのような汲み上げ方にせよ、作動部分を生身で通ったら死にますし、結界から出ないでくださいね」

「ティナーシャ、怖いんだけど……バラバラになったりしない？」

「汲み上げを羽根車の真空と遠心力でやってたらバラバラになります」

「こら、ファラースを怖がらせるな。結界を張りつつ短距離転移で越えて行けばいいだけだ。離れるなよ」

最後の言葉はファラースに向けたものだ。少年は頷いてオスカーのすぐ傍に戻る。猫が詠唱をし、球体の結界で彼らを包みこんだ。そのまま球体はふわりと浮いて水の中に沈んでいく。井戸の中には灯りがないため、すぐに辺りは真っ暗になった。猫が結界の中に光球を生む。

「井戸の機構を越えるのに何度か短距離転移が必要ですね。水の流れがあるんで、座標取得は問題ないと思います」

「よろしく頼む」

ファラースがこわごわ足下の暗闇を見つめる中、球状の結界は汲み上げられる水の中を逆流して潜行していく。途中、何度か転移をしながら、三人は下へ下へ降りていく。

時間も、高度の感覚も失われ、白い壁に囲まれただけの暗闇を漂っているような感覚。

それが永劫にも思えた時、オスカーがある方向を指さした。

「扉がある」

「え、どこですか？」

「お前、猫なのに暗視効かないのか？　あの壁に扉があるぞ」

「そういう目的で猫になってるんじゃないんですけどね……」

ティナーシャは球体結界を操作して壁に寄る。光に照らしだされた白い壁には、確かによく見るとうっすらと壁に扉型の切れ込みがあった。猫が呆れ声を出す。

「これ、暗視の問題じゃないじゃないですか。よく気づきましたね」

「降りてきた距離的に大分地下だな。扉の先に転移できるか？」

「少々お待ちください」

ティナーシャは猫の前足を扉に向かって片方上げる。小さな黒い前足に、薄紅色の肉球がついているのをオスカーはつい手を挙げてぎゅっと触った。猫に「気が散るからやめてください……」と苦情を言われて放す。

しかしそうしていたティナーシャは数秒後、苦い声を上げた。

「すみません……座標が取得できないみたいです」

「俺が邪魔したからか？」

「違います。ちょっと原因が分かりませんね。転移を禁止している領域なのかもしれません」

「一筋縄でいかなくなってきたな。つまりここが当たりか」

結界は水中を滑ると扉の前に辿りつく。ティナーシャはそこから結界を変形させると、扉の周囲から水を避けさせた。ファラースが扉を調べる。

「向こう側に押すみたいだけど、隙間が塗り固められてるよ。水が漏れないようにだと思うけど」

「あ、じゃあ魔法で――」

「一応押してみるぞ」

ティナーシャが構成を組みかけた時、前に出たオスカーが両手を扉に当てた。

ぐっと力を入れると同時に、固いものが割れる音がして扉が奥に傾く。もう一度彼が押すと、今度こそ扉は完全に外れて向こう側に倒れた。倒れた拍子にぱっきりと左右に割れる扉を見て、ティナーシャは再び夫に呆れた目を向ける。

「どうして貴方はそうなんですか……」

「いや、古くなってたんだろ……。水圧で崩れかけてたんじゃないか？」

三人は割れた扉をまたいで中に入る。その先は石造りの地下通路だ。明らかに古いものだと分かる通路は、どういう仕組みかうっすらと明るい。オスカーとファラースが辺りを見回すうちに、猫がふわりと人の姿に戻った。

「ここから先はいつ探知されるか分からないので用心してください。あと、扉は補修しておきますね。水が流れこんで遺跡ごと全滅しても困りますから」

「その死に方は俺でも割と嫌だな……」

まったく緊張感のない師二人に、緊張顔だったファラースもつられてふっと眉根を緩める。

オスカーはその変化を見て微笑すると、右手にアカーシアを現出させた。彼はそして、当たり前のように先頭を歩き出す。

「迷路になってないといいな」

今のところ通路は真っ直ぐ延びているだけだが、突き当たりは左右に分かれている。魔法大陸にいた頃は遺跡探検が割と好きだったオスカーと、彼に付き合っていたティナーシャは、遺跡の内部が迷路になっていることが多いと知っている。普段ならそれも楽しんでいるのだが、今は得体の知れない場所だ。できるだけ単純な道の方がありがたい。

けれどそんな二人にファラースが言った。

「父さんたちが入った遺跡なら、道が分かるかも。目印があるんだ」

少年は近づいてくる分かれ道を見据える。

「正解の道の方には、白い穴だらけの石が置かれてるはず。故郷にはたくさんある石なんだって。もしノノラが後を追ったなら、それを目印にしたと思う」

三人を留めるものはまだ現れない。分かれ道につくと、ファラースは身を屈めて通路の隅を調べた。すぐに片方の角に小さな石を見つけて指差す。

「あった。こっちだ」

小指の先ほどの小さな白石は、言われてみなければ気づかない程度のものだ。この遺跡内に落ちている別の小石とは種類が違う。穴だらけの小石にティナーシャは感心の目を向けた。

「火山の噴火後にできる石ですね。確かに珍しいです」

「よし、じゃあこっちに進むか」

その後も何度か分岐があったが、三人は小石を頼りに進んでいく。通路は装飾のない石造りのものが続くだけだ。ところどころは崩れていたり砂に埋まっていたりしている。そこを掘り進んでいったと思しき箇所もあり、一番先にここを通っていったのだろう父親たちの試行錯誤が見て取れた。ファラースはそんな親の足跡を、一つ一つ噛み締めるように見ていく。

やがて三人は、一際高い天井を持つ広間の入口に出た。そこには崩れた石も積もる砂もなく、がらんと広いだけの場所だ。

「何もいないな。本当にただの遺跡か？」

「そんなはずないと思うんですけど……」

広間には一見して他の出口はない。調べようと三人が進み出した時、広間中央にふっと人影が出現する。深緑色の服を着た少女は人形のような無表情だ。

「ここは立ち入り禁止区域です。今すぐ退去してください」

「ノノラ！」

乾いた広間に叫び声が響く。ファラースは止める間もなく少女に駆け寄ると訴えた。

「ノノラだよな？　おれだよ、ファラースだ。兄さんもいる。ずっと探してたんだ」

すっかり背の伸びた彼が矢継ぎ早にそう言うのを、少女は無表情のまま見上げる。後ろでそれを見ているオスカーが、ティナーシャに囁いた。

「お前が交戦したのはあいつか？」

「そうです。でも私のことは忘れてるみたいですね。ファラースもいますし、このまま忘れててくれると助かるんですけど」

そう言ったティナーシャは、夫が体ごと振り返ったのに気づいて、その視線の先を見た。

今まで歩いてきた通路に、一人の少女が立っている。深緑色の服を着た少女は、ファラースの前にいる少女とまったく同じ姿形をしている。少女は持っている細剣の先をティナーシャに向けた。

「見つけました、悪い人。消した市民を返してください」

「ティナーシャ、忘れられてなかったみたいだぞ」

「二人いるんですか……そうですか……ちょっと予想はしてましたが……」

ティナーシャは広間の中央にいる二人を見やる。

少年は、何を言われたのか信じられないものを見る目で、姉の姿をした少女を見下ろしていた。

「ノノラ？　ノノラだよね？」

会う前は「幼い頃に別れた姉の顔を思い出せるか自信がない」と思っていた。

けれど実際目の当たりにすれば、間違えようがないと思う。

夜の部屋に燃える暖炉のような赤い髪。目の緑色は森の中のようだ。少し困ったように下がった眉を本人は気にしていたが、ファラースは姉の優しさがよく表れているようで好きだった。

ただ……いなくなった時のままの彼女に、一体何があったのか。

少女の緑の目が、感情なく彼に返す。

「なんのことでしょうか。ここからの退去をお願いします」

「……ノノラ」

予想はしていた。兄もティナーシャも「呼びかけに応えなかった」と言っていたのだ。

第一、彼女の外見が年を取っていないことからも、なんらかの異変があったことは確実だ。

ファラースはじっと姉の姿を見下ろす。彼女がいなくなったのは十六歳、今のファラースと大差ない時だ。そして、こうして改めて見ると……本当にか細い、ただの少女だったのだと思う。彼女を大人だと思っていたのは、自分たち兄弟だけだ。

「……父さんたちは、どうなったか知ってる？」

聞きたかったのはそれだ。自分たちを助けてくれた、惜しみなく愛してくれた大事な親たち。父たちはどうなったのか。ノノラがこうして記憶を失ったまま留まっているように、この遺跡に捕えられているのか。

少女はすぐに返した。

「なんのことでしょうか。ここからの退去をお願いします」

「……ノノラ」

「退去されない場合は、強制退去が行われます」

ファラースは少なくない落胆に立ち尽くす。

――話が通じない。聞く気がないのだ。

ようやく見つけたと思った姉は、姉ではない。むしろ姉の姿をした別人は、彼女に尋常ならざる事態が振りかかったことを意味するようで……我知らず涙が滲んだ。

「なんで、ノノラばっかり……」

ファラースはぼやける視界に気づくと手の甲で涙を拭う。自分の感情を整えたいと思って、けれどすぐにはできそうにない。だから彼は師二人を振り返って――その向こうにもう一人の姉がいるのを見た。

「は……」

体が勝手に乾いた笑いを零す。

まるでたちの悪い冗談だ。片手で顔を覆った少年に、正面に立つ少女が不思議そうに問う。

「泣いているのですか？」

「おれは……君のその姿の元になった人に会いに来たんだ」

「わたしは、管理者ではありません」

「管理者？」

その言葉に、ファラースはもう一つの可能性に思い至る。

姉の姿をした少女は管理者ではない——では、管理者は誰なのか。

「っ、」

ファラースの目が軽く瞠られる。

思いついたのは、ただの可能性だ。

ただそれを確かめないわけにはいかない。彼は短い間に決断した。

目の前の少女に、そして広間全てに響くように声を張る。

「おれは……この街の管理者ノノラ＝ビィに会いに来た。おれの名前はファラース。ノノラと同じ父親に育てられた人間だ」

少女の緑色の瞳を、ファラースは懐かしく見つめる。

空気の停滞した広間に、三人目の少女が現れたのはその直後のことだった。


「ノノラ！」

広間の奥、正面に現れた少女は、他の二人とは一見して違っていた。

深緑の貫頭衣ではなく、粗末な麻の服になめし革の胸当てをしている。肩から斜めにかけた帯には探索道具が入っていた形跡があり、貧しい少女が遺跡に向かった時の服装であることは容易に推察できた。

それだけでなくもっとも他の二人と違うのは、少女が腰から上しか存在していないことだ。

彼女の下半身は存在せず、ただ上半身だけが宙に浮いている。

オスカーは、妻を追ってきた少女を見据えながらティナーシャに囁いた。

「ファラースは任せる。事態によってはあいつだけでも離脱させてくれ」

「分かりました。でもあの子、実体じゃないですね」

「そうなのか？」

通路に向かっているオスカーにとって、新しく現れた少女は真後ろだ。一方、そんな夫と背中合わせになるよう立ち位置を変えたティナーシャは頷く。

「空中に像を映し出してるだけですよ。だから下半身がないんです」

「なかなか面倒だな……」

新しく現れた少女はファラースを見ている。一方、彼の前にいた少女の方は横に退いた。

ファラースは臆さず前に出る。少年は彼女の格好に見覚えがあるのか、確信を以て語りかけた。

「ノノラ、久しぶり。おれの声聞こえる？」

「…………」

少女は顔を歪める。苦しげに見えるその表情は、見つからない言葉を探し続けているかのようだ。

困惑と、罪悪感。より大きなのは後者だ。ティナーシャがそう見積もっている間に、ファラースは答えない姉に更に一歩歩み寄る。ほんの数歩の距離にまで来た少年は、武器を持っていない両手を広げた。

「兄貴は今ここにいないけど、ちゃんと無事でいるよ。ノノラは無事？　父さんたちは？」

「……お父さんたちは、」

初めて少女が発した声は、掠れて罅割れていた。ノノラは少年から外した視線を足下に落とす。

深い溜息は、音としては届かなかった。ノノラは顔を上げるとぎこちない笑顔を見せる。

「わたしは大丈夫。あなたたちは？　無事に暮らせてる？　この街でならどこでだって不自由しないで暮らせるけど――」

「平気だよ。兄貴はまだ新米だけど役人になったし、おれも好きな仕事をやってる。街の人はいい人が多いし、剣も料理も教えてくれる人がいる。毎日楽しいよ」

きっぱりと過不足ない日常を語る弟へ、ノノラは複雑な笑みを見せる。

「なら、よかった……」

「でも父さんたちとノノラのことはずっと探してた。心配してたよ。何があったの？　父さんたちは見つからなかった？」

少年がもう一度口にした疑問は、弾劾に聞こえないほどには気を使った声音のものだった。

それが弾劾に聞こえたとしたら、何らかの心当たりがあるからだ。ノノラはぎこちない笑顔のまま固まる。

――父親たちの行方を、彼女は間違いなく知っている。

父たちが残した資料を持って、遺跡内の目印を辿ってここに来たはずだ。にもかかわらず「知らない」とも言わない彼女は、おそらく言えないのだ。

きっとファラースもそのことに気づいている。彼は、兄に比べて勉学にこそあまり興味はないが、人の感情に敏い少年だ。

少女は乾ききった喉を鳴らした。彼女と同じ姿形をした二人は動かない。ティナーシャが極限まで迷彩をかけた魔法構成を広げようとしたその時、新たな男の笑い声が広間に響き渡った。

ノノラが目に見えて顔色を変える。

「ファラース、早く外に……」

「今更逃がすなんて言うなよ。この遺跡はオレの領域だ」

ノノラの隣に一人の男が現れる。少女と同じく上半身だけの男は、風貌からしてすぐに誰だか分かった。灰色の短髪にターバンを巻き、動きやすさを重視した厚布の上着に道具帯を締めた男は、にやにやと笑う。少女であるノノラと違って日に焼けた顔立ちの年齢は読みにくいが、おそらく三十代半ばだろう。行方知れずになった時のままだ。

にやにやと笑う男に、ファラースは冷めた目を向ける。

「やっぱりあんたもいたんだ、ガリバリ」

「いるさ。ここはオレの街だからな。それよりお前の親父たちがどうなったか知りたいんだろう？教えてやるよ。ちょうど兄貴の方も来たところだしな」

「え？」

ティナーシャは思わず声を漏らす。

何の詠唱も前触れもなく、唐突にファラースの隣にその兄が現れたのだ。

荷物袋を肩に背負ったロツィは「は？」と声を上げて周囲を見回す。

彼は下半身が透き通っているノノラとガリバリを見て目を見開き、けれど何かを言うより先に後ろのティナーシャに気づいて問うた。

「ティナーシャ、僕はベモン＝ビィの検問に並んでいたんですが、状況を聞いても？」

師を名指ししてそう聞いてくるのは、彼の頭の回転の速さと冷静さがゆえだ。魔女は内心感心して、分かっている情報をまとめる。

「ここはベモン＝ビィの地下で貴方たちの父親が入った遺跡です。ノノラとガリバリはこの街の管理に携わっているようで不思議な力を使います。貴方をここに引き寄せたのもガリバリで、貴方たちの父親について教えると自称しています。――危ないから二人ともこっちに来なさい」

「ありがとう、ティナーシャ」

ロツィは弟の腕を掴むと半ば引きずるようにしてティナーシャたちの前にまで戻る。ファラースはガリバリに食ってかかりたげであったが、渋々兄に従った。ロツィが突飛な話に驚かないのは、以前姉の姿をした姉ではないものに出くわしているからかもしれない。彼なりにどんな可能性があるのか今日まで考えていたに違いない。そういう青年に彼は育った。

ガリバリは、嘲笑うように鼻を鳴らす。

「そんなところに下がっていいのか？　父親を捜しに来たんだろうに」

「ガリバリ、やめて」

「お前にオレを止める権限はない。それにお前は、このままだとずっと黙っているだろう？」

男は、もったいぶって言葉を切ると胸を反らした。そして舞台の上にいるように朗々と語る。

「お前は父親たちを殺して、神具を手に入れた。そして自分のためにこの街を作ったんだ」

「な……！」

息をのむ音はファラースのものだ。

オスカーとティナーシャは軽く眉を顰めただけで、それ以上表情は変えない。兄のロツィは己の感情を排した、それでいて真剣に見定める目で姉を見ていた。

ノノラは兄弟二人の顔を青ざめて見返す。だが二人のどちらも何も言わない。彼女の言葉を待っている。

そのことを察した少女の目に――ふっと諦観がよぎった。

ノノラは映し出されていない自分の足下をじっと見つめる。兄弟たちの見えないものを見つめる目。そこにいくつかの感情が浮かんでは消えた。

彼女はどこかふっきれたような、力ない笑いを口元に浮かべて弟たちに答える。

「そうだよ。ここの神具はね、『絶対に動かすな。もし動かしてしまったらケレスメンティアに助けを求めろ』って伝わってたものなんだって。でもお父さんたちは神具を動かしてしまった……。二人はわたしがこの遺跡に辿りついた時、もう神具に取りつかれてたの。だからわたしはすごく迷ったけど……お父さんたちを殺すことを選んだ」

「っ――！」

「それはどうして？　他の方法はなかったの？」

叫びかける弟を押さえてロツィは問い返す。青年が拳を強く握りこんでいることにティナーシャは気づいたが、口を出さなかった。

少女は口の片端だけを引き攣らせる。

「どうやっても引き剝がせなかったの……。でもお父さんたちが神具に取りこまれていると、神具の力が発動し続けてしまう」

「力って……？」

「そんなん、この街を見りゃ分かるだろ。自分の感情を人に同調させる力だ。発動すれば地上にまで届いて広がる。お前たちの父親のせいで、当時はこの辺りはひどいもんだったよ。どいつもこいつも混乱して暴れて争い合ってた」

ガリバリの嘲弄に、兄弟二人は絶句する。

彼らは、実際にそうなった有様を見たからだ。父親たちが消息を絶った場所はやたらと治安の悪化した地域で、長居することさえできなかった。争いの多いこの大陸で生まれ育った子供たちが「ここはまずい」と思うほどだったのだ。

「あれは、父さんたちのせいで？」

動揺を面に出すロツィに、ノノラがかぶりを振る。

「お父さんたちが望んで引き起こしたわけじゃないと思う。二人は神具を持ち帰って売るつもりで、でもこの遺跡に捕まってしまった。だから困惑して、恐れて、帰りたがった。『自分たちだけがどうして上手くいかないのか』と思ってしまって……その怒りが地上に伝染した」

そんな父親たちのところに少女は辿りついて、散々煩悶したのだ。

悩んで苦しんで――結果として父親たちを殺した。

そうせざるを得なかったのだ。でなければ、地上はずっとあのままだっただろう。

明かされた真実に、兄弟二人は呆然とする。

ガリバリは誇らしげに己の胸に手を当てた。

「オレはこの小娘に頼まれて無事遺跡を探し当ててやったのさ。感謝されるべきだと思うぜ？　オレたちが辿りついた時はもう手遅れだったけどな。まったく金儲けしか考えてない盗掘屋が、分不相応なものに手を出してくれたもんだぜ。おかげでまた大陸が戦乱の世に戻るところだった」

「そんな言い方はやめて」

少女は嫌悪の目をガリバリに向ける。けれどその語気は弱々しいもので、すぐに彼女のまなじりにはうっすらと涙が滲んだ。

「お父さんたちは、わたしたちのためにお金を必要としたのよ」

境遇にも、能力にもさほど恵まれなかった大人二人。

彼らはけれど、愛情豊かな人間だった。自分たちが拾った子供のためにできるだけいい未来を用意したがった。その結果として、神具を引き当てた。

それを愚かな行為だと愛された子供たちは言えない。父親二人がどれだけ懸命に、どれだけ未来に期待してこの遺跡を進んでいったか、容易に想像がついてしまうからだ。

「神具にこんな力があるなんて、想像してない人の方が多いでしょう。そんな人たちの中でたまたまお父さんたちが神具に行きついただけ。ひどいことを言わないで」

ノノラは足下を悲しげに見つめる。

ロツィたちに見えないそこにあるのは、遺跡の犠牲になった父たちの軀だろうか。彼女はそうして父たちを殺すことを選んでからずっと、この遺跡と向き合ってきたのだ。

「……お父さんたちのこと、今まで伝えられずにごめんなさい」

少女は小さな頭を深く下げる。

そうして次に顔を上げた時、彼女は深く息を吐き出した。

ずっと弟たちに伝えるべきだと思って、けれど言えないでいたことを打ち明けたのだ。それを伝えた今、疲労と罪悪感に彩られた眼差しはほんの少し和らいで見えた。

「でも、あなたたちが来てくれてよかった。よかったらこの街でゆっくりしていって。過ごしやすいようになってると思うから……」

その言葉を契機に、ノノラの姿をした二人の少女も一礼して数歩下がる。

これで説明を終えて、話は終わりだとでもいう空気だ。思わず口を開きかけたティナーシャをオスカーが手で留める。魔女はそれに気づいて二人の兄弟を見た。

ついさっきまで呆然としていた彼らは、まだ明かされた全てをのみこめていないように見える。

混乱と喪失と、やりきれなさと己の未熟さへの怒りと。

それは七年前、逸脱者夫婦に「戦い方を教えて欲しい」と言った時と同じ目だ。

同じで――そこから七年間成長している。そのことを誰より知っているのは師である二人だ。

ロツィがきつく握っていた拳を開く。

「分かった。僕たちこそ、見つけるのが遅くなってごめん」

「ロツィ」

「でも、僕たちが捜していたのは父さんたちだけじゃない。ノノラもだ。だから教えて欲しい」

ガリバリと隣り合って立つ姉へ、青年は率直に問う。

「ノノラはここで何をしてるんだ？　この街はなんの街？」


父と姉がいなくなってからの数年は、ロツィにとっては考えうる可能性を全て考えてしまうのに充分な年月だった。

三人ともとっくに亡くなっているかもしれない。誰かに捕らえられているのかもしれない。或いは記憶を失ってどこかで別人になっているのかもしれない。そんなことを何度も考えた。

師であるティナーシャにそう零した時「私も経験ありますよ」と言われたことがある。

「私にも血の繋がらない兄がいたんですよ。決裂して別れたんですけど、兄しか知らないことがどうしても必要で……四百年間探してました」

「四百年って。そんなに長生きする人だったんですか？」

「結論から言えば生きてましたけど、さすがに死んでる可能性の方が高いとは思っていましたね。探していた期間が長いだけあって、やっぱり色々なことを考えてしまいましたよ。それに気づいて何も考えないようにしたこともありましたし。最後の方は、どうやったら諦めて死ねるかなって思ってました。ただの妄執です」

その時の魔女の目は、かつての苦悩の一片が窺えるものだった。

裸足で荒野を歩き続けていくような、乾いた絶望。それでも「相手の死が確定していない」という一握りの希望のために、立ち止まることもできなかったのだ。

「それだけ長い時間をかけてしまえば、妄執以外の感情は薄らぎます。兄妹として仲良くしていた時も、大事にされていた時も確かにあったのに、そういう思い出までも遠くなってしまうんです」

微笑む彼女は悲しそうだった。悲しそうなティナーシャを見たのはその時だけだ。

「だから貴方たちは、可能ならどこかで区切りをつけた方がいいですよ。私と違ってそう長くは生きられませんし、せっかく兄弟二人でいるんですから」

魔女のそんな言葉を、ロツィはそれから幾度となく思い返してきた。

自分たちは一人ではない。そして己の決定は弟の人生をも左右してしまうのだ。

だから彼は、姉に問う。

――ベモン=ビィとはなんであるのか、と。


「なんの街、って……」

ロツィの問いは、場の空気を一瞬で凝固させた。

ノノラの涙に濡れた目に微かな変化がよぎる。緑の双眸から温度が失われ、けれど彼女は自身のそんな変化などないかのように微苦笑した。

「この街はみんなが平和に暮らすための街だよ。全員で協力しあって、争いもない。これってすごいことでしょう？」

諭すように言われて、ロツィは眉根を寄せる。

そう言われてもロツィはベモン＝ビィの中を見ていない。使節団から受けた印象も「地味で得体が知れない」というものだ。そこにファラースが口を挟む。

「え、ノノラはこの街を平和でいい街って思ってるの？」

繕いのない言葉はその分強かった。ノノラの隣でガリバリがにやりと笑う。

当の少女は虚をつかれた顔になったが、我に返ると言い繕う。

「だって、そうでしょう？　わたしたちが知ってるどの街よりも安全だし……」

「それは精神操作してるからだろ？　ガリバリの言った通りなら、神具の力でみんなをノノラと同じにしてるだけじゃん」

穏やかで、行儀のよい人間たち。彼らはベモン＝ビィをつつがなく運営するために動いている。そうしてこの街は秩序と平和を保っている。ただその平和は「皆を管理者の少女と同じ感情にする」という根底によって成り立っているのだ。

だから彼らは怒らないし悲しまない。当然のように互いのために譲り合って従順でいる。

ノノラは遠慮がちな笑顔を見せた。

「意思までを塗りつぶしているわけじゃないわ。感情を同じにしてるだけ。誰だって好きで怒ったり憎んだりしているわけじゃないでしょう？　穏やかな気持ちを保ちたいと思う人は多いはずだわ。

その方が幸せに暮らせるでしょう」

「だとしても、それは外から決めるもんじゃないよ」

ファラースは軽い嫌悪感さえ漂わせて否定する。それは少年の潔癖さから来るものかもしれないが、ノノラは表情を硬化させた。口元が軽く引き攣りながらも彼女は反駁する。

「人が集まって生きる以上、規範は必要でしょう。人の本性に任せたら弱い人間が踏みにじられるだけ。わたしたちは、そういう場面に何度も出くわしてきたじゃない」

「踏みにじってるのはノノラも同じだ」

「それでも、ここなら安全に暮らせるのよ？」

彼女は笑顔のままだ。笑顔のまま、声だけが悲痛に歪む。

「意思や感情が大事なんて、安全に暮らせているからこそ言えることなの。餓(う)えて苦しむより、誰かに殴られて死にそうになるより、感情を委ねて平和に暮らせる方がずっと幸せでしょう？　死ぬ間際になってそれに気づいたって遅い。だから……だから、この街があるのよ。ねえ、分かってくれるでしょう？」

ノノラの声は微かに震えている。隣でガリバリがせせら笑った。

「おい、あんまり苛立(いらだ)つと地上に影響が出るぞ。お前の大事な箱庭にな」

「っ……」

その一言でノノラは平静さを取り戻した。顕(あら)わになりかけた感情が消える。

彼女は長く息を吐きだすと、元の穏やかな声音に戻った。

「色んな見方があると思うけど、この街は今のやり方で上手くいってるの。この街で暮らしたいと思ってくれる人もどんどん増えてる。わたしはそれを維持してるだけ」

少女は胸に手を当てて微笑む。ファラースは反対に軽い憤りを見せた。

「この街で暮らすと知らないうちに少しずつ精神支配されていくんだろ？　それは街の人を傀儡にしてるのと同じじゃないか」

「え、ここってそんな仕組みなのか？」

「三カ月で洗脳完了するらしいよ」

弟の補足を聞いて、ロツィはさすがに絶句する。彼は姉に呆然とした目を向けた。

「なんでそんな……それは人を騙してるのと同じだ」

弟二人から突きつけられた否。

それはもはや彼女の感情を動かさなかった。ノノラ＝ビィは少しだけ困り顔で首を傾げる。

「なら、街の人に教えてみる？　『この街に長く住むと感情が街に染まって穏やかになる。その代わり幸福に暮らせる』って。それでもいいって人は、きっとたくさんいると思うよ」

「そんなわけ……」

「ううん。きっといるよ。だって大陸で広く使われている薬の中には、感情を落ち着かせるものだってある。それと同じだよ。強すぎる感情は人を傷つけてしまう。それをなくしたいって思う人は、少なくないよ」

堂々と、自信に満ちて管理者の少女は言う。

ファラースは抑えた怒りを以て姉の独善を睨んだが、ロツィはむしろ複雑な感情に眉根を寄せた。歴史を学び、今も街の役人として働いている彼は、人の感情がもたらす悲劇と、それを後悔する嘆きを知っているのだ。

青年は深い溜息をつく。

「……確かにノノラの言うことを支持する人はいると思う。今、苦しい人たちは特に」

彼は自分の格好を見下ろす。贅沢ではないが小奇麗な服装は、彼が生命の危機を覚えない生活をしている証拠だ。

「でも僕は、悪いけど賛同できない。それは一方的に人々から危険になるかもしれないものを取り上げてるだけだ。同じ人間がやるべきことじゃないと思う」

言葉を選んで慎重に、それでもはっきりと、ロツィは告げる。

兄弟二人のやりとりを黙って見守っていたティナーシャが、ほっと肩の力を抜いた。オスカーが妻にだけ聞こえる声で問う。

「感想はどうだ？」

「自分の意見を言える生徒たちで嬉しいです」

「まったく同感だ」

だから問題はこれからだ。ノノラが答えないのを見て、ガリバリが愉しげに笑う。

「話し合いは終わったか？　ならオレが侵入者を始末して終わりだ」

「駄目よ。拘束して地下に置いておいて。いずれは話が通じるはずだから」

「オレとお前は同等だぞ？　まあ、今回は聞いてやるか。顔見知りのガキを殺すのは寝覚めが悪そうだ」

ガリバリは軽く右手を上げる。それと同時に広間に複数の気配が現れた。暗闇の中から現れたそれらは、人間に似て、けれどやたら長身で腕の長い生き物だ。頭髪はなく、顔もつるりとして小さな目があるだけ。ゆらゆらと左右に揺れながら四方から近づいてくるそれらに、兄弟二人があわてて剣を抜いた。ロツィが師二人に問う。

「あれって何ですか……？　人間じゃないですよね……」

「こっちの大陸にはほとんど魔物がいないと思ってたんだが。なんだろうな」

「遺跡に付随してる守護獣じゃないですか？」

ティナーシャは剣を抜かない。代わりにその両手がうっすらと青白く光り始めた。

ガリバリが短く命じる。

「そいつらを捕らえろ。子供以外は死んでも構わない」

「番人たちよ、捕まえて」

ノノラの命令に、彼女の姿をした少女たちが動く。それと同時に、手長人も宙に高く跳躍した。

「ちょっ……」

経験したことのない異形からの攻撃に兄弟が身構える。

だが六体いた手長人は、彼らに到達することなく空中で燃え上がった。ばらばらと灰だけが降ってくるのを見て、ティナーシャは嘯(うそぶ)く。

「こっちは魔法抵抗が紙ですね、紙。よく燃える」

一方、ノノラの姿をした番人たちは、床を蹴ると兄弟にそれぞれ手を伸ばす。

けれどその腕は、アカーシアの刃によって呆気なく斬り捨てられた。番人は驚いた顔のまま、続く一閃によって胴を薙がれる。幻のように掻き消える番人を見て魔女が感心の声を上げた。

「アカーシアは相変わらず反則級ですね。私、相当手こずったんですけど」

「魔法抵抗が無意味だからな。よく分からないものを斬るのにむいてる」

ともかく、これで遺跡の産物にも攻撃は効くと分かった。オスカーは兄弟たちに問う。

「さてじゃあ、これからどうしたい？　このまま街に帰ることもできるし、この遺跡を壊すこともできる。姉のところに行ってみたいなら突破するが」

ロツィは、胸をつかれたようにオスカーの顔を見上げる。兄がほんの一瞬逡巡(しゅんじゅん)を見せる間に、ファラースが姉を見たまま言った。

「おれは、ノノラに今やってる精神支配をやめてもらいたい」

「分かった」

オスカーは即答する。その一歩後ろで、ティナーシャが右手を前に差し伸べた。

「じゃあとりあえず管理室まで穴を開けますか。続きの話し合いは顔を合わせてしましょう」

「ティナーシャ、地盤沈下させないようにやれよ」

「任せてください」

魔女は詠唱を始める。緻密極まる巨大構成が組まれ、その魔力圧の大きさに空気がぴりぴりと震えた。舞い上がる埃が構成に触れて光の飛沫となる。

ガリバリが笑おうとしたまま顔を強張らせた。

「なんだ、お前……何を……」

「――破壊しろ」

魔女の魔法が白光の尾を引いて撃ち出される。

それはノノラのすぐ横を貫いて、奥の壁に衝突した。

地響きが鳴り、部屋全体が大きく揺るがされる。

だがその揺れがやんだ時――術者であるティナーシャは形の良い眉を思いきり顰めていた。

「丈夫にもほどがありますね……」

白光の魔法が直撃したはずの壁は無傷だ。ぶすっとした顔になるティナーシャに、ガリバリは呆れた目を向けた。

「お前ら何者だ……。傭兵か？」

「教師です。彼らの」

それを聞いたノノラの目に、瞬間光がよぎったのにティナーシャは気づく。

けれどその光はすぐに消え、少女は困り顔ではにかんだ。

「残念ながらこの遺跡は壊せないんじゃないかな。神代より残っているものだもの。それに、わたしたちを止めるのもできればして欲しくないかな」

少女はさらりと言う。

「お父さんたちを引き剝がせなかったと言ったでしょう？　それはわたしたちも同じよ」

「え？」

ロッィが息をのむ。彼らの姉である少女は曇りなく微笑んだ。

「わたしたちも、もうこの遺跡から分離できない。止めたければ殺すしかないし——」

「管理者であるわたしたちが死んだら、繫がってる街の人間の精神も崩壊してしまう」

神代より在る広間に響いた警告。

その言葉に、驚きを見せなかったのはオスカーだけだ。

ファラースが真っ先に奇声を上げる。

「へ!?　何それ!?」

「ええ？」

ティナーシャが眉根を寄せる。彼女は何かを言おうとして、だがすぐに口元を押さえて思案顔になった。ガリバリが嘲笑の声を上げる。

「その通りだ。お前たちの父親を仕方なく殺した後、どうなったと思う？　地上で影響を受けていた人間たちは、錯乱して殺し合いを始めたのさ」

「それは……」

ロッィは口元を押さえる。

ノノラをこの遺跡から引き剝がすには殺すしかない。そして管理者を殺してしまえば、精神操作を受けている人間に影響が出る。

これを何とかするには、神具を無効化するしかない。それはロツィたち兄弟には不可能なことで、ただオスカーたちなら可能なのか。ロツィが混乱する間に、ガリバリが指を鳴らした。

「分かったら出て行ってもらおう。お互い意見が違う以上、関わらずにやっていけばいいさ」

重いものが動く音がして広間の壁が動き出す。奥側の壁が手前に迫ってくるのを見て、ティナーシャが小さな口を曲げた。

「そんなのありですか？　私は火力勝負してもいいんですけど」

「それをしてもお互い不幸なことになるだけだと思うよ」

ノノラは魔女を牽制すると、弟たちに微笑んで見せる。

「意見が合わなかったのは残念だけど、会いに来てくれてうれしかった。二人の言うこともわかったし、わたしはわたしでもう少し、この街の在り方を受け入れてもらえるよう考えてみるよ」

「おい、てめえ、勝手なことをするな」

「管理者同士は対等でしょう」

ガリバリを一蹴するノノラの背後に壁が迫る。ファラースが彼女に向かって駆け出した。

「待ってよ、ノノラ！　まだ話が……」

伸ばした手。

けれどその手が届くより先に、彼女の姿は迫る壁の向こうに見えなくなる。壁に衝突しそうになるファラースの体を、追いかけてきた兄が引いた。

「先走るな、一旦通路に下がって――」

「すみませんが二人とも、退却です」

ティナーシャの声に兄弟たちは振り返る。魔女は苦々しい顔でこめかみを押さえた。

「補修しといた壁を破られました。まもなくここは水没します」

通路の方から激しい水音が聞こえてくる。

その音に二人の兄弟は言葉を失くして、立ち尽くしていた。

※

都市国家ベモン＝ビィの地下に密やかな侵入者があってから一カ月後。

ベモン＝ビィは広く国内外に向けて次の発表を行った。

「この街は、地下に眠る神具の影響により、街中にい続けると常に穏やかな感情が保たれるようになります。怒りや悲しみから逃れて、落ち着いた暮らしをしたい方はいつでも歓迎します」

街の特異性を明らかにする宣告は多くの人に馬鹿にされ、けれどベモン＝ビィには次々移住者が集まった。自身の感情を塗り潰されると聞いても街から出ていく人間はわずかで、それを遥かに上回る人々が精神の安寧を求めて移り住んだのだ。

そんな動きを「ディテル神に反する新興宗教だ」と批判する人間たちもいた。みるみる大きくなっていくベモン＝ビィに危機感を覚える国々も。
ただ、ベモン＝ビィに移り住んで幸福になった人間がいることは、事実だ。
酒がやめられず家族を殴る男が、家族ごと引っ越して穏やかな家庭を取り戻した。
亡き恋人を忘れられなかった女が、ベモン＝ビィで別の相手と出会って結ばれた。
復讐者に追われる女と、彼女を追っていた男が、この街に来て和解した。
そんな話がいくつもある。彼らは確かに幸せになった。
そして、ベモン＝ビィは更に大きくなっていく。
密やかに掲げられた「太平・拡大・融和・支配」を体現するように。

やがて五重の壁を持つに至ったこの街が周辺の国々に危険視されて関係悪化し、ついにはそれら連合国軍との間に戦端を開くのは――そこから更に十年後の話だ。

2. 継承破棄

幼い頃自分は、明日にも殺されるかもしれないと思って生きていた。

彼女を生んだ母は、酒を飲むと彼女を殴った。その暴力に怯え、けれど母から離れて生きる術も分からなかった。母の元を逃げだしたのは、暴力に耐えきれなくなったからではなく、人買いに売られそうになったからだ。

逃げ出して、誰にも見つからないよう狭い路地に縮こまって数日を過ごした。近くのゴミ捨て場から残飯を漁り、土に溜まった水を飲んで、しまいには吐いて高熱を出した。

ただ寒くて寒くて、やせ細った体を抱きしめて物陰に転がっていた。

どうせ死ぬなら、母の元にいればよかった、と思った。

意識を失った彼女は、気づいた時には見知らぬ部屋にいた。

ありったけの掛布や服にくるまれて、椅子の上に寝かされていた。

近くの床には薄着の男が二人縮こまって眠っていて、すぐにはその意味が分からなかった。彼ら二人が死にかけていた彼女を拾って助けてくれたのだと理解するには、人の愛情を知らなかった。

理解して、彼らの娘になった後は――それを失うのが、怖くなった。

帰ってこない父たちを追って、遺跡荒らしとも言われる男の手を借りて、忘れられた地下の底に辿りついた時の衝撃を彼女は覚えていない。そして、遺跡に取りこまれて正気を失った父たちがガリバリに殺されるのをただ見ていた、その時の絶望も。

全てが失われたと思ってしまった。まだ子供の弟たちを置いてきていたのに、そう思った。

家族たちは皆、彼女の笑顔こそが家族を上手く回していると言ってくれたが、彼女にとっては違ったのだ。あの日自分を見つけて拾ってくれた父たちこそが、家族の中心だった。

なのにどうして失われてしまうのか。子供に手を伸ばしてくれた人ほどひどい目に遭うのか。

それを「運がないから」「境遇が悪かった」「学や力がないから」と納得しようとする人々はたくさんいる。父たちも「自分たちでは危ない橋を渡らねば稼げない」と思いこんでいる節があった。

それが正しいか、正しくないかではない。

ただ悲しいのだ。

本当にひどい世界だ。今もどこかで子供たちは死者への列に蹲(うずくま)って並んでいる。

だから、もし自分が世界を作る側に回らねばならないのなら。

人の命が、不当に脅かされないように。

人との交流が、穏やかであることが当たり前になるように。

それが、父たちから彼女がもらった、もっとも大事で失われてはならないものだったのだから。

※

大陸間を移動するための転移構成は、ティナーシャが何十年も研究しているものだ。最初は何度かの転移を経て大陸を移動していたが、その回数をできるだけ少なく安定できないか、魔法構成が苦手な夫でもできるようにならないか、調整を繰り返している。

その日も調整の実験を兼ねて一人魔法大陸に戻ったティナーシャは、知己の家を訪ねた。

「ルクレツィア、今いますか？」

「そうやって入って来てるんだからいるでしょ普通」

家の主人は相変わらずぞんざいな返事だ。どれだけ年月が経とうとも変わらない相手はそれだけで安心する。ティナーシャは、所せましと実験器具が置かれている厨房に入ると、家の主人と並んで勝手にお茶を淹れ始めた。

ルクレツィアは久しぶりの友人を呆れ顔で見やる。

「今度は何の用？　あの面倒事は片付いたの？」

「片付いていないです。別の呪具は別のところで一つ見つけて壊したんですけどね。人を強制的に好きになるってやつ。ほんと意味が分からない……反省して欲しい……」

「何それ。面白いじゃない。詳しく聞かせなさいよ」

「何も面白いことはなかったので割愛させてください。私たちは夫婦なんで、特に問題なく処理しましたよ」

「相手を？」

「呪具を！」

ティナーシャは叫びながら、食器戸棚を開ける。

「それはともかく、例の面倒事の方もそろそろ片付けることになりそうなんで、貴女の意見を聞きに来たんです」

ティナーシャは慣れた手つきで茶器を取ると、友人に問うた。

「精神魔法に特化し、なおかつアイテアの末娘である貴女に聞きます。――例の街の精神操作、あれを解く手立てってあると思います？」


ベモン＝ビィに潜入してから十年。

その間にティナーシャは、あの日ベモン＝ビィからロツィの家に転移させた人間たちを、ルクレツィアの家にまで連れてきて診せたのだ。

それは、結局彼らにかかった精神操作が解けなかったからで、実際彼らはベモン＝ビィを強制的に出されてからずっと意識が戻らなかった。別大陸のことでルクレツィアに頼るのは申し訳ないとは思ったが、他に手立ても思いつかなかった。

ただそうして魔法大陸まで連れてきて、ルクレツィアに診せた結果としては「解けない。強力な呪詛（じゅそ）に近い」というものだ。

魔法であれば共通の法則に基づいて構成されて発動するが、呪詛は独自言語に基づいてかけられる。その場合、解呪手段がないこともままあるのだ。ルクレツィアは「とりあえず現状は無理だけど解析はしてみる。期待しないでおいて」と言っていたが、あれから数年、進展はあったのか。

テーブルについたルクレツィアは、淹れられたお茶を一口飲む。

「結論から言うと、こちらから解呪する手立てはないわ。向こうのやり方に則るしかない。……彼らは結局どうしたの？」

「ベモン＝ビィに戻しました。他に方法がなかったので」

ルクレツィアにもどうにもできなかった六人は、結局向こうの大陸に連れ帰って街に戻した。ベモン＝ビィに移住するという一団に委ねたのだが、ロツィの話ではその後無事に目が覚め、街の真実を聞いた後も街に居残ることを選択したらしい。

「街から自発的に出て行った人は、街を出ると緩やかに戻るみたいなんですよね。正規の手段以外で出すと意識を喪失してしまうという。まあ私たちはあれから街には入れてないんで、伝聞ではあるんですが」

「街を出た人間も、戻ったように見えて、完全には戻ってないと思うわよ」

あっさりと言われてティナーシャは半眼になる。

「やっぱりそう思います？」

「そりゃそうでしょ。あの感じだと、精神に受容体が残ってるままよ。多分、大元を叩かないとそれは消えないわ」

「あー」

お茶のカップを置くと、ティナーシャはテーブルに両肘をついて顎を支える。思案顔になっている友人に、ルクレツィアは呆れた目を向けた。

「何よ。あんただって察してたでしょうに。大体、なんで十年も放っておいてあるの。街に入れてないって何」

「結界が張られて私たち四人は立ち入り禁止になったんですよ……。あの街の地下って元々転移座標が取れなかったんですが、それがいつの間にか地上にまで拡大されてますし……。結界を無理に破ることもできますが、その時から全面戦争になりますね」

「全面戦争しなさいよ。っていうか、なんで一度退いてきたの。そんなんじゃ街に人が増える一方でしょ」

「増えちゃいましたね……」

現状、街の人口は十年前の三倍で約三十万人だ。そして、その倍以上の人間が関わった戦争がまもなく始まろうとしている。

「あんたの話を聞く限り、その遺跡は地上にいる人間の数が増えれば増えるほど力を持つ性質だと思う。だから、最初の十万人を犠牲にしてでも破壊するのが最善手だった。そうでしょう？」

「結果から言っちゃうとそうなんですけど」

人間の意思を尊重して様子を見ようとしたことが、結果的には裏目に出てしまったとも言える。あの時ならまだ一つの街の問題で済ませることもできたのだ。

ただ当時は兄弟を連れていたということもあって、強引な介入に躊躇いがあったのは事実だ。

ティナーシャは肩を竦める。

「それに今回は、向こうが真っ向勝負に出ましたからね」

ベモン＝ビィは、感情操作が行われていることを公開して、正面から挑んできたのだ。

――自分の感情を委ねて、それで幸福に生きられるのならいいのではないか。

管理者の少女が、家族に問うた希望をそのまま諸外国にも向けてきた。

にもかかわらず、それを無視して街を破壊してしまうのは、きっと歴史に大きな傷跡を残す。自分たちが表舞台から降りた人外である以上、それは避けなければならない。ベモン＝ビィにあの発表を許した時点で、個人としての戦いは敗北したのだ。

「人の幸福って難しいですね……」

「なに年寄りみたいなこと言ってんのよ。それより、これから先どうするの？　多分、その遺跡についてはあんたの見立て通りだと思うけど」

「んー、人の歴史は人に決めてもらいますよ。人にはどうにもできないことは、私たちが引き取ります。そのためにいるんですしね」

あっさりと言うティナーシャは、既にこの先の未来を決めている貌だ。すっきりと削ぎ落とされていて余分なものがない。その迷いのなさは、人から少しずつ離れてきたがゆえのものにも見える。

ルクレツィアは友人に物言いたげな視線を投げた。気づいたティナーシャは微笑む。

「大丈夫ですよ、一人じゃありませんから。あ、あと、ナーク預かっててください。この間出してたら騒ぎになったんで」

「そりゃなるでしょうよ。向こうの大陸はドラゴン絶滅してるし」

「あとせっかくですから私にお菓子食べさせてください」

「注文が多くない？　焼かないとないんだけど」

「えー、じゃあ焼きましょうよ。いつまた会えるか分からないんですから」

重みを感じさせずそう言うのは、永劫を旅する存在だからだ。少なくとも今回は、ティナーシャは年月に苦痛を覚えていない。それは言う通り「一人ではないから」なのだろう。

ルクレツィアは諦めて溜息をつく。

「あんたね……。まあいいけど。作ってあげるから、その間自分の近況でも話しなさいよ」

「近況ですか。うーん」

厨房へ向かうルクレツィアの後についていきながらティナーシャは考えこんでいたが、ぽん、と手を叩いた。

「そう言えば、私って今、宮廷魔法士やってるんですすよ」

「何やってんのよ。あっちの大陸は今ほとんど魔法士生まれないはずだけど。まだそんな役職が残ってたのね」

「それが私一人しかいなくって……あ、ちょっと構成の相談があるんですけど」

「だから注文が多いんだけど？　たまには何もない時に来なさいよ」

魔女二人は軽口を叩きながら厨房に並び立つ。

それが貴重な時間であることを、今の二人ともが知っていた。

砂混じる風が吹いている。

※

乾いた風は北のベモン＝ビィ周辺から吹いてくるもので、この十年間少しずつ街の外に砂を落としては、色のない景色を広げていくかのようだ。

隆起によってできた小さな岩山の上から、ファラースは遠くベモン＝ビィを見つめる。荒野の中で発展したその街は、砂色をした巨大な円環状になっている。かつて訪れた時には、まだ二重の円環でしかなかった街は、今は倍以上に膨らんだ。その風景にファラースは目を細める。

馬上にいる彼は今年二十五歳になった。そして今ではベモン＝ビィに挑む連合国の中で一部隊を任されている。全ては彼がこの十年間必死に剣と指揮を学び、力を認められたからだ。

「幸福の街、か」

ベモン＝ビィは、住人にそう呼ばれているという。

その響きを嚙み締める青年に、隣で馬を並べている少年が顔を顰めた。

「何が幸福の街ですか。あんな得体の知れない街……外面のいいことばかり言って、他から色んなものをかすめ取っていくばかりじゃないですか。人も物も技術も……」

そう言う少年は鍛冶屋見習いだったが、二年前に師事していた親方が家族ごとベモン＝ビィに移住してしまったのだという。元々身よりがなかった少年は親方を実の父親のように思っていたそうだが、「一緒に移住しよう」という誘いには頷けなかった。「感情をそろえられる街が気持ち悪いから」という理由らしい。それを聞いてファラースは「人がベモン＝ビィを拒むのは、結局のところ説明しがたい嫌悪感によるものかもしれない」と思う。

自分もそうだったファラースは、十年前よりも角の取れた苦笑を見せる。

「ベモン＝ビィに移住する人が悪いわけじゃないさ。それはその人たちの生き方だ」

「ですが、あのあからさまな移住勧誘こそが問題では……」

「それはまあ、そうなんだけど」

ベモン＝ビィはここ数年ほど、外に人を派遣して積極的に移住勧誘をしてきた。そうして移住を決めた人間の中に技能者も多数含まれていたことで問題になり、更にはベモン＝ビィ自体にも自衛以上の軍備拡張が見られた。それまでベモン＝ビィのことを「おかしな国」としか思っていなかった諸国との関係が悪化していったのはそこからだ。ただベモン＝ビィのある特性により、今まで他国との明確な決裂は起きていなかった。

とは言えファラース自身はどちらかと言えば、技能者の移住などを引き留められなかった諸国にも問題があると思う。圧倒的有利な待遇を出されれば、心揺らぐ人間が出るのは仕方ない。

しかし、ベモン＝ビィの軍備拡張については看過できないのも確かだ。

決定的な事件が起きたのは先月のことで、移住勧誘のために国外を回っていた使節団と現地の軍の間でちょっとした言い争いになった。その言い争いが武器を抜いての威嚇に変わった結果、たまたま近くを通りがかった家族連れに死者が出たのだ。

亡くなったのが若い母子とあって、ベモン＝ビィへの周辺国の感情は一気に悪化し、ベモン＝ビィ側も「こちらに不手際はない」と強気な態度に出た。そこから緊張状態に達するのはあっという間で、だがファラースはそれを「ベモン＝ビィ側が仕組んだのではないか」とも疑っている。

何故ならその後ベモン＝ビィ側はたちまち軍を編成すると、事件が起きた街を侵略してしまったのだ。そしてその土地は「幸福の街」の飛地となった。偵察の話ではこの土地もベモン＝ビィと同じく精神操作が始まっているらしい。

ベモン＝ビィは再三の返還命令も拒否して、交渉のテーブルにつく気がない。飛地の精神操作が本国と同じ速度だとしたら、取り戻せる期限はあと二カ月だ。街の人間の多くは、望んでベモン＝ビィに移住したわけではない。そんな精神操作が許されていいはずはないだろう。

ファラースは砂塵が入った目をしばたたかせる。軽く涙が滲む目を擦った。

「ベモン＝ビィには理念があるんだ。太平・拡大・融和・支配ってやつ」

「なんですか、それ。ちょっとちぐはぐですね」

「二人の管理者で二つずつ決めたものだからだと思う。それで多分、住民を受け入れ続けてるうちに、この拡大と支配の方が強くなってきたんじゃないかなってさ」

それは完全に推測だ。ガリバリがこの二つの理念を司っているのではないか、ということも。ただ、姉の理想から作られた街は、大きくなるにつれて変質してきている。更なる支配を求めて拡大を始めているように、平和な箱庭でいられなくなっているのだ。それを彼女がどう思っているか想像すると、胸は痛む。

十年前、あんなにも正面から姉を否定してしまったのは、きっと自分が恵まれていたからだ。

一方、消えた父たちを探しに行って彼らを致し方なく殺し、自分が管理者となった姉には、きっと余人には窺い知れぬ苦悩と決断があった。それを自分の理想と正義感で否定したのは、少なからず彼女を傷つけたに違いない。

けれど、今もう一度彼女に相対しても、自分はベモン＝ビィを肯定できないだろう。

「色々と……後悔することばっかりだ」

「何がですか？」

「意見が変わらなくても、言い様はあったなって。家族だってことに甘えてきついことを言った。一度口にしたことは取り戻せないのに」

あの時のファラースは既に分かっていたはずだ。「ある日突然家族と会えなくなる日は来る」と。

実際、父たちとの別れはそうだった。亡骸（なきがら）さえ確かめられていないが、その死は本当だともう受け入れている。実際後で調べたところ、父たちが亡くなったと思しき時期に、周辺で死者を出す乱闘事件がいくつも起きていた。今までは証言が曖昧でそれが同時に起きたものだとは認識できていなかったが、それも当該地域にいた全員が多かれ少なかれ精神操作を受けていたからだろう。管理者となったノノラとガリバリが遺跡探索時と同じ服装のままだったのも、地上の異変を受けて時間の猶予がなかったからだ。

父たちは、そうして永遠に会えない人となった。

ノノラとは……どうなるのだろうか。

「もし、家族がしてることを止めたくて、でもその方法が殺すしかないってなったらどうする？」

それは、この十年間何度か兄とも話し合ったことだ。

答えはいつも同じで、同じ答えしか出せないことに苦渋を覚える。父たちと一緒だった頃に戻れたらどんなにいいかと願って、でもそれはただの感傷だ。

ファラースの問いに少年は数秒考えこんだが、結局はきっぱりと言う。

「やろうとしていることの重さによります」

「そうだよね。おれもそう思う」

そしてノノラ＝ビィについては「彼女が死すとしても止めなければならない」という結論だ。

彼女が翻意してくれたら、とも思うが、それは希望的すぎる。少なくともファラースは先月の事件で覚悟を決めた。

少年が馬上で背を正す。

「あ、隊長。偵察が戻ってきましたよ！」

「よかった。じゃあおれたちも戻ろうか。そろそろティナーシャも帰ってくるはずだし」

「ああ、あの魔術士の人ですか。不思議な人ですよね」

「そうそう。みんな『魔術士』って言うよね。おれはティナーシャが昔から『魔法士』って言うからそっちに慣れてるけど」

おかげで今回ティナーシャを自軍に迎えたいと連合国軍に申し出た時に、最初は話が通じなかったのだ。後でティナーシャに聞いたところ「存在が稀少になったせいで怪しい職業の人間と思われて言葉が変わっちゃったんですね。へー、面白い」ということらしい。ファラースとしては彼女が「なんだかよく分からない怪しい人間」扱いされるのは心苦しいが、実際大多数の人間にはそうなので心苦しくも割り切っている。

少年は不思議そうにファラースを見上げた。

「昔からということは、彼女は隊長の幼馴染か何かなのですか？」

「料理と勉強の先生だよ。子供の頃からの。ここ数年はたまにしか会ってなかったけど」

ただの事実は、けれど冗談と受け取られたらしい。少年はくすっと笑った。

実際、ファラースはもうティナーシャの外見年齢を追い抜いている。オスカーと同じくらいだ。

「中身は全然大人になった気がしないのに、時間だけどんどん経っていくんだよな。参るよ」

兄が数年前似たようなことを零していたのを覚えている。

成長しない姉も、そんなことを思ったりするのだろうか。

ファラースは埒もないことを考えながら馬首を返す。

遠ざかる荒野の街を、彼は振り返らない。

※

連合国軍と言っても、実際に連携して動く軍は二国。もう一国は「自分たちは独自に進軍する」と言って動きを合わせる気がない。他の二国はベモン＝ビィとは接していないとあって資金提供と後方支援のみに留まっている。

「そのくせどの国も口出しが多いんだから困りますよ……」

城の会議室に残っているのは二人だけだ。散乱した書類をまとめているロツィは嘆息する。

二十八歳になった彼は今や城勤めの政務官だ。そしてベモン＝ビィ対策に関わる筆頭でもある。

こうなることを予期して城に仕官していたわけではないが、ノノラのやり方に異を唱えるなら、自分は自分のやり方でいい国を作っていくべきだと思った。それが自分なりに叶った時には、もう一度ベモン＝ビィを訪ねて姉と話し合おうと思っていた。街には入れてもらえないだろうが、検問まで行けば、話を伝えてもらうことはきっとできる。

姉がベモン＝ビィの真実を公開したのは、おそらく自分たちからの批判を受けてのものだ。彼女は、正面から自分が善いと思った街を提示し、それを運営している。だからそれにもう一度反論するなら、できるだけ彼女と同じ目線に立ち、現実と戦ってから話そうと考えていたのだ。

けれど、ロツィが望む役職について国や街の運営に携わり始めた頃、ベモン＝ビィは変質し始めた。かつては移住希望の人間たちだけを受け入れ、できるだけ自給自足と最低限の交易でやっていこうとしていたものだが、次第に人を、土地を、資源を求める素振りを見せ始めた。

それが、人口が膨らみ過ぎたがゆえに限界に達したせいなのか、それとも管理者が二人いるせいなのかは分からない。事実として、ベモン＝ビィは今や五つの国にとって「敵国」となっている。

ロツィのぼやきを聞いた残る一人、オスカーは苦笑する。

「金を出せば口を出したくなる人間の方が多い。失敗の片棒は担ぎたくないからな、事前に『そのやり方は懸念していた』と言っておけば、どう転んでも外面は保たれる」

「代案がないなら失敗してから言って欲しいんですが……」

「あんまり中身がないものは聞き流していいぞ。批判したいだけの批判は遅滞を起こすだけだからな。俺は聞いている振りをして別のことを考えてたりする」

言いながら机上の地図を確認しているオスカーは、ロツィの所属する国の一指揮官だ。と言っても正式に仕官しているわけではなく、ベモン＝ビィの都市占領が起こってからロツィの紹介で妻ともども従軍になった。ロツィは「怪しまれて国に拒否されるかも」と心配だったのだが、この数年の間に彼らは他国で探していた呪具を見つけて、それを破壊する間に他国の面倒事をも解決していたらしい。その国からの紹介状もあって無事契約は叶い、そこからは的確な動きで着々と周囲の信用を得ている。

「本当にすみません、こんなことにまで巻きこんで……」

「俺たちのやり残しでもあるから気にしないでくれ。むしろ力に制限をかけていてすまない」

「いいえ、当然だと思います。ティナーシャの力は特に、特異なものですから」

この度の戦争にあたって、彼らが己に課した制限が「人としての範囲で戦う」だ。

だからオスカーは自身の一部であるあの剣を使わないし、ティナーシャはあくまで魔法士として補助に回る。彼女が大規模転移や対軍攻撃を駆使すれば一方的な虐殺になる可能性もある。だが彼らはそれをしない。しないことで人的被害は出るだろうが、それは受け入れて欲しいとの考えだ。

もちろんロツィとファラース以外は、彼ら夫婦が人ではないことを知らないので不満もない。ロツィたち二人も納得している。この戦いは、不可思議な街を人ならざる力で止めるのではなく、人々の選択の結果膨らんだ街を、人間の衝突によって止めるためのものなのだ。

そしてそれを選択したのはロツィたち自身だ。十年前、もう一度ベモン＝ビィに潜入するか迷っていた夫婦を「考える時間が欲しい」と言って留め、ベモン＝ビィの宣言に先を越された。

ただ、あの街の秘された危険を考えると、結局のところ「これしかなかったのかもしれない」とも思う。ノノラたち管理者を力で廃して地上の何も知らぬ人々が犠牲になるより、最初から戦う気がある人間たちの勝敗で物事を決した方がいい。今回の戦争で連合国軍が勝てば、ベモン＝ビィには占領した街の返還と賠償金、国外での移住勧誘の禁止を要求することになっている。

そうしていったん住み分けをして、ベモン＝ビィ以上に望まれる街ができれば、きっとあの街を選ぶ人間も少しずつ減っていくはずだ。それが明確な結果として表れれば、ノノラとも話し合いの余地が出るだろう。――そこまでが、オスカーたち夫婦に話していることだ。

彼らはそれを「順当だと思う」と賛成してくれた。逸脱者夫婦は人外のせいか、長期的な視野に寄りがちだ。だからこんな気の長い話でも頷いてくれるのだろう。

それでも、今回のことで懸念はある。

「ベモン＝ビィが街外への侵略を行ったということは、やはりガリバリの権限が強くなったかノノラの気が変わったかでしょうか」

「どうだろうな。強くなったというより、今まで働いていなかったのかもしれない。太平・融和・支配はともかく、拡大は能動的には働いていなかっただろう？　その分が来た、とかな」

「ああ、その可能性もありますか……」

今までは拡大していくだけの力がなかっただけで、それが足りた後は積極的な侵略を始めるという街なのだとしたら、遅かれ早かれ外との衝突は起こっただろう。

「それより、お前も戦場に出るって本当か？」

師の問いに、ロツィは内心びくりとする。

だが面には出さない。この数年でそれくらいの如才なさは身に着けた。

「ええ。弟の様子が気になりますからね」

「ファラースなら問題ないとは思うが。まあ……お前は気になるだろうしな。その分、お前に頼りきりの後方は焦りそうだが」

「普段何でも僕に押しつけているんですから、それくらいはやってもらいますよ。僕の方も自分の身を守るくらいはできるでしょうし」

十七年前は「剣を教えて欲しい」と言ってオスカーに押し掛けたのに、結局ロツィ自身は政務専門になって剣は護身程度になってしまった。少しの決まり悪さを覚えるが、人の変遷とはそういうものなのだろう。彼ら夫婦は最初から「色々なことをやって興味が出たものを伸ばせばいい」という教師だった。ファラースが十八を過ぎてから、彼らが屋敷を空けてどこかに調査へ行っていることの方が多くなったのは、教え子たちが自分の進みたい道を見つけて独り立ちできたと思ったからだろう。人外の彼らはロツィたちと常に一線を引いてはいたが、何もない幼い兄弟が自分で自分の道を選択できるだけの力を育ててくれた。本当にありがたい話だ。

オスカーは納得したのか、地図をくるりとまとめると小脇に抱える。

「ならいいが。何かあったら言ってくれ。今日はティナーシャを拾って宿舎に戻るから、用があったらそっちに」

「ああ、ティナーシャはまだ城に来たばかりですもんね」

少し前まで魔法大陸に帰省していた彼女は、城内の道に詳しくないのだろう。だがオスカーは笑ってかぶりを振る。

「転移で帰れるんだが、あいつは新しいところに来るとすぐ絡まれるからな。相手を吹き飛ばす前に回収してくる」

「あー……」

ロツィなどは小さい頃からの付き合いで慣れてしまったが、彼女の美貌は特異なのだ。中身を知らない人間を惹くには充分だ。そしてそういう人間にしつこくされると、彼女は投げやりな対応をする。オスカーが間に入った方が丸く収まりそうだ。

妻よりもずっと温和に見える男は、部屋を出かけて思い出したように言う。

「そうだ。今回の戦争の勝敗がおおよそ決したら、俺たちは戦後処理が始まる前に魔法大陸に戻る。もう屋敷も処分したからな。おそらくお前たちが生きている間は戻って来ないだろう。何かあったら先に言ってくれ」

「え」

「突然のことで悪い。今回はティナーシャに大規模構成を張らせるからな。あまりこっちに残って後々問題視されても面倒だ。本当はお前たちが現役引退するまでいられればよかったんだが」

「……さすがにそれは」

真顔で返したロツィは、驚きを嚥下すると微苦笑した。

「僕たちは充分すぎるくらい面倒を見てもらいましたよ。あんな無茶苦茶な子供の押しかけに応えてくれて……」

「俺たちの方もいい学びになったし楽しかったぞ。人外になってから特定の人間とこんなに長く付き合うことはなかったからな。昔を思い出した」

そう言って微笑むオスカーにロツィは軽く目を瞠る。

郷愁を感じさせるその表情は初めて見るものだ。かつて人間だった彼らにはやはり家族や友人がいて、そんな彼らと別れてきたのだ。ティナーシャはともかく、オスカーのことは何にもこたえない精神の持ち主だと思いこんでいたので少し意外だ。

意外だが、少しでも彼に返せているものがあったならよかったとも思う。

それに、彼らが戦後処理の前にいなくなるのなら、ロツィたちの心配も減る。せめて彼らとはきちんと別れの挨拶をしておきたかったのだ。

「ファラースにも話しておきます。出陣前に夕食を一緒にしましょう。今までのお礼も言いたいですし、弟が新しく覚えた料理を振舞いたいと言っていましたから」

「それは楽しみだな」

外見年齢ではロツィより年下になったオスカーは、それでもずっと年長者の空気を漂わせて会議室を出ていった。よく知るその後ろ姿にロツィは安堵と淋しさを覚える。

それから数日後、四人は久しぶりに食卓を共にした。

ティナーシャとファラースは料理をしている時から「その料理どこのです？」「魔法大陸の香辛料辛くない？」と和気藹々と楽しんでおり、テーブルに並べられた十近い皿は国籍も味も様々なものになった。

ロツィが秘蔵の酒を開け、四人で他愛もない話に花を咲かせる時間は楽しかった。

オスカーが終始ティナーシャにさりげなく気を配り、彼女が安心しきって笑っているのを見て、ロツィは「自分が思う理想の夫婦とは彼らだったのだ」と気付く。

ティナーシャが酔ってうとうとし始めると、ロツィたち兄弟は片付けをして二人の宿舎を辞した。静まり返った夜の街を家に帰りながら、兄弟たちは晴れた夜空を見上げる。酔いに陽気になっているファラースが笑った。

「楽しかったね」

「そうだな」

どうしても言葉少なになってしまうのは家族だからだ。お互い何を考えているか口にしなくてもおおよそ分かる。

――今まで色々なことがあったが、人に恵まれた一生だった。

父たちに拾われたことも、ノノラと出会ったことも、オスカーたちを教師にできたことも。人の愛情を、意志を、理想を、知ることができた。学びたいと思ったことにも手が届いた。自分たちよりも恵まれた人間もいるのだろうが、その誰と比しても幸福だったと思う。

「おれさ、ティナーシャが悲しむかなって心配だったんだよね。だから完全に決着がつく前に向こうの大陸に帰るなら、かえってよかったかなって」

「そうだな」

最初の頃の彼女の印象は「愛情深く厳しい人」というだけのものだったが、自分たちが大人になるにつれ、その情の深さは彼女の精神の脆い部分と結びついているとも分かった。彼女はきっとロツィたち兄弟に何かあれば深く悲しんでしまう。そんなことを永遠に続けていけば、彼女の心は少しずつ摩耗していってしまうだろう。オスカーが最初二人の弟子取りを断ろうとしたのも、彼らを受け入れながら一線を引いたのも、きっと妻のそんな性質を庇うためだ。

だから彼女を悲しませずに済んでよかったし、今日ちゃんとお礼と別れが言えてよかった。

そんなことを思って、ロツィはそれでも一つだけある心残りを口にする。

「僕一人で何とかできればよかったんだけどな……お前を巻きこんですまない」

「何言ってんの。やりたいって言い出したのはおれの方だし。二人だからこそできるんだろ。大体、兄貴一人じゃ地下まで行けるか怪しいし」

「はっきり言うな。そうだけど」

ここ数年間、何人もの情報屋を密かに送りこみ、ベモン＝ビィの地下遺跡に繋がっている通路の情報は手に入れている。ただその入口は中央議事堂の中にあり、憲兵たちと戦闘になる可能性は高い。それでもロツィたちは戦闘の勝敗が決まった頃合いを見計らって街中に潜入し、二人で地下遺跡へ突入しようと考えているのだ。

お互い以外の誰にも言ってはいない。言えば止められるだろう。

けれど、自分たちがやらなければ誰がやるのか、とも思う。

数年前に二人で今の国に移住したのも、ベモン＝ビィに何かあった際に一番確実に動きそうな国がここだったからだ。他にも中堅以上の国はいくつかあるが、元々ロツィたちが住んでいた東の国は何かあった時も真っ先に動くことを嫌がる。他の国に被害が出てからようやく重い腰を上げるような国だ。

一方、西のノイディアは、深い森に囲まれた山の中にある穏健派の国で、国外に兵を挙げることはない。代々神官の家系が重用されている国で、その神官筋が国外出兵に批判的なのだ。現に今回も資金援助だけをしてきている。

だから二人は、このリサイという国を選んだ。ベモン＝ビィの北にあるこの国は、今のところ国外活動に意欲的だ。周辺国に対し自国が優勢でいたいという野心もある。

その読み通り、ロツィたちはベモン＝ビィへの侵攻軍に入れた。

そうして遺跡に突入した後、何をするつもりかは簡単だ。

——神具の遺跡の管理者は、おそらく二人でならなければならない。

父たちの二人ともが遺跡に捕らわれ、殺されたのはそのせいだ。もしそうでなかったら、ノノラとガリバリのどちらかが管理者になって片方は排されていたはずだ。

ならばロツィたちがすべきことは、姉とガリバリを殺し、自分たちが管理者になることだ。

そしてその管理者の交代は、街の人間の精神に障らないようすみやかに行わなければならない。

管理者を継承した後は、街の人間の感情に、こう働きかける。

『この街を出てできるだけ遠くへ行き、二度とここへ戻って来ないだけの忌避感を抱け』と。

それができたなら、ベモン＝ビィは再び荒野に戻る。人の立ち入らない、触れてはならない感情を抱かせるだけの荒野に。その地下で、二人は人知れず役目を果たしていくだろう。

「おれたちも、ノノラみたいに年を取らなくなるのかな。寿命ってどうなるんだろ」

「どうなるんだろうな。神具だから普通より長生きになる可能性もあるだろうけど」

少なくとも生きている間は変節しないでいなければ。父たちが遺跡に踏み入る前に管理者だった者たちは、きっとそうして遺跡を無力化したのだろうから。

「もしおれたちが人より長く生きるとしたらさ、ティナーシャは死んだと思ったおれたちに会えたりして喜ぶかな」

人の営みの中を通り過ぎていく逸脱者夫婦は、今まで数多（あまた）の別れを経験してきている。そんな中、久しぶりに兄弟に再会したなら、彼女の慰めになるだろうか。

先の見えない未来に、少しでもよいことを探そうとする弟に、ロツィは苦笑する。

「あの人はきっと、喜ぶのと同じだけ悲しむよ」

見なくても、あの闇色の目に小さな瑕（きず）が走るだろうことは想像がつく。ファラースもすぐに

「そっか。そうだよね」と納得の声を上げた。

二人はうっすらと青い月を見上げながら歩いていく。

その五日後、ベモン＝ビィに向けての進軍が始まった。

※

「転移がない戦争って前提から違いますよね。兵站も大変だし……暗黒時代みたい」

「分からなくもないが、さすがに千年前と一緒にするな。ロツィがその兵站で苦労してるんだぞ」

ベモン＝ビィへ向かっての行軍中、馬上のオスカーは背後の妻に返す。普段のティナーシャは戦場において空中にいるか自分で馬に乗っているかだが、今回は大規模構成魔法を使用中とあって夫の馬に同乗している。

黒い布で目隠しをしているティナーシャは、服装も普段の魔法着ではなく、爪先まで体にぴたりと沿った黒一色の服を着ている。その上に頭から腰までを隠す外套をヴェールのように羽織った彼女は、馬に横乗りになったまま夫の背に寄りかかっていた。

「でもその分、街道が整備されてるのはいいですね。魔法大陸だと最近は全部転移陣頼りで街道は荒れ果ててる、なんて場所も少なくないですから」

「使われる頻度が低いところにまで予算を回せるのは、豊かな国くらいだしな」

ベモン＝ビィは、自都市に向かう街道を綺麗に整備している。今彼らが行軍しているのもその街道で、荒野を緩やかに蛇行しながら南西へと延びていた。今は向かう方角に白茶けた小さな岩山群が見えるが、その隙間を抜ければベモン＝ビィが見えるはずだ。彼らが移住者や交易商人のために作った道を使って侵攻するというのは皮肉だが、向こうも他国の街を侵略している時点でこれくらいは計算内のはずだ。

のんびりと会話をしている二人を、周囲で行軍中の歩兵がちらちらと見やる。

リサイの主力軍は重装歩兵だ。指揮官の一人であるオスカーは五つに分かれた軍の第二部隊を指揮下においており、全体の行軍速度を見ながら隊列が崩れないように調整している。今は出立して七日目だが進軍は順調で、明日にはベモン＝ビィの東門が見える場所に布陣予定だ。

ただ周囲の歩兵たちがティナーシャを気にしているのは、彼女がこの大陸では稀少な「魔術士」で、問題のベモン＝ビィが近づいてきているからだろう。

視線に気づいたオスカーが、歩兵の一人に声をかける。

「どうかしたか？　気づいたことがあれば言ってくれ」

「い、いえ、すみません。本当にあの街の影響力を抑えられるのか気になって……」

「ご心配なく。ベモン＝ビィだけじゃなく周辺数カ国全部に精神阻害防止の結界を敷いてます。私を殺さなければ破れない代物ですよ」

目隠しをした魔女が平然と返す。

実際、ここしばらく彼女はこの巨大構成にかかりきりだったのだ。ベモン＝ビィを攻めるにあたって精神防御は必須だ。何故なら、あの都市には「街周辺で暴力行為を起こそうとすると昏倒(こんとう)する」という特性がある。

　これが判明したのは、ベモン＝ビィが「感情を穏やかに保つ」という性質を発表してからまもなくのことだ。

　とある男が、主人の屋敷から貴金属を盗んでベモン＝ビィに逃げこんだ。その中に代々受け継がれる宝飾品もあったことから、貴族の主人は怒って私兵を率いてベモン＝ビィに押しかけた。もちろん検問で止められたが、主人は構わず私兵に命じて押し入ろうとし——その結果、主人を含む二十三人全員が突然意識を失った。

　この二十三人は自国に送還され数日後目覚めたが、人が変わったように穏やかになっており、逃げた使用人のことも不問にした。その後彼らは何をする気力もなく、今でもぼんやりと座っているだけの日々を送っているという。

　この話はベモン＝ビィの「穏やかな感情を強制する」特性を象徴するものとして、またたく間に諸国に知れ渡った。ベモン＝ビィへの侵攻を密やかに考えていた国々も、噂の真偽を試そうとした人間が次々同じ目に遭うと、計画を白紙にせざるを得なくなった。

　おかげで荒野の街には十年の安寧が訪れた。それを今回、ティナーシャが魔法で防御することで、侵攻を可能にしたのだ。

　ただだからと言って、魔法を知らない兵士たちの不安は無にはできない。オスカーが補足した。

「大丈夫だ。精神魔法に関しては魔法大陸の方が研究が進んでいるからな。今回は向こうの大陸で精神魔法の権威に意見をもらって調整してる。俺たちが精神操作を受けることはない。その自信があるから以前の操作被害者も連れてきてるしな」

今回の侵攻において、後方の衛生部隊の中にはベモン＝ビィの操作を受けた人間が編成されている。「精神操作の影響を取り除きたい者は参加せよ」との知らせが諸国に回ったのだ。

それはティナーシャの要請を受けたロツィが手配したことで、彼女は「治療できるとしたら向こうの影響力を抑えられる戦時しかないので。希望者だけでも」と言っていた。それだけでなく今張ってある精神防御の結界は、周辺数カ国まで範囲を広げてある。

この大規模構成を作るのにティナーシャは相当苦労しており、構成の基本部分はルクレツィアの助言をもらって完成したが、それを周辺数カ国にわたって発動させるためにかなりの計算が必要だったようだ。本来大規模な範囲に及ぶ魔法は中心に核を配置するのだが、今回は中心がベモン＝ビィであるためそれができない。なので、ベモン＝ビィを囲うように周辺国の全六カ所に魔力溜まりを作り、そこから構成を組み上げて一つに繋げているのだという。遥か昔、彼女の兄が魔法湖を使ってやろうとしたことを小規模にしたようなものだ。

それを聞いたオスカーが「なら簡単にできるんじゃ」と言ってしまったところ「ラナクは、ああいう空間座標計算が私よりずっと得意だったんですよ……」とじっとりした目を向けられたので、それ以来触れていない。

ただ構成を発動させている今は、ティナーシャは視覚も遮断し移動もオスカー任せだ。この七日間彼女は等身大の人形のように夫に面倒を見られていた。とは言え、そんな彼女の何もできないでいる様子が、兵士たちには余裕のなさに思えるのかもしれない。魔女は気だるく口を開く。

「私がこうしてるのは、後に余力を残したいだけですから。精神操作なら私の方が上ですよ。操作完了に三カ月もかかりませんし」

「ティナーシャ、余計に不安にさせるからやめろ。俺が気を使ったのが台無しになってる」

オスカーが釘を刺すと、魔女は「はーい」と唇を尖(とが)らせて返す。彼らが夫婦であることと、魔法大陸出身であることは周知されているため、周囲からは抑えた笑いが漏れた。

そうして空気が緩んでまもなく、先頭の部隊から伝令が届けられる。

「岩山の向こうからベモン＝ビィの伏兵が現れました！　第一部隊が戦闘に入っています！」

※

「――まあ、来るかなとは思ってたけど」

馬上で指揮を執りながらファラースはぼやく。

彼が指揮しているのは第一部隊だ。連合国軍のうちリサイ軍は第三部隊の将軍が全指揮を執ることになっているが、行軍中の突発的な事態に対応するのは各部隊の指揮官だ。岩山の間を縫う街道を出かけたところで襲撃を受けた彼は、けれど冷静に、落ち着いて部隊を後退させると上手く防衛に回っていた。

「無理に前に出ないで。この位置を保てばいいから」

両側を岩山の絶壁に挟まれたこの場所は、防衛線を張るのにちょうどいい。大盾を装備した歩兵を前線に並べ、近づいてくる敵兵を弓と槍で牽制する。危なげのない戦法は、まだ若い彼が指揮官として経験を積んできたことの証だ。

ただ指揮される側の兵士たちは言われた通り動きながらも、ベモン＝ビィ軍の異様な様子にたじろいでいた。ファラースの従兵としてついている少年が指揮官に囁く。

「彼ら……笑っていませんか？」

「ああ。気味が悪いよね」

あっさりと返すファラースに、少年は泣きそうな顔になる。

それと言うのもベモン＝ビィの兵たちは皆、唇の両端を吊り上げて目を細めた笑顔なのだ。笑い声こそ上げていないが、どの人間も一様に仮面のような笑顔を貼りつけている。敵味方の血飛沫が頰に飛んでなお笑顔を崩さない彼らに、連合国軍の兵たちは恐慌一歩手前の感情を味わっていた。

指揮官であるファラースは、士気の揺らぎに気づくと声を張る。

「気にしなくていい！　彼らが操作を受けてるのは感情だけだ！　怪力になるわけでも魔法を使ってくるわけでもない！　だから――顔を見るな！」

あまりと言えばあまりな命令は、けれど分かりやすい指針であったせいか兵たちの恐怖を幾分和らげた。前線の空気が変わるのを感じ取って、ファラースは一息をつく。

「指揮してるのはガリバリだったりするのかな。向こうは指揮慣れしてないよな」

襲ってきた状況からして、岩山の死角に軍を潜ませていたのだろうが、こちらが出た瞬間に攻撃してきてはこうして岩山の間に引き返されるのが落ちだ。指揮に自信があるなら第一部隊が通過した後に、その背面を狙って襲ってくるべきだった。

ベモン＝ビィ側の指揮官が誰かは分からないが、ずいぶん素直な動きだ。そもそも高い城壁があるのだから籠城される可能性が高いとも言われていたのだ。それをわざわざ壁の外に出てくるとは、思っていたよりもずっと好戦的だ。

「けど、出てきてくれる方が好都合だな――」

前列の盾兵に交代を命じたファラースは、不意に手にした長剣を振るう。彼を狙って放たれた矢が空中で弾かれ、岩壁の方へ飛んでいった。

従卒の少年が小さく悲鳴を上げて首を竦める。

「で、ですが、このまま防戦を続けては第二部隊が追いついてもどうにもできなくないですか？」

狭い場所で戦っている後ろに味方の軍が来ても、前線に助けは出せない。街道内に詰まってしまうだけだ。そう言いたいのだろう従卒に、ファラースは笑う。

「大丈夫だよ。第二部隊を動かしてるのは、おれの先生だから」

確信に満ちた言葉を証明するように、攻めあぐねていたベモン＝ビィ軍の側面に第二部隊からの矢が降り注いだのは、そのしばらく後のことだった。

※

伝令から接敵の話を聞いて、オスカーが真っ先に漏らしたのは素直な感想だ。

「閉所から出てすぐに襲撃って素人か？　そんなところ大した被害を与えられないだろうに」

「オスカー、はっきり言い過ぎです」

妻の言葉に彼はいったん口を噤むと、進軍指示を出し直す。騎兵を前に速度を上げて、岩山を大きく迂回するという命令。それが行きわたるとティナーシャは言った。

「私は下ります。先に行ってください」

「一人で大丈夫か？」

「私が乗ってると貴方が弓を引きづらいでしょう。後ろの補給部隊にロツィがいますから拾ってもらいますよ」

目隠しをしたままティナーシャは鞍上から飛び降りる。手を振る彼女に見送られて、オスカーは手綱を取り直すと進軍を再開した。

そうして街道を外れ岩山を大きく迂回した第二部隊は、ベモン＝ビィ軍の側背を突くことに成功した。弓騎兵から矢を射かけられたベモン＝ビィ軍は、予想しなかった敵軍の出現にあわてて第一部隊への攻撃を中止する。指揮を執るオスカーが首を傾いだ。

「少ないな……。あれが全軍じゃないだろうが――っと」

張り付いたような笑顔ばかりの兵の後方で、周囲を怒鳴り散らしている男が見える。鈍く金に光る兜を被った指揮官は、見覚えのある顔だ。オスカーは鞍につけていた弓を取ると弦を引き絞る。

「隊長？」

「ちょっと試しにだ」

オスカーは矢を放つ。空を貫いて飛ぶその矢は、狙いを違わず男の頭を撃ち抜いた。

兜を貫通して突き立った矢にオスカーの周囲はわっと沸き、けれどその空気はすぐに凍った。頭に矢が刺さったままの男は、射られてよろめいた状態を立て直すと、憎悪の目でオスカーを睨んできたのだ。

「な、なんだあいつ……死なないのか？」

「なるほど、そうなるか」

一人だけあっさりした反応のオスカーは、弓を鞍に戻した。

「あれはベモン＝ビィの管理者の一人だな。多分、本体じゃないんだろう」

十年前から姿の変わっていないガリバリは、オスカーに気づいて激しく罵っているようだが距離があって聞こえない。ただ流石に形勢不利を察しはしたのか、ベモン＝ビィ軍は街の方角へ後退し始めた。退いていくその方角にあるのは、ベモン＝ビィができる前にあった町の廃墟だ。遠くに高い城壁が見えるそこへ、ガリバリが指揮する軍は退却していく。

「追撃をかけますか？」

「いや、いい。第一部隊と合流して怪我人の手当をしよう」

優勢に持ちこんだとは言え、これは単なる前哨戦だ。それに、ガリバリの異様な様子を見た兵士たちには、気味の悪いものと戦うのだという恐怖が復活してしまっている。ベモン＝ビィ軍の兵士たちが妙な笑顔で戦っていたということもあり、少し士気の立て直しが必要だろう。

ファラースもそう思ったらしく、すぐに第一部隊からの伝令がやってくる。二つの部隊がそうして合流し、怪我人の手当や装備の補修をしているうちに、出していた偵察の結果と総指揮である第三部隊からの指示もやってきた。

「街の外壁に奇襲用の穴を開けてる？　面白いことをするな」

「えー、おれが偵察部隊を出した時にはなかったんだけど……」

偵察からの報告は、ベモン＝ビィ外壁の門がない場所に穴が開いており、そこから軍が出入りしているというものだ。と言っても突貫で開けた穴はそう大きいものではなく、先程襲ってきた部隊より少し多いだけの敵軍が廃墟に布陣しているらしい。

総指揮の指示で待機している二部隊の指揮官は、残りの部隊を待っている間に相談を交わす。

「オスカーだったら、あの廃墟にいる軍どうする？」

「無視して進む。向こうの方が土地を把握してるからな。何か罠をしかけてるかもしれない」

「だよね。あからさまに弱すぎて、誘われてる感じがする」

ファラースは師と意見が同じことに安心したのか、ほっと表情を和らげる。

確かにガリバリは指揮官ではないが、それにしても先ほどの攻撃はお粗末すぎる。何か別の意図があってもおかしくない。誘われている可能性は充分にある。

「けど他の部隊と合流するのは悪いことじゃないからな。どちらかと言えば、という話だ。一度陣を形成してランバルド軍と連絡を取るのもいいだろう」

ランバルドはベモン＝ビィの南にある国で、連合国の中で自国から出兵しているもう一つの国だ。

ベモン＝ビィができる以前は国内外の闘争に忙しく、北の荒野を一顧だにしていなかったが、あらかたの問題に決着がついた今は、国境線を北に押し広げようと考えているらしい。連携はさほど取れていないが戦力としては重要だ。事前の会議ではリサイとランバルドのどちらもが、相手国を先にベモン＝ビィにぶつけようと腹を探り合っていた。

「そう言えばオスカー、ティナーシャは？」

「下ろしてきた。そろそろ来るだろ」

オスカーの言葉通り、まもなく補給部隊と第三部隊が合流してきた。総指揮であるガルド将軍は簡易的に作られた本陣にて改めて詳しい報告を聞くと、命令を下す。

「残りの二部隊と合流し次第、その城壁の穴を目がけて攻撃を始める」

「え、では東門へは――」

思わず言ってしまったファラースに、今年五十歳になるガルド将軍はにっと笑って見せた。

「私たちの任務は、ベモン＝ビィの城壁に穴を開けて有利を得て、交渉のテーブルにつかせることだ。向こうが穴を開けてくれているのなら、それを広げればいいだろう。なんならそこから更に二、三枚破ってやったっていい」

豪放磊落に言い放つガルド将軍は、若い頃は傭兵だっただけあって戦場の流れを読む力に定評がある。今回の出兵は得体の知れない相手とあって、国も身分や能力の高い将軍を出すのを嫌がったが、ガルド将軍はそんな反対の声を押し切って総指揮についたという。

会議の時は話を聞いているようないないような風体で口出しもしてこなかったが、なかなか面白い人材だとオスカーは感嘆する。立場的にあまり人の歴史に強い干渉をしたくない彼にとっては、有能な指揮の下で動く方が気楽だ。

そんなことを考えながらオスカーが隣を見ると、ファラースはいくらか青ざめてガルド将軍を見ていた。いつも快活な青年のそんな顔は比較的珍しい。オスカーが怪訝に思った時、ファラースは彼の視線に気づいて表情を戻す。ガルド将軍は気づかなかったらしく、オスカーに問うた。

「もちろん、罠がある可能性はあるだろう。向こうとしてはできるだけ私たちを街に近づけて昏倒させたいだろうしね。だがそれには、君の奥方が対処できるんだろう？」

「ええ。今も一切の干渉は防いでいるはずです。とは言え、既に操作下にある人間は解放できませんので、ベモン＝ビィ軍はあのままですが」

「笑顔のまま戦ってたって？　普通じゃないな」

冗談めかして将軍は言うが、本人としても冗談ではないはずだ。ただ今回は精神操作の心配は要らない。ロツィに拾われたティナーシャは今頃のんびり会議の終わりを待っているはずだ。

ガルド将軍は苦笑いを収めると続ける。

「私としては、講和条約を結ぶなんて中途半端な結末じゃなく、こんな街はなくしておいた方がいいとも思ってるよ。神具の濫用なんて……ディテル神はお許しにならない」

忌々しげにそう吐き捨てる男の顔は、神代からの信仰を継ぐものだ。オスカーは未だ残る神の影響に半ば感心する。それはおそらく、ここから先の時代には失われていくばかりのものだ。

そんな感情が面に出てしまっていたのか、ガルド将軍はにやりと笑った。

「魔法大陸の人間からすると、こういう考えは不思議なものかね」

「いえ、失礼いたしました」

「確かにケレスメンティアが滅亡してからディテル神を信仰する者はいくらか減ったが、それでも信仰は人の中に根付いているのだよ。現に、神具があるという話を聞いてベモン＝ビィに移住した人間も少なくない。私の友人のようにね」

「それは……お察しします」

壮年の男の笑顔の下には、業腹な思いがあるのだろう。実際には、ベモン＝ビィを支配しているのは神ではなく二人の管理者なのだ。ガルド将軍が総指揮に名乗り出てきたのも、個人的に思うところがあったからかもしれない。

同じことをファラースも思ったのか、彼はそっと尋ねる。

「閣下は……ご友人を取り戻したいとお考えなのでしょうか」

ガルド将軍は軽く目を瞠ったが、すぐに苦笑してかぶりを振る。

「そこまでおこがましいことは考えていないよ。それも友人の選択だからね。ただ忌々しいと思っているだけだ」

指揮官三人だけの小さな会議はそこで終わる、はずだった。


「――私も砲撃兵器を使うところ見てみたかったです」

資材木箱を椅子代わりにしてそう言うのは合流してきたティナーシャだ。暫定的な本陣にて、運搬していた砲撃兵器や装備、食料の報告を受けていたロツィは苦笑する。

「ティナーシャは旅してた間に他の国で見なかったんですか？」

「小さな国ばかり旅してきましたからね。中古とか不良品くらいは見かけたことはありますが、ちゃんと動くやつが複数とか初めてです」

「確かにオスカーも興味持ってましたね……」

魔法大陸にそういったものがないとは聞いたことがある。今回は城壁破りがあるため五門の砲撃兵器が用意されているが、これはかなり異例のことだ。準備に関わったロツィは砲撃兵器にかかる費用を知っているが、なかなか気軽に動かせるものではない。

もっともティナーシャは砲撃兵器に興味はあっても、目隠しをしていて何も見られない。ロツィは確認し終わった書類を部下に手渡すと、彼女に尋ねた。

「その目隠しいつまでしてるんですか？」

「勝ったーって時までですね。私はオスカーと違って目隠しでも動けるとかそういうのないんで、割と大変……」

「オスカーは目隠しで動けるんですか……」

「多分、ある程度は」

二人がいささか無責任な世間話をしている場所は、ガルド将軍が二人の指揮官から報告を受けている天幕の傍だ。消費した物資の確認をし始めたロツィは、青ざめた伝令兵が天幕に入っていくのを見つける。

「何かあったみたいですね」

「いい知らせと悪い知らせのどっち寄りっぽいです？」

「おそらく後者」

「ええー、目隠し期間が延びちゃうじゃないですか」

ロツィの予想通り、しばらくすると天幕周辺が騒がしくなる。出てきたファラースはひどく怒りと焦燥を撒き散らす凶相をしており、二人を見つけるなり大股に歩いてきた。弟の剣呑な空気に呆気に取られているロツィへ、ファラースは吐き捨てる。

「ランバルド軍が南門に進軍途中で敗走したって。向こうにベモン＝ビィの本軍が出てたみたい」

「え、敗走？　なんでそんなことに。ティナーシャの精神防御って向こうにも効いてますよね」

「効いてますよー。だから私がこんな不自由な状態なんじゃないですか」

「なら何故……」

ランバルドもこちらと同程度の規模の軍を出していたはずだ。被害を受けることはあれども敗走までは予想していなかったロツィに、ファラースは忌々しげに付け足した。

「ベモン＝ビィには手練れの指揮官が何人もついてるんだって。退役してベモン＝ビィに移住した名将とか、ガルド将軍の友人とか、そういう人たちが何人かいて指揮に回ったらしい。で、ベモン＝ビィの兵は人形みたいに素直に動くだろ。それに翻弄されてランバルドは壊滅したんだと」

「は……嘘だろ」

それが本当なら悪夢のような話だ。一度向こうの精神操作に置かれた人間は、従順な駒として使われる――ロツィはまだ敵軍に遭遇していないが、笑顔で戦っていたという異様な話は聞いた。

ティナーシャが木箱の上で足をばたつかせる。

「士気と練度が高くて下がらないって単純に手強いですよ。ランバルド軍って、こっちと同規模だったんでしょう？　相手の数は？」

「ランバルドの二倍弱。というか子供も戦場に出してるって。ランバルド軍はそれで戦意が削がれたってのもあるらしい」

「子供!?」

「どう見ても十五歳にもなってない子供が騎兵の中にいるんだとさ。攻撃を躊躇うと火薬玉を持ってランバルド陣に突っこんでくるから、最終的には子供を見つけ次第狙撃するしかなかったって」

「そ、れは――」

言葉の先をのみこみかけて、だがロツィはそのまま口にする。

「やり過ぎだ……ノノラ」

街の真実を明かして、それでも移住したいという人間を受け入れるのは、独善ではあるが公正だった。けれど外の街の占領や、感情を操作した子供を戦場に出すのは違う。それはもう「穏やかに暮らすための幸せの街」という表層さえも剝げ落ちている。

ロツィは頭を抱えて蹲りたくなったが、そんなことをしていられる場合ではない。同じことを思ったのかティナーシャが確認する。

「で、こっちはどうするんですか？　一時退却になってもおかしくない状況ですけど」

「っ、それは駄目だ！」

　思わず叫んでしまったロツィにティナーシャがどんな顔をしたのか、目隠しのせいで分からない。弟は全力の苦い顔だが、それは天幕から出た時からそうだった。普段は快活な性格と人好きする笑顔で兵たちの支持も高いファラースは、冷えた怒りが滲む目で兄に返した。

「まだ決まってないけど、その可能性は高い。兵数も向こうの方が多いし」

「さては貴方、むきになって反対して天幕を追い出されましたね？」

　ティナーシャの呆れた指摘は事実なのだろう。ファラースはむっと子供じみた苛立ちを見せる。

「頭を冷やしてこいって言われただけだよ」

「それを追い出されたっていうんです。意見にも出し方があるんですよ」

　彼女の言うことにロツィは全面同意だ。むしろ彼女からはその手の立ち回り方を叩きこまれて育ったのだ。ティナーシャ曰く「これに関してはオスカーよりも私の方が得意ですよ。あの人は上の立場の人ですからね」ということらしい。ただファラースの方は彼女から教わっているのは料理だけで、そういうことにはまったく興味を持たなかった。今もそれで直情的に将軍に詰め寄り外に出されたのだろう。ロツィは「自分が一緒ならよかった」と思ったが、彼にその権限はない。

「オスカーはなんだって？」

「それは……分からないけど」

　途端にファラースが気まずそうな顔になるのは、オスカーが意見を言う前に出されて話を聞かなかったからだろう。「何をやってるんだ」と言いたい気分だが、弟を責めるのは酷だ。今やるべきは、ベモン＝ビィの暴走を止めることで、これ以上後にはできない。むしろこんなことになる前に、十年前のあの日に、自分たちは強引にでも姉を止めるべきだったのだ。

ロツィは短い間に決断すると、黒衣の魔女に問う。

「ティナーシャ、相談があるんだけど」

「なんですか？」

自分たち二人だけでもベモン＝ビィ内部に送りこめないか。そう尋ねかけた時、天幕の方から声がかかる。

「ロツィ、ファラース！　準備しろ！」

「オスカー、準備って……」

若く見える男は平然と、当たり前のように続けた。

「後続は待たない。今からベモン＝ビィを攻める」

※

――決められた枠の中でどれだけ抜け道を探せるか。

それが、この世をわたる上でのガリバリの考え方だ。

正直に誠実に生きれば、そうではない誰かの食い物にされる。そんな目に遭うのはごめんだ。かといって大手を振って枠からはみ出せば、よりなりふり構わない者に目をつけられる。

だから枠内で、ぎりぎりの境界線を歩く。狡いと言われようと汚いと言われようと、一度だけの人生なのだから、せいぜいよい目を見た方がいい。

本当はもう百年早く生まれて、大陸の激動を自分の才覚だけで泳いでみたかった。華々しい混迷期だ。ただそれは……言っても詮なきことだ。人は、生まれた時代で生きるしかない。何者でもない自分は何者でもないまま人生を終えるしかない。

そんなことをしていたら「横から成果だけを盗んでいく下等な人間」などと盗掘屋の間で悪評が立ったりもしたが、盗掘屋に上等も下等もないと思う。皆等しく人のものを盗んでいく、まともではない人種だ。

そんな自分に、神具の遺跡の探索などという大物が回ってきた。

これは好機だ。自分の力を試せる絶好の機会。百年前、ケレスメンティアが滅んだ大戦時にも神具がいくつか持ち出されたというが、それらはどれも大した結果を挙げられないまま破壊された。それを知った時、ガリバリは「俺ならもっとうまくやれたかもしれないのに、もったいない」と歯嚙みしたものだが、その野望に挑戦できるかもしれないのだ。

実際のところ、遺跡の最深部で起こった出来事は、完全に予想外のものだった。

知人の盗掘屋二人が戻らないと聞いた時には、罠にでもかかったのだろうと思ったが、彼らが囚われていたのは遺跡そのものにだった。錯乱し、正気を失った彼らをどうしても引き剝がせず、そして自分たちが「管理室」から出ることもできないと分かったガリバリは、自分に回ってきた役割の真の意味を察した。

本当に予想外だ。自分はもう、この遺跡から出ることもできない。

――ただ神具を扱ってみたいと願ったのは、他でもない自分自身だ。

そう思い出した時、腹は据わった。

こんな機会はきっと二度と回ってこない。なら乗ってみるだけだ。

そして何者でもなかったガリバリは、ガリバリ＝ビィになった。

遺跡の機能を使いこなせるようになった後は、管理室に縛られることも苦ではなくなった。遺跡の力が及ぶ領域内であれば、管理人は好きに番人を作り出せる。その番人に自分の感覚や意識を投射することもできるのだ。同じ管理人である少女は自分を外に出すことを嫌ったが、ガリバリはむしろ自分で作った街を遊び歩くことが楽しかった。

その延長線として、陽動部隊の指揮官もやってみたのだ。

結果は――何一つ面白いことなどなかった。

「なんなんだ、クソが！」

人形のように従順に動く兵たちは、人形のように呆気なく打ち払われていった。

罠を仕掛けてあった廃墟も森もあっという間に突破され、今はガリバリ自身が開けさせた城壁の穴周りに砲撃が為されている。どうしてこんなことになったのか少しも分からない。

「こいつら、何考えてやがる！」

ランバルド軍が敗走したという情報は、そろそろリサイ軍にも知れているはずだ。なのに何故退かないのか。おまけに街の権能で昏倒するはずの距離に来ても影響がない。誤算にもほどがある。

ここまでして城壁に攻撃をしかけて、その後はどうするつもりなのか。

ランバルド軍を敗走させた本隊は既にこちらに向かわせている。本隊が戦場に到着すれば向こうも痛手は必至だ。それまでの間に城壁を壊して全軍で街に入りこむつもりだとしたら、楽観的過ぎる。ここは元々大きさが確保されている門ではないのだ。砲撃で広げたとしても全軍が入れるほどにはならないし、入ったとしても次の城壁がある。

ならば何を狙っているのか——残り少ない兵と共に押しこまれていたガリバリは、すぐ背後の城壁に砲弾がぶつかる轟音(ごうおん)に身を竦める。煉瓦の破片がばらばらと頭上に降ってくる。砲手の狙いは正確で、ガリバリ自身が開けた穴の周囲は、もう半ば以上崩壊しかけていた。

空を切る音がする。

目の前の林の中から射かけられた矢が、ガリバリの肩に突き立った。

だが、その傷も痛みをもたらさない。そういう風に番人の体を作ってある。

けれど物理的な衝撃だけはどうしようもない。ガリバリは強弓による攻撃にのけぞりながら、ある考えに思い至った。

「まさかこいつら、中に入りこんで市街戦をするつもりか……？」

「——先に市街戦を始めたのはあんただろ」

冷ややかな声は、林の中から現れた青年のものだ。

剣を手にした彼は、確か第一部隊を指揮していた人間だ。馬を降りて林の中を進んできたのだろう。しかしそれだけではない既視感に、ガリバリは記憶の中を探る。そして答えに辿りついた。

「お前……あの時の小僧か！」

「あの時、お前をちゃんと殺しておけばよかったって思ってるよ」

十年前、まだほんの少年だった子供は、すっかりベモン＝ビィを置き去りに大人になっていた。

ファラースは殺意を隠さぬ目でガリバリを睨む。その目は昔と違ってもはや迷いのない目だ。ガリバリを殺すことを決めている目。

笑顔ばかりの街に生きてきて久しぶりに目の当たりにする怒りの感情に、ガリバリは掠れた笑いを上げる。

「は、よく言う……自分たちだけで遺跡に潜る力もなかったくせに……」

少なくとも、彼らの姉にはガリバリに頼るだけの気概があった。

弟たちが頼ったのは、あのおかしな男女だろうか。だとしても今のこの結果を見れば、どちらが己の才覚をうまく振るえていたか歴然だ。この十年間、自分が管理者であったことの成果こそが、かつての少年の上に透けて見える。ガリバリは刺さった矢を引き抜きながらほくそ笑んだ。

そんな男の嘲弄に、ファラースは冷えた視線を投げる。

「だから今来た。ずいぶん遅くなったのが恥ずかしいよ。結果としてお前にくだらないことをさせる余地を与えた」

「くだらないだと？　お前たちから攻めこんできて何を言う」

番人のこの体は死なない。本物の自分は管理室にいるままだ。

その驕（おご）りが、成功者の意識が、ガリバリの舌を滑らかに動かす。

「前にも言っただろう。この街は望まれて在る街だ。それを外のお前らが気にいらないと石を投げてきてるんだろうが。あつかましい」

市街戦を始めた、とは言いえて妙なことを言う。

この荒野は全てベモン＝ビィだ。壁の外であろうと変わらない。全部が彼の街だ。

そして、ベモン＝ビィを守ろうと住人たちが動くのも当然のことだ。大人であっても子供であっても同じ。それをとやかく言われる筋合いはない。

青年の目に、傷よりも鮮やかな怒りが走る。剣を握る手に力がこもるのが、十数歩離れているガリバリにも分かった。

――激発して突っこんでくるならそれでもいい。

そうして敗者の罵言をぶちまけて、自分に八つ当たりをすればいいのだ。それが無様であればあるほど、生きているという実感を得られる。

口を歪めて笑うガリバリに、ファラースは駆け出そうと足に力を込めた。

けれどその左腕を、後ろからもう一人が押さえる。

「やめろ。あいつは殺しても死なない。それより中だ。時間がない」

「兄貴」

現れたロツィは弓を提げている。だがその格好は軽装で、前線で戦う人間のものではない。すっかり大人になった男は、ガリバリを一瞥すると矢を番えた。何の警告もなくその矢を放つ。

「が……っ！」

鋭く飛来した矢は、ガリバリの右足を正確に地面へと縫い留めた。ロツィはその結果を確認するより先に次の矢を番えて、弦を放す。たちまち両の足を地面に縫い付けられたガリバリは衝撃に悲鳴を上げた。

そこまでを一切の感情を見せず為した兄に、ファラースも頭が冷えたのか林の中に声をかける。

「ごめん、制圧しよう」

言われて林の中からぱらぱらと現れたのは、ファラースが指揮する第一部隊の人間たちだ。装備を乱戦用の軽いものに変えた彼らは、砲弾の巻き添えにならないよう気をつけながら次々ベモン＝ビィの残る兵を捕縛していく。捕縛された中にはガリバリの姿をした番人も混ざっていた。

縄で縛り上げられたガリバリは、自分を無視して中に入ろうとする兄弟へあわてて叫ぶ。

「馬鹿め。街の中に入ったって、誰一人お前らの味方にはならない。笑って石を投げられるのがおちだ」

「知ってるよ」

ファラースの声は吐き捨てるというほどの感情さえなかった。若い眼差しがガリバリを見る。

「さっきも言っただろ。『あんたが市街戦を始めた』って。あんたが先に始めたんだ。壁外の戦場に子供を連れ出して、そこを街にした」

「それの何が悪い！　当たり前のことだろうが。この荒野は全部オレの街だ！」

「なら何故、外の街を占領した？」

間髪をいれずの反問は、ガリバリの矛盾をつこうとしているようにも聞こえる。

だがそれは彼にとって少しも矛盾ではない。ガリバリは喉から言葉を吐きだした。

「そんなもの、外に行くために決まってる。オレはこの街から出られないんだ。外に行きたいなら、街を広げるしかないだろ」

大陸の激動を、自らの才覚で泳いでみたかった。

その願いは半ば叶った。けれど代わりに「どこにでも行ける」という当たり前の自由を失った。国から国へ渡り歩くことも、新たな遺跡に挑むこともできなくなった。見えるのは狭い管理室か、笑顔ばかりの街だけだ。

「あの遺跡からずっと出られないなんて、オレが気の毒だろ。せめてベモン＝ビィがもっと広がれば、この体で動ける範囲が増える」

同情を買いたいわけではない。純粋にそう願っているだけだ。

「もう十何年も街のために閉じこめられてるのに、オレは外に行きたいって願いさえ叶えちゃまずいのか？」

何故自分だけがこうなのか。動ける範囲を広げたいなどとは、多くの人間が当たり前に抱く望みのはずだ。当たり前過ぎてとやかく言われる筋合いもない。

不思議がるガリバリに答えたのは兄の方だ。

「願ったこと全てが叶う人間なんていない。お前はその分、別のことを自由にやってきたはずだ。これ以上、お前の強欲に人を付きあわせるな」

物知らぬ子供を窘めるように、ロツィは嘆息まじりに言う。

そこには憎悪も怒りもない。ただ考え方の違う人間に、自分の思う常識を口にしただけ。

ロツィはそれ以上何も続けず壁の穴から中に消える。後に続くファラースは侮蔑の目でガリバリを見ただけで無言だった。

一顧だにされなかった——そのことに自分でも驚くほどの衝撃を受けたのは、語った言葉が自分が思った以上に本心だったからかもしれない。或いは彼らとの再会で満たそうと思っていた感情が与えられなかったせいか。ガリバリは大人になってしまった少年たちへ叫ぶ。

「おい！　待て！　まだオレに言いたいことがあるんだろうが！」

けれど兄弟たちは戻ってこない。代わりに兵士の一人がガリバリの傍に膝をつくと、その頭に布袋をかぶせた。ガリバリの声は狭い袋の中でくぐもって己に返る。

「待て、お前ら！」

ガリバリは、拘束された番人の体を放棄せず叫び続ける。

幼い兄弟たちにはできなかったことを成し遂げた成功者として。

自分が彼らにとって相対する価値がある存在だとガリバリは疑いもしない。

「もうすぐ本隊が戻ってくる！　そこがお前たちの終わりだ！」

叫んで、けれどその返事はとうとうもたらされなかった。

※

――今からベモン＝ビィを攻める。

そうオスカーに言われた時、二人の兄弟の頭に浮かんだのは疑問符だった。

ランバルドが敗走したこの状況で、東門にも辿りつけていない自分たちが街を攻めて何ができるのか。感情では引き下がりたくないと思っていても、分かりやすい道が見つからないのは事実だ。

けれどオスカーは平然と続ける。

「最善でも次善でもないが、今退いて次に回しても事態が悪化するだけだからな。ティナーシャの精神操作妨害も次は対策を打たれるかもしれない。だからその前に今、ベモン＝ビィの街中に人員を送りこむ」

「送りこんで、どうするんです？」

ロツィたち兄弟が狙っているのは管理者の代替わりだ。まさかオスカーも同じことを考えたのか、と内心身構える二人に、彼らの師は別のことを口にした。

「破壊工作だ。この街を一時的に『暮らしていけない場所』にする。十年前にも一度似たことをやりかけただろう」

「似たことって……あ」

あの時、彼らが遺跡に侵入したせいで、街の母井戸が壊れかけたのだ。それを為したのは管理者の方で、被害もそう大きくならなかったが、街にはいくらか影響が出たはずだ。ベモン＝ビィの真実の布告が一カ月遅れたのもそのせいかもしれない。

その井戸破壊を今度はこちらから、本格的に行う。この十年間で人口が膨らんだベモン＝ビィは、井戸が破壊されれば今の住人全てを養えないはずだ。必然的に彼らは外に救援を求めざるを得なくなる。乱暴にもほどがあるが、他に打てる手もない。

それに、井戸があるのは街の中央だ。遺跡の入口も近い。ロツィたちの本当の目的を遂行するにもそちらへ向かうのは都合がいい。

かくして二人の兄弟は、近づいてくるベモン＝ビィ本隊への対処と城壁への砲撃を、ガルド将軍とオスカーの指揮に任せ、自分たちは街の潜入部隊に名乗り出た。

「急ぐよ、兄貴！」

剣を手に城壁内に入れた第一陣はたった十数人だ。一方、街の中心まではあと四枚の壁がある。壁の切れ目を探して走り出した彼らは、すぐにほど近い壁門を見つけた。そこに立っている衛兵に剣を向けようとしたファラースは、けれど衛兵の笑顔に迎えられぎょっとする。

「中に行かれたいのですね。どうぞ」

「え？　ああ……」

中に行きたいのは事実だが、こちらは武装した街外の集団だと格好で分かるはずだ。にもかかわらず衛兵は笑顔で道を開ける。付き従ってきた兵士の一人がファラースに言った。

「隊長、あのさっきから……」

「うん、分かってる」

急いでいるからこそ触れなかったが、この街に侵入してから彼らに気づいた街の人間たちは皆、笑顔だ。笑顔でじっと彼らを見続けている。外で笑顔の軍隊と戦った時も薄気味悪かったが、街の人間は何もしてこないままだ。明らかに敵軍と思しき彼らへのそんな反応は不可解で、何かの罠かと思うよりも生理的恐怖が先に立つのは当然だ。不安そうな部下に、ファラースは首を横に振って見せる。

「気持ち悪いけど、罠とかじゃなくて多分ここはこういう街なんだ。そしてだからこそ放置しちゃいけないと、おれは思ってる」

ファラースは剣を提げたまま壁門に向かう。衛兵は笑顔のまま頭を下げて彼を見送った。

それから街の中央に辿りつくまで、誰も、何も、彼らを留めるものはなかった。

家族とは、いつまで家族でいられるのか、とロツィは思う。

思い返してみれば、父たちやノノラと暮らしたのはほんの四年ほどだ。二十八歳のロツィからすると、彼らと別れてからの方がずっと長い。

ただそれでも未だに家族と思ってしまうのは何故なのか。そう、思いたいだけなのか。

そんなことを考えながら、彼は弟と中央庁舎の入口へ向かう。情報通りならこの庁舎の地下に、井戸への管理通路や遺跡の入口があるのだ。

空では風車が回っている。白い庁舎は日の光の下で輝いている。

十年前、ロツィはここに来なかった。来たのはファラースの方だ。巨大な両開きの鉄扉の前には衛兵が一人いて、二人を認めると笑顔で言った。

「本日はどのようなご用件でしょうか」

「中に入りたい。僕たちは住人じゃないけど、用がある」

十年前にここを訪れたオスカーとファラースは「三カ月間滞在すれば議員と面会ができる」と言われた。今回もまたそうなのだろうか。衛兵は一分の隙も無い笑顔のまま返した。

「ロツィさんとファラースさんですね。お二人はこの街の住人として登録されています」

「え……？　住んでないけど……」

それどころか検問では出入り禁止にされていた。困惑するロツィに、衛兵は補足する。

「十年前に、あなた方のお姉様が登録済みです。ですが申し訳ありません、この建物は住民であっても許可がなければ入れないのです。その代わり、お姉様から伝言を預かっております」

「え？」

立て続けの情報にすぐには頭が追いつけない。ついてきた兵士たちも困惑顔を見せている。

青空の下、衛兵は何も見ずに伝言を口にした。

「――『ずっと私が穏やかに笑顔でいることが、この街を守る方法だと思っていました。でも、それだと止められないことも出てきてしまい、二人に想定外の迷惑をかけてしまいました』」

ゆっくりと語られるそれは、管理者である姉の失意の言葉だ。

父を探すためにガリバリを頼ったこと。それは他に選びようのない道だったのかもしれない。けれど管理者の片方がガリバリになったことで、彼女の理想は十年を経て綻んだ。

「『わたしはそれでも、わたしのやり方には意味があったのだと思っています。この街でなければ救えなかった人もいるし、そういうやり方でしか手の届かない子供たちもいて、そうでなければ幸せになれない家もあるのだと』」

それが彼女の自負だろうか。彼女は、戦場に子供が連れ出されたことを知っているのだろうか。

「『二人とは、結局わかり合えないままで残念だけれど、でも、家族ってそういうものかもしれないね。じゃあ、元気で』」

以上になります、と衛兵が続けるのを、ロツィは呆然と聞く。隣にいたファラースが衛兵に詰め寄った。

「伝言じゃなくて、ノノラに直接会いに来たんだ。そこを通らせてもらうよ」

「こちらはどの方も通すことはできかねます」

そのやり取りを聞きながら、ロツィは我に返ると振り返る。

五重の城壁の向こう、街の外をベモン＝ビィの本軍が進軍しているのが見えた。その先頭が、リサイ軍と接触するまでそう猶予はない。

なら、ノノラは何をするつもりなのか。何故「自分のやり方には意味があった」と過去形で語るのか。これはつまり、別れの言葉ではないのか。

その時、視界の隅で閃光が瞬く。

ロツィがはっと顔を上げた時、彼の視界は真白い光に焼かれ——

そして激しい轟音が、辺りを揺るがした。

※

「呪具系の施設って、どこもかしこも魔法抵抗が高いのが嫌なんですよね……」

暗い通路に、一人分の足音と女のぼやく声が響く。

ぼやいているのは黒衣の魔女で、足音は彼女の夫のものだ。目隠しをしたままのティナーシャは、オスカーの首に後ろから巻きついて宙を牽引されている。彼は左手を上げて妻の頭を撫でた。

「でもここまで穴を開けられたなら上等だ。おかげで前に来た時より一段深い」

「道分かります？」

「大丈夫だ。もうつく」

夫の言葉にティナーシャは「はーい」と軽い返事をした。彼は愛らしい響きにふっと微笑む。

そろそろ外では残りの部隊が合流している頃だろうか。ガルド将軍の采配は見事なものだが、長引かせる気はない。調査に時間がかかり、何人もの考えが交錯したからとは言え、この件は充分に長引いたのだ。

だがそれも今日までだ。事態を丸く収めるために細かく手は焼いたが、この規模では完全な平和的解決は難しい。それでもできうる限り、人の意志に添った結果を選んだつもりだ。

人の歴史は人の意志と行動によって形作られる。

だから人から外れてしまった者たちは、目に見えぬところで物語を終わらせねばならないのだ。

「よし、ついた。多分ここだ」

通路の行き止まりにあるのは一つの石扉だ。表面にはびっしりと何かの紋様が刻まれている。

ティナーシャが床に降りると、オスカーは扉の表面に触れた。

「これをあの時見ていたら、もっと早く気づいたか？」

「どうでしょう。気づいてはいたかもしれませんが、あの時だったら対処法が分からなくて、もっと惨事を引き起こしていたかもしれません」

「それもそうか」

オスカーは扉を押し開く。砂で軋む音を立てながら扉は奥へ動いた。

その先に在るものは……遺跡の管理室だ。

小さな部屋は、何の照明もないにもかかわらずぼんやりと明るい。それは部屋の中央の床に置かれている四角い石柱が発光しているせいだ。人の腰くらいの高さの石柱は表面に扉と同じく紋様が刻まれており、それが青白く発光している。

柱の左右には二つの玉座が向かい合って置かれており、その片方には男が、もう片方には少女が座っていた。

否、正確には——男と少女であったもの、だ。

「来てくれましたか」

少女、ノノラは掠れた声で言う。

その顔は、いつか投射されて見たものとは違う。頬は痩せこけて目は落ちくぼみ、長い闘病を経た老人のようになっていた。手足は枯れ枝のようになっており、よく見るとその四肢には椅子から伸びた葉脈のようなものが無数に根を張り巡らせ、半ば椅子と一体化している。

オスカーたち二人の背後で扉が音もなく閉まる。ティナーシャは振り返ってそれを押したが、もはや壁のようにびくりとも動かない。ノノラが弱々しく笑った。

「その扉、入れるけど出られないの。昔からそうだった」

「……なかなか容赦ない仕組みの遺跡ですね」

「そうね。ああ。何か失礼があったらごめんなさい、今はもう自分の目だとよく見えなくて」

「いや、構わない。そちらの男は──」

「彼はもうこの部屋に意識を戻さないわ。今の自分を直視できないんでしょう。それでもこの椅子に在る限り、彼の影響力は消せないのです。わたしたちは管理者として対等なので」

ノノラは、その言葉を言いきる間何度も浅い息をして呼吸を整えようとしていた。肉体が限界に来ているのだろう。この遺跡は管理者を不老にする機能があったが、それには限界があったということか。オスカーは床の上にちらばる何人分かの白骨を見やる。その中に混ざって白い槍が一本落ちていた。ノノラの玉座のすぐ傍にあるそれを、オスカーは拾い上げる。

「この槍は……」

「貸してください」

そう言って手を差し出したのはティナーシャだ。オスカーは妻の手を支えて槍を握らせた。彼女は「なるほど」と頷く。

「多分これが神具ですね。もうほとんど力を失ってますけど……言い伝えだと『神具を決して動かすな。動かしてしまったらケレスメンティアに助けを求めろ』でしたっけ？　それってきっと『この遺跡を封じている神具を動かすな』ってことだったんでしょうね。ルクレツィア曰く、本物のディテルダ神の神具って限られた血筋の人間しか使えないってことですから、ずっと昔に使い手の誰かがこの遺跡の異常性に気づいて神具で封じたんでしょう」

「その話が部分的に残っていて『神具の遺跡』になったのか。確かに知らないものについては語り継ぎようがないからな」

「あなたたちは、何の話を……」

「この遺跡の正体の話です。あなたも、他の人間たちも、ベモン＝ビィの特異性を神具の力だと思っていたようですが。この大陸の神具は全て戦闘用のものなんですよ。範囲固定の精神操作なんて能力のものはありません。確かに精神操作は魔法でも可能ですから盲点ではありましたけど」

魔女はそう言って白槍を軽く振る。とうに力を使い果たしていたのだろう神具は、それだけでぼろぼろと形を失ってこぼれていった。ティナーシャは手袋を嵌めた手を払う。

「魔法に可能なことだからと言って、それが魔法で為されているとは限らない――つまり、この遺跡は世界外の法則で動いているんです」

ティナーシャがその可能性に思い当たったのは、十年前初めてこの遺跡に来た際、短距離転移の座標指定ができなかった時だ。

最初は神具の領域で転移が阻害されているのかとも思ったが、ベモン＝ビィから転移させた六人を解析して、そうではないらしいと気づいた。彼らにかかっていた精神操作をティナーシャは読み解けなかったのだ。そしてそれは、精神魔法において他の追随を許さぬルクレツィアに診せても同じだった。

二人の魔女が出した結論は「この精神操作は魔法法則外の技術によって為された」というものだ。つまり、逸脱者である二人が追い続けているものだということで——それを踏まえると、転移がうまくできない理由も分かる。かつてティナーシャは似た性質を持つ遺跡に入ったことがあるのだ。人間を捕獲してその複製を造るという施設は、今は亡きトゥルダールの歴史では「苗床事件」という異名と共に記録されていた。

ならこの遺跡もまたその類なのだろう。実験・観察を目的とする施設。今まで神具によって機能を封じられていたものが、おそらくノノラの父たちが踏み入ったことで動き出した。彼らが破壊すべき、外部者の呪具だ。

夫の声がノノラに補足する。

「この世界にはそういうものがいくつか紛れこんでるんだ。本来あってはならないものだから、俺たちはそれを破壊して回っている。ただ今回は、この遺跡を単純に破壊すると既に精神操作下にある人間に多大な影響が出るらしいからな」

「……あなたたちは、それを承知で継承にきてくれたんじゃないの？」

ノノラの声に不安がよぎる。彼女は十年前からそれを期待していたのだ。

――この遺跡を止めるには、管理者を殺すしかない。

だがそれを為すには、別の管理者を用意しなければ地上の人間が精神崩壊してしまう。

ノノラは、その次の管理者に弟たちがなってしまうことを恐れていたのだろう。だから、オスカーとティナーシャが彼らの教師であると知って希望を持った。二人の兄弟の身代わりに、彼ら夫婦が出てくることを期待したのだ。その反応をティナーシャは十年前に見てとった。

オスカーの苦笑の気配がする。

「ロツィたちには継承させせない。本人たちはそのつもりだったみたいだがな。地上の人間も守る。その準備はしてきてる」

「そう……ならよかった」

「ただ、お前たちは助けられないが」

「分かってる。それはこの街を作った時に覚悟してる」

「あの二人が行き場を得られなかった時、帰る場所になれるよう街を作った際にか？」

その指摘は正鵠（せいこく）を射ていたのだろう。少女は沈黙する。

彼女は彼女なりの信じるものに基づいて、家族が幸福に生きられる場所を作った。その考えが家族に受け入れられなかっただけだ。そして受け入れられないことを、彼女は受け入れた。

ノノラは、オスカーの問いに答える代わりに言う。

「早くやって。ガリバリがこっちに気づく前に」

「分かった」

オスカーは、己の剣を振り上げる。

悲鳴は上がらなかった。

乾いたものが床に転がる音が、立て続けに二つしただけだ。

それを聞きながらティナーシャはかぶっていた黒い外套を脱ぎ捨てる。ぴったりと肌に添う服も全て脱ぎ捨て裸になった彼女は、最後に目隠しを外すと目を閉じたまま中空に水を生んだ。降り注ぐ水の下でばしゃばしゃと髪を濯ぎ、砂埃で汚れた体を洗う。

そして身を清めた彼女は、今まで封じていた分、鋭敏になった感覚で小さな部屋を見回した。

二つの玉座は、今は空だ。間の石柱も光を失っている。さっきまで玉座に座っていたのだろう二人は、オスカーの手によって部屋の奥の床に横たえられていた。

彼は、水から上がってきたような妻を振り返る。

「行けるか？」

「行けます」

それだけの確認でティナーシャは玉座の一つに向かう。白い石の椅子に座ろうとする妻を、オスカーは手を挙げて留めた。不思議そうな顔になる彼女にオスカーは微笑すると、華奢な妻を抱きしめる。

ほんの数秒。伝わってくる感情の強さにティナーシャは息を零した。

夫の腕が緩むと、彼女は美しい笑顔を見せる。白い両手で彼の頬を挟んだ。何より愛した、日が沈んだばかりの空色の瞳を焦がれて見つめる。

ただ、今囁くのは愛情の言葉ではない。挑み、戦うための言葉だ。

「任せてください。余裕で勝ちます」

「ああ」

ティナーシャは嬉しそうに笑って夫から手を離す。オスカーは恭しく妻の手をとって白い玉座に座らせた。

たちまち玉座から伸びてきた細い管が彼女の四肢に入りこむ。それだけでなく冷たい背もたれからも、彼女の背から胸、腹に、白く固い管が伸び、白い肌の下に広がっていくのが見て取れた。

けれどティナーシャは、自身に接続してくるそれらに、微塵(みじん)も動揺を見せない。

向かいの玉座にオスカーが座す。二人の間にある石柱が再び光り出した。

ティナーシャは深く息を吸いこむ。

「始めます」

管理者に求められるのは、大元となる感情と、方向性だ。

ノノラとガリバリがそれを四つの標語にしたのは、彼らが突発的に継承した管理者で、互いの意思の食い違いが大きかったせいだろう。二人はそれを標語という縛りを課して基本方針にすることで、街を運営していった。

だが、ティナーシャがやるのはもっと根源的なことだ。

――思考と感情に接続してきた線を、逆に辿る。

外部者の呪具が、管理者を己の一部として組みこもうとする動き。それを支配し返していく。

「あいにく、こういうのは初めてではないので」

かつて、時を巻き戻す呪具の外部記録装置として、ティナーシャは組みこまれたことがある。その時よりもこの遺跡の方が余程素直な作りだ。管理者の感情を記録し、地上の人間の感情に同調させていく施設。それは、範囲内の人々の中に感情の受容体を育てることで可能になっている。範囲内に受容体を持つ人間が増えれば増えるほど、彼らを中継点として同調範囲が広げられる。

ティナーシャはその範囲内にいる人間を、彼らが宿している受容体を、一つ一つ丁寧に探り当て、その機能を拡張していった。感情を同調させるだけではなく、受容体自体の存在も同調するように。

つまり……この遺跡が壊れた時には、範囲内の受容体も全て自壊するように。

研ぎ澄まし広げた感覚の中で、魔女は膨大な情報と力を操っていく。

それはまるで、冴えた月夜に光る飛沫を撒くようだ。

眩い滴を降り注がせていく。白い慈悲の指先から、笑顔のままの人々の額へ。

感情を書き換える。感情を書き換えるものを書き換える。

この街にいる全ての精神に。この街を取り巻く、それ以上の人間の精神に。

それを可能にするだけの力と技術を彼女は持っており、
それを可能にするだけの集中を、彼女はこの一週間で築き上げた。

静かな変革。

広げた感覚の中で、彼女は二人の兄弟を捉える。

姉であった少女からの伝言を受け取った彼ら。彼らが姉のやったことの始末をつけ、自分たちが管理者になろうとしていることはすぐに分かった。

この十年間は、遺跡の正体を突き止め、支配下にある人々の被害をどうすれば少なくできるか考えるための年月だった。

そしてそれは、彼らの決断に沿うための十年でもあったのだろう。

ティナーシャは精神だけでふっと微笑む。いつでも懸命で、家族思いだった彼ら二人の上にも滴を落とした。それは、まだほとんど芽生えていなかった受容体と溶け合う。

そんな飛沫を降らせる彼女は――いつの間にか遠ざかる意識の中、青い部屋に立っていた。

3. 青の議場

青く、広い部屋。

そこは楕円形になっており、壁の全面は硝子張りの窓だ。

そして窓の外は無数の青い光に満ちていた。

室内が青く感じるのはその光のせいで、実際の部屋の中は明かり一つない。

楕円形の室内には楕円形の大きな会議机が置かれており、けれど、十三ある会議椅子に座しているのは今、黒いドレス姿のティナーシャともう一人だけだった。

——ずいぶんと長い間、ここで議論に参加していた気がする。

ただその内容は覚えていない。失われてしまったものがどうして失われてしまったのか……そんな内容だった気がする。過去だけを振り返る物寂しい議論だった。

そして今残っているのは三人だけだ。ティナーシャと、もっとも遠い対面の席に座る一人と、そしてティナーシャの背後に立っている誰か。

もっとも遠い椅子同士に座るその相手は、少年だろうか。少年の顔は、決して見えない距離ではないのに何故かティナーシャには見えない。ここで初めて会う相手だということは分かる。

一方、背後にいる誰かは、ずっと一緒だった人物のような気がする。彼はティナーシャの座る椅子の背もたれに体を寄りかからせて少年に言う。

「君たちは過去のことばかりだ。もう取り戻せないもののことばかりを考えている」

「それが私たちの存在意義だ。異を唱えるあなたの方が変わっている。あなたが被験世界に与えた呪具のおかげで、私たちの呪具の多くが影響を被った」

「呪具同士は干渉されない。君たちの目的を鑑みるなら試行回数が増えたことを喜んでもいいんじゃないか？」

「馬鹿馬鹿しい。多少世界を巻き戻しても変わらないことの方が多い。重複情報を削除するのに、余計な処理が必要になっただけだ」

対面に座る少年と背後の青年の会話はティナーシャの知らない言語で交わされているようだ。だがそれは全て彼女の耳に理解できるよう変換されて入ってきていた。「呪具」が「呪具」と聞こえることがその証左だろう。「呪具」とは主に魔法士が使う用語だ。彼ら——外部者自身が、自分たちの送りこんだ実験道具をその名で呼ぶはずもない。

ティナーシャは他の空席を見回す。

「……貴方たちも意見が統一されているわけじゃないんですね」

素直な述懐に、苦笑で答えたのは背後の青年だ。

「十三人もいればね。ただ皆、己の役割に真摯だよ。僕がとりわけ異端だと看做(みな)されているだけだ。ディアルリア……この都市を出て行った彼女ほどじゃないけど」

外部者二人の視線が、同時に一つの席を見たのが分かる。その席が誰のものか、ティナーシャはすぐに思い当たった。

「内部者ディアドラ……アカーシアを残したファルサス初代王妃ですか」

観察対象である世界に肩入れして、血と対抗武器を残した女。

その名を口に出すと、少年は冷淡な声音で返す。

「いなくなった者について語る意味はない。第一、今ここにいる私は呪具の中に残っている管理意志だ。彼女がどうなったかなど知る由もない。ただ己の役目を果たすだけだ」

「そう決められたからだろう？」

「違う。私自身の意志だ」

青年が後ろでほろ苦く笑うのがティナーシャには分かった。この場において席を彼女に譲って後ろに立っているのが誰かは想像がつく。おそらく彼が、エルテリアをもたらした外部者だ。時間遡行の呪具は破壊され、その力の半分はティナーシャが受け継いでいる。だから彼女はこの席に座しているのだ。

少年は長い溜息をつく。そしておもむろに語り出した。

「――かつてある街があった。そこは二人の優れた為政者が治めていて、緩やかに繁栄していた」

見えない顔が窓の外を向く。無数に溢れる青い光は何が発しているのか判然としない。魔女は少年を見つめる。

「二人にとって、対立と議論は当たり前のものだった。考え方もやり方もまるで違っていた。それでも二人は、二人であることで上手く街を運営していた。それを上手く理解できていなかったのは、周囲の方だ」

「何があったんですか」

少年の語りは、自分自身の意志というよりかつてあった記録を読み上げているだけのものにも聞こえる。それでもティナーシャは問うた。

少しの間が空く。少年の白い右手が机の上に置かれた。

「周囲は、それぞれの支持する為政者こそが絶対だと信じ、批判しあう二人を敵対していると認識した。相手さえいなければと思い、やがていくつもの争いが起きた。争いは戦火となり、街は見る影もなく滅んだ。人々は己の指導者の意図を無視して敵意に目が眩(くら)み、憎悪に踊らされて感情の玩具となった」

——感情。

ティナーシャは、己が浸食し書き換えた呪具の機能を思い出す。

「だから、民の感情を為政者に同調させようとしたんですか？」

「感情は人を愚かにする。愚かになれば不幸になる」

「人は、感情によってのみ争うわけではありませんよ」

「けれど、今回の街は上手くいっていた」

ティナーシャは闇色の目を瞠る。それがベモン＝ビィのことだと理解した彼女は顔を顰めた。

「上手くいっていませんでしたよ。あの街が上手くいっているように見えたなら、それはあくまで

『家』としてです。感情でお互いを調整しあうなんて小さな規模でしか意味がないですし、それも誰かの献身によってようやく成り立つ程度のものです」

ベモン＝ビィが、一人の少女の理想と自己犠牲によって成り立っていたように。

それも遠からず崩壊しただろう。人の心は、一人で理想を体現し続けるには繊細すぎる。

「感情は、人を愚かにもさせますが、賢明にもさせます。それを放棄させれば思考の放棄にも繋がる。別の失敗をするだけです」

だから愚かにしか思えないとしても、人は寄り集まり思考を交わして進んだ方がいいのだ。過去の過ちを語り継ぎ、「こうあればいい」と望む方へ少しずつ近づいていく方がいい。一人の肩に全てを負わせれば、一人の心で全てを終わらせてしまうことが可能になるのだから。

「貴方たちが呪具を送りこんできているのは、その街の滅亡が原因ですか？」

「違うよ。それはあくまで一つの街のことでしかない。多くの原因があって世界は終わったんだ。だから彼らは『どうすれば失敗しなかったのか』を探そうとしている」

「その原因が分かればやり直せるんですか？　貴方がエルテリアで可能にしたように？」

ティナーシャは首だけを反らして背後の青年を見ようとする。

けれど視界に入ったものは無機質な天井だけだ。灰色の金属でできた天井に継ぎ目はなく、まるで卵の内側のように滑らかな曲線を描いて壁と一体化している。

諦めて顔を戻したティナーシャに、青年の声だけが聞こえた。

「無理だよ。あの呪具は君たちの世界が内包している記憶を元に、過去を現在へ上書きするものなんだ。けれど僕たちが知る世界はもう失われている。失われて、残った都市だけが狭間を漂っている。記録は残っていても、記憶がない」

「じゃあどうして――」

「変えられないんだよ。僕たちは全員が出席している参事会でしか大方針を変えられない。でも十三人が揃うことはもうないからね。ずっとそのままだ」

「それは……」

十二人の同胞に反した彼女は、千年以上も前にファルサス建国王に嫁いでいる。

そして残された彼らは、彼女の欠員がゆえに変われない。観察を、実験を、続けている。失われてしまったものを見つめ続けながら。

魔女は窓の外に視線を滑らす。

無数の青い光に、彼らは何を思うのか。これらは失われたものなのか、今なお残るものなのか。

顔の見えない少年は、ティナーシャに言う。

「同情は不要だ。私は私の役目を果たすだけだ。今回の実験は中断されるが、記録は消えない。いつか新しく始めればいい」

「……それはさせません」

魔女は両手を机について立ち上がる。

この席は、彼女のものであって彼女のものではない。

失われたものを、道理を捻じ曲げて取り戻す――それに異を唱えたからこそ今ここにいるのだ。

「たとえ貴方たちの目的に、どれほど正当性があり理念が崇高であっても」

ティナーシャは緩やかな弧を描く壁に沿って歩き出す。少年の方へ一歩一歩。黒い手袋を嵌めた指が、透明な窓の上をなぞる。

「貴方たちが外から来てこちらの世界を弄っている以上、私は貴方たちを排除します。貴方たちがどんな願いを持っていたとしても変わりません」

少年は近づいてくるティナーシャを見上げる。顔の見えない彼に戸惑いの気配がよぎった。

「……あなたは」

「だから、この先貴方たちの道具でこちらの世界がどれほど善くなっていても、どれほどの人間が救われていても、私は区別も差別もなく全てを壊すでしょう」

確固たる線引きをする魔女。

温度のない宣戦布告に、少年は疲れた息を零した。

「あなたもずっと続ける気か？　私たちがそうしているように」

「貴方たちが全ていなくなるまでは」

「感情が擦り切れる。もうやめたいと思う日が来る」

「やめませんよ。私の王を負けさせはしませんから」

ティナーシャは、少年の隣を過ぎて扉の前に立つ。

冷たい金属扉に触れる彼女に、青年が言った。

「――繰り返し挑戦を続ける君たち二人に、僕の力がわたったことを光栄に思うよ」

無数の試行を可能にしてきた呪具、エルテリアを作った彼の言葉にティナーシャは眉を寄せる。

「ただ、一つ心に留めておいた方がいい。君たちはこれから先、破壊した呪具が増えれば増えるほど出会い直すのが難しくなる」

「……え？」

思わず振り返った正面、椅子の背もたれに手を置いている青年は、労わるような声音で続けた。

「君たちのその権能は、排除すべき呪具に対抗して世界が生まれ直しをさせているものだ。残る呪具が減れば、再び生まれるまでの間隔も開いていくだろう。今までのように近しい時と場所に生まれるのは、多分あと二つか三つを壊すまでが限度だ。いつか君たち二人は、それぞれ違う時代を生きるようになる」

「それ、は……」

――自分と夫は、二人で一対の呪具だ。

そうティナーシャは思っている。だからこそ永劫に限りなく近い旅でも、終わらない闘争でも越えていけるのだと。

だが夫との繋がりは、勝てば勝つほど薄らいでいく。いつか出会えなくなる日がやって来る。

その時果たして自分は、どこまで正気で時をわたることができるのだろうか。

「……オスカー」

九十年もの間、独りで彼を待っていたことを思い出す。

あれを乗り越えられたのは「いつか必ず」と思っていたからこそだ。だが今の「いつか」は遠い未来、出会えなくなるかもしれない「いつか」だ。

限界まで見開かれた闇色の瞳が揺れる。

虚をつかれた魔女に、青年は穏やかに告げた。

「覚えておくといい。君を待っている孤独は、この先、耐え難いものになるかもしれない」


脳裏に記憶がよぎる。

果てのない荒野を、独り歩いていく。

涙で罅割れた頬を曝して、とめどなく嗚咽を零して。

失われてしまった彼を探して、もう彼がいないことを知りながら歩いていく。

いつの、どの時代の記憶だったか。

少女であった頃かもしれない。魔女になった後だったかも。

無数の消滅史の中にはそんな記憶がいくつもある。書き換えられることのなくなった正史にも。

それがもし、永遠になるのだとしたら。


「だから命を惜しんだ方がいいよ。君の次の生に彼がいるとは限らない。手を放さない方がいい」

「……ぁ、っ」

優しい声音。

少しの皮肉を感じさせるその言葉で、ティナーシャは我に返る。

過去から今へ意識が戻ってくる。恐怖に固まりかけた精神に思考の火が灯った。

――自分に力を渡した外部者の青年は、どこまでを分かって言っているのか。

「今更命を惜しむなんて……」

ティナーシャは深く息を吐きだす。

震えをのみこんで目を閉じる。ただ祈る。

「たとえ私が、幾千年を一人で旅することになったとしても」

遥か彼方の時、全ての呪具を破壊し終えたとしても。

人でなくなった自分たちは、世界に異物として残ってしまうだろう。

だから――

「あの人は最後には必ず、私を殺しに来てくれます」

その確信と共に、彼と生きてきたのだ。

これからもそうして生きていく。

永劫に擦りきれて変わり果てたとしても、この想いだけは変わらない。

「なら挑めばいいよ。挑み続ければいい」

「言われなくても」

魔女は扉に向き合うと、冷たい壁を見据えて押し開く。

そして彼女は、青い議場を後にした。

4. 幕引き

ゆっくりと、ティナーシャは目を開ける。

それは全ての受容体を書き換え終えた証拠だ。

もっとも、意識は少し断絶していたのかもしれない。長い夢を見ていたような妙な酩酊感があった。彼女はぼやけた視界の中で、二、三度睫毛を上下させる。

「あ……」

視線を落とすと裸の腿上には大量の血がしたたり落ちていた。彼女の集中に肉体がついていけなかったのだろう。鼻か口かティナーシャはその両方を拭いたいと思ったが、もう体が動かせない。

彼女はかろうじて口元だけを微笑ませて、夫を見る。

「……お待たせしました」

口の中で血の味を噛み締める。彼女を見るオスカーの目には悔しさがあったが、それはすぐに穏やかな愛情で塗り替えられた。

「大変なことをやらせてしまったな」

「お互い様です……。私たちは自分にしかできないことをする。その繰り返しですから」

だから、ここから先は彼にしかできない。結局のところ彼に幕を引いてもらうしかないのだ。

ティナーシャは闇色の双眼を伏せる。彼を見返す力が残っていないことが残念だ。意識が急激に薄らいでいく。もう残っている命は少ない。それでも言っておきたくて彼女は微笑んだ。

「次は……私から、会いに……いきますから……」

そうしたら、またいつかの時のように彼を困らせてしまうだろうか。

それでも自分は、この世界に生まれ落ちて自分に成ったのなら、彼を探して駆け出すのだろう。

どこまでも、どんな遠くにでも、擦りきれるほどの未来にでも駆けていく。この感情が、彼女が人であったことを証明する唯一の熱で、この恋のために、彼女は己の永遠を賭けるのだから。

その繰り返しの果てで、自分が壊れ果てるのだとしても。

きっと最後の時まで、この想いを後悔はしない。

「……あいして、いま、す」

それだけの祈りを吐いて、彼女の瞳からは光が失われる。


「――ティナーシャ」

妻の名を呼んだ声に、返事はなかった。

意識が落ちてしまったのだろう。もうあと幾許（いくばく）も彼女の命が残っていないことは明らかだ。

この呪具の規模から言って、無効化をするには彼女の命と引換になるとは最初から分かっていた。

それでも二人は話し合って、最終的にはこの結末を選んだ。これしか選べなかった。

オスカーは両の手で玉座の肘掛けを摑む。

管理者となった彼もまた、この椅子に接続されていて立つことはできない。この状態でなければ、彼女が書き換えた受容体全てには干渉できないのだ。ただ、彼女を冷たい玉座の上に置いていかねばならないことが心残りだった。

「お前が勧めてくれたおかげで、楽しい年月を過ごせたぞ」

生徒を取って、彼らの成長を見ていくのは楽しかった。

人に関わって生き、その営みに触れるのも。

ずっと昔、塔に棲む彼女に同じものを贈りたいと思って、塔から下ろしたことがある。

人の中で生きて、自分と添い遂げることを選んでくれた彼女は、あの時代を幸せだと思ってくれた。だから人でなくなった夫に、同じものを勧めてくれたのだろう。

玉座を摑んだ手から、オスカーは己の力を注ぐ。通常であれば絶対魔法抵抗の王剣として具現化するそれを、力のまま遺跡の中に流しこんでいく。あらゆる法則を拒絶するその力は、遺跡を、そしてそこから飛沫を受け取る受容体を枯らして、全てを静かに破壊していく。

その中には、管理者として遺跡に取りこまれた二人も含まれる。それだけの終わりだ。

「お前を、殺したくなかったな」

——もっとも守りたいはずの彼女を、選んで死なせること。

その選択を自分がしなければいけないのは分かっている。出会った最初の頃からそうだった。

それでも、他の結末に辿りつけなかった己を呪う。ただひたすら後悔し叫び出したくなる。決して彼女には見せられない顔だ。自分が揺るぎなくいなければ、彼女の心は支えられない。だから今だけは。

瞼を伝って落ちる熱を、喉につかえて痛む息を、オスカーは己のためだけに零す。

「次は……お前より早く生まれたいな」

彼女より先に生まれて、彼女を迎えにいけるように。

数奇な運命を送りがちな彼女が、安心して幸せに成長できるように。

できるだけ早く、その手を取りたいと、願う。


ぱらぱらと、天井から石の破片が落ち始める。

管理室が静かに揺れている。微かな地響きを聞きながら、オスカーは内臓に走る激痛を堪える。

ティナーシャは動かない。もう息を引き取っているのだろう。この痛みが彼女を苛まなかったことを、オスカーは少しだけ救いに思う。

「ティナーシャ」

もう聞く者もいない愛しい名を、彼は次の時代への糸を手繰るように囁く。

そうして崩落し始めた遺跡の中で小さな管理室が圧し潰されるまで、オスカーはずっと妻の姿を見つめていた。

※

ベモン＝ビィという特異な街の侵攻によって生じた戦争は、その戦いの最中、街の中央深部を震源とした地震と地盤沈下を契機に終息した。

敵味方問わずの避難活動が行われ、それが落ち着いた頃に人々はベモン＝ビィの特異性である感情同調が失われていることに気づく。

管理者と機能を失った街から人々は夢が覚めたように立ち去り、ベモン＝ビィの建物や壁は不思議なほどあっという間に風化して、そこは再び誰も住まない荒野に戻った。

荒野にはいつからか、不可思議な街の記憶を押し流すように乾いた砂風が絶えず吹くようになり、一度はその土地を得たリサイが南西の国境際に城を建てたものの、維持の難しさにすぐに誰も住まなくなった。


「オスカーたちってさ、本当に魔法大陸に帰ったのかな」

一通りの戦後処理が終わった後、二人の兄弟は彼らが住んでいた屋敷跡を訪ねる。

そこは建物から綺麗さっぱり何もなくなっており、彼ら夫婦がきちんと身辺整理をして出ていったことが分かるだけだ。

ただそれでも、どうしてベモン＝ビィの力が失われたのか、どうして二人が戦争中に姿を消したのか、その答えははっきりとはしない。

答えに気づいているからこそ、ロツィは熱を持つ目頭を押さえる。

「帰ったんだよ。充分過ぎるくらい助けてもらったし。ちゃんとお別れは言ってあっただろ」

「うん……まさかおれたちが生き残るとは思わなかったけど」

「ノノラが、僕たちには任せられないって思ったんだろ」

代わりに任されたのは、誰だったのか。

だからロツィは、せめて自分の想像する景色の中でも、彼ら夫婦が幸せに過ごしていればいいと願う。お互いを唯一として時を越えていく二人が、どこか遠くの、自分たちの知らぬ家で笑いあって暮らしているようにと。それが、もう自分たちとは交わらぬ時の果てのことであっても。

「あの二人が一緒なら、きっと大丈夫だよ」

その言葉を最後に、二人は師の家があった場所を後にする。


一つの時代が終わる。

そして荒野には、今日も人々の愚かさを思わせる風が吹いている。

Void
-2199年-

5. 荒野の城

晴れ渡った空はどこまでも澄み切って自由を思わせる。

乾いた土。吹き続ける風。彼方まで見通せる大地を、少女はあてどなく馬上から眺めていた。

彼女の隣に馬を並べる男は、砂混じりの風に心配そうな顔になると、荷物の中から薄いヴェールを取り出す。それを手渡されると少女は小さくお礼を言い、砂と日差しを避けるためにヴェールを被った。白い薄布は彼女の黒髪を全て覆い隠す。

彼女はあらためて辺りを見回すと、あるものに気づいて指を上げた。

「……あれは？」

荒野を走る街道。その遥か先からこちらへと砂煙を上げて近づいてくる一群が見える。

男はそれが何であるか気づくと、表情を変え彼女を急きたてた。街道から距離を取り小高い丘の上に移動する。

近づいてくるものは十数騎の騎兵たちだ。彼らは、二人がいる付近よりも大分手前で馬を留め、辺りを見回すように街道を引き返していく。その男たちの中で、一人だけ身分の高さを感じさせる端然とした男に気づくと、少女は男の背を食い入るように見つめた。

――「彼」の話はよく知っている。国境を越えた先にある城の主。

少年時代より降りかかる苦難を悉く乗り越え、今は城の住人たちを守り荒野を治めているという男。密やかに憧れていた相手が近くにいると分かって、少女は周囲のことも忘れ、馬を進めようとした。隣の男がそれに気づき彼女を制止する。

「アルタ・ディティアタ……そろそろ国にお戻りになりませんと」

言われて彼女はひどく残念そうな顔になったが、溜息をつくと小さくなっていく彼らを見送った。

風に流れて晴れていく砂煙。そして荒野には静寂が戻る。

※

広大な王国リサイの領土。その南西部はしかし、ほとんどが緑の茂らぬ荒野である。

雨が少なく、常に強い風が吹いている土地。百年以上前に、ベモン＝ビィという名の街があった荒野は、この国において半ば「空白」と同義だ。

王都から延びる街道だけが無人の土地を貫き、国境の先、西に聳える山々へと消えていく。

だがこの空白地帯において、国境を前に一つだけ緑映える丘とその頂に建つ城があった。

「リグ、来い」

短い呼び声に応えて獣はするりと動く。天鵞絨のような黒い毛皮が日光を受けて艶めき、しなやかな四肢が優美な振る舞いで石の床を踏んだ。男の足下に辿りつくと黒い豹は膝を折る。慣れきった従属の仕草。南西に面する露台から遠く国境を眺めていた男は、手を伸ばすと黒い頭を撫でた。喉を鳴らす音に彼自身も微笑する。

「見えるか？　また商人たちがやって来る」

男が見下ろす先には国境から続く街道があり、そこを移動する隊商の列が見えた。

今は豆粒の如き大きさの彼らは、あと一時間もしないうちにこの城に辿りつくだろう。そしてここで最後の補給を済ませてリサイ国の中心へと向かうのだ。

露台から遠い国境を、そしてその先の青い山々を見渡す男は目を細める。

二十代後半、精悍さの漂う貌はけれど、もともとの顔立ちの秀麗さと身に染みついた気品で、彼の印象を粗野からはほど遠いものとしている。青い瞳はそこだけ、いつまでも変わらぬ稚気を湛えており、彼の私的な性格を如実に表していた。

男は陽光に熱され始めた前髪をかきあげると、不意に踵を返す。いつまでもここでこうしているわけにはいかない。彼はこの城の主として隊商を迎えなければならないのだ。

「リグ」

背後に向かって手招きした右手。

しかしそれは低い唸り声によって応えられた。男は素早く身を返すと欄干に乗った黒い獣の隣に駆け寄る。延びる街道に視線を走らせた。

国境方面に見える砂煙。隊商はまだ背後に迫るそれに気づいていないのだろう。

この状況の意味することを悟り、男は不敵に笑った。城の中に向かって声を張り上げる。

「出るぞ！　馬を持て！」

よく響く声。主の命を受け、城内の空気が変わる。

戦うことを楽しむ男たちは次々に武装を整え己の馬に跨った。

国境を侵す者を、そして街道に現れる略奪者を斬り捨て続けるリサイの異端児たち。

彼らの上に立つ男もまた、剣と弓だけを取ると黒い駿馬に騎乗する。常に彼に従う獣がその鞍に飛び乗った。男は笑って右手を上げる。

「行くぞ」

開かれる城門、荒野へと続くなだらかな道を騎兵の軍は駆け下りていく。

風と砂、血とわずかな緑だけが彩る空白の土地。

そこは言わば、王に見捨てられた不毛の地であった。

※

盗賊団に襲われかけていた隊商は、間一髪駆けつけた騎兵たちによって窮地から救われた。

そのまま圧倒的な実力差で賊を追い払った兵たちは、恐縮する隊商を城内へと迎え入れる。

水に恵まれぬ荒野において、この城だけは、かつて北東に作られた城塞都市のように深く井戸を掘って地下水を汲み出しており、その恩恵は丘に広がりつつある緑を見れば明らかだ。

十数年前には乾いた丘と城しかなかった風景は、城の住人の努力あってか、次第に鮮やかな色を帯びつつある。それはこの城を彼に押しつけた王からすれば予想もしていなかったこと、言ってしまえば誤算の一つだろう。

そして城が蓄える水はまた、ここの住人だけではなくこれから街道を旅する人間にとっても重要なものになる。隊商の長は救われた礼を言うと共に、水を買いたい旨を城の主に申し出た。彼は鷹揚に了承する。

白い石床が美しい広間で、だが城主の座に座っているのが面倒なのか何故か肘掛けに寄りかかっている男は、次々に並べられていく貢物を興味がなさそうに見下ろしていた。主の代わりに椅子に座っている黒豹が小さく欠伸をする。

「どうぞお納めください、ルース殿下」

「ああ」

街道を行く者が己の安全を買うために差し出してくるそれらは、本音を言えば不要のものだ。そんなものをもらわなくても辺りの秩序を維持するのは彼の仕事で、代価は彼らが支払っていく水の代金があれば事足りる。

だが、城の者たちは貢物を分け与えれば喜ぶ。男たちは戦いの報酬を受け取って満足し、彼らの妻は珍しい異国の布を嬉々として仕立てに使う。ルースは城内の庶務を取り仕切る側近に目配せして、それらの分配を命じると自分は広間から出て行こうとした。

その時、隊商の長が引き連れてきた人間たちの中から一人の女が歩み出る。

広間に入ってきた時から男たちの注目を浴びていたその女は、輝くばかりの銀髪に婀娜めいた美貌を持っていた。肩から掛けていた外衣をその場に落とすと、踊り子の衣裳越しによく鍛えられた肢体が顕わになる。彼女はルースに向かって優美に膝を折った。

「此度は誠にありがとうございます。殿下には是非わたくしからも御礼をさせてくださいませ」

自らの魅力を疑いもしない堂々たる態度。野心が窺える女の目にルースは微苦笑する。

「ありがたい話だ。異国の舞が見られれば皆も喜ぶ」

それを聞いて、踊り子の顔に微かな失望がよぎる。けれど彼女はすぐに微笑み直した。

「精一杯務めさせて頂きますわ。お気に召したなら、どうぞお引き立てのほどを」

まるで宣戦布告のように衣裳を翻した女は、隊商の中にいる楽師たちに目配せする。彼らがあわてて楽器を支度する間、ルースの傍に馴染みの部下がふらりと寄ってきた。ラノマという名の男はにやにやと笑って耳打ちする。

「殿下の寵姫になるのを期待してるんじゃないすか。やる気があっていい女じゃないですか」

「俺の傍にいても何も得られないだろう。むしろ危険なだけだ」

「危険？　なんですか、そりゃ」

昔のことを知らないラノマは怪訝そうな顔になる。

ルースは軽く肩を竦めると胸中で答えた。

『自分は王に厭われている。だから自分の妻になろうとする女は皆、暗殺されてしまうのだ』と。

奴隷の女より生まれた王の子。

五人いる兄弟たちの中でもっとも卑しく、けれどもっとも優れた才を見せた彼は、玉座を継いだ兄に厭われている。

だから彼は少年の頃に王都から追い出され、半ば廃墟になっていた荒野の城に着任するよう命じられたのだ。

もっともろくに水も食料も供給されない城に閉じこめたと思った腹違いの弟が、いつの間にか旅人たちの知識を得て井戸を掘り、城内で作物を作り、王都に頼らずとも暮らしていける環境を整えてしまったというのは、王にとって紛れもない誤算だ。

自然と人を惹くルースの周りにはいつしか、行き場を失ってあぶれた人間たちが集まり、腕に覚えのある男たちが身を投じて、一つの異質な武力を為すに至った。

王からすると見て見ぬふりをしたいだろうが、無視もできない存在だ。何しろこの荒野を通る街道は、交易の商人が頻繁に行きかうのだから。

ルースは舞を見るために城主の席に戻りながら「リグ」と名を呼ぶ。

呼ばれた黒豹は椅子から下りると、纏わりつく影のように彼の足すれすれを回った。彼が笑いながら艶やかな毛を撫でて席につくと、豹はその足下に寝そべる。美しい女よりも豹を構って楽しそうな主人に、ラノマが呆れ顔になった。

「相変わらず欲がないですね、殿下」

「そのおかげで生き延びているようなものだからな」

リサイ南西国境を守護するウィリディス城。

その主である男はしかし、彼を警戒する王都の疑心とは別に、何の野心も見せてはいない。

※

——月が明るい夜は怖い。

それは彼女がいつからか抱いていた原因の分からぬ恐怖だ。

白々とした光が夜の石畳に影を落とす様を、セレディアは恐れを拭えぬ目で見やる。すぐに背後から侍女が小声で囁いた。

「行きましょう、お嬢様」

「でも……」

『月が』、と言いたいのをセレディアはぐっと堪える。もう時間がない。たとえ今、誰に気づかれていなくとも、彼女の不在がすぐあの男に知れてしまうことは間違いないのだ。

隠し通路を抜けた先の小屋で息を潜めていた彼女は、意を決すると扉から外へ飛び出す。

青白い月が、街外れを走る二人の女を煌々(こうこう)と照らし出した。

人気のない夜の街。石畳を蹴る足音と浅い息だけが密やかに弾ける。たいして大きな音でもないはずのそれらがまるで声高に自分の居場所を教えているようで、セレディアは息を止めたくなった。

——もう少しだ。

もう少しで北の門に辿りつく。そこにこの国を出るための馬車が彼女を待ってくれているはずだ。セレディアは転びそうになる足を鼓舞して駆ける。

狭い路地から大通りへと差し掛かる角。石造りの門が視界の先に見えた。門前に立つ黒い人影は、彼女たちに気づいたらしく大きく手招きをする。

「お嬢様、お早く」

セレディアのよく知っている少年、昔から彼女の家に出入りしている商人の息子は、彼女の手を取ると荷馬車の中に押しこんだ。続いて侍女を同様に乗せてしまう。

そうして彼は周囲を確認すると、御者台に座る父に手で合図した。月光の下、馬車がゆっくりと走り出す。

「まって」

荷台から伸ばされた手は少年に向けられたものだ。セレディアは彼もまた一緒に逃げ出すのだと、この時まで信じて疑っていなかった。だが少年は淋しげに微笑むと一礼する。そのまま門の影に走り去った彼に、セレディアは愕然(がくぜん)とした顔になった。侍女が彼女の金髪に黒い布を被せる。

「彼は門を閉めてくれるのです。でなければすぐ、追っ手に追いつかれてしまいますから」

「でも、そうしたらあの子は」

「大丈夫です。あいつもうまく逃げますんで」

返して来たのは御者台の男だ。父親である彼の言葉に、セレディアはそれ以上何も言えず黙る。

あっという間に遠ざかっていく景色の向こうで、ゆっくりと下りつつある門の鉄格子。

月明かりはその門さえも平等に照らしていた。冷たい影が闇の中に溶け消え、街には再び静寂が戻ったかに思える。

しかしそれも、ほんの束の間のことでしかないのだろう。セレディアは溜息をのみこむと顔を伏せた。月を避け、黒い布の下で息を潜める。

「お嬢様、ご心配なく。リサイにつけばきっと伯父上が助けてくださいます」

「ええ」

今はそれを信じて逃げきるしかない。彼女はもう一度生まれ育った国の都を振り返ると、ただ黙って手の中に小さな指輪を固く握り締めた。

※

荒野に建つウィリディス城。

この城はそれ自体が一つの町と化しており、住人のほとんどは城内に己の部屋を持っている。そのため城の外に建てられた住居はわずかで、残る土地の大半は畑の占める空間となっており、最後に城壁が城と緑とを緩やかに囲う形となっていた。

城壁の外を部下たちと共に見回ってきたルースは、馬を下りると緑に染まった景色を眺める。いつの間にか丘の下にまで広がった植物は、乾いた風をものともせず瑞々しい姿を曝していた。

彼は馬の手綱を部下に預けると、草原の只中で水を撒いている男に声をかける。

「すごいな。ここまでになるとは思わなかった」

「私の言ったこと信じてなかったんですかね、殿下。最初に井戸を掘った時、そうお約束したでしょうに」

荒れた手指を服の裾で拭った男は、皮肉な笑いと共に城の主人に返す。

日に焼け乾燥した皮膚。日中のほとんどを城外で過ごす男の肌は、がさがさと罅割れており、まだ四十代半ばの彼の顔を時に老人のように見せていた。

この城に来る前は、遠い東の国で学者をしていたとも噂される彼を、ルースは信頼の目で見やる。

「確かにな。今のこの城があるのもお前のおかげだ。感謝する、ネズ」

「別に構いませんな。好きでやってることですし、研究ですんで」

ネズはそこで言葉を切ると、小さな用水池からまた一杯、柄杓で水をすくった。それをけれど、草の上にではなく虫を追って草原に飛びこんだリグにかける。黒い豹は声こそ上げなかったものの突然の水滴に驚き、後ろに跳び退った。豹は目を丸くしてネズを見返す。

「もうちょっと見通しが立ったら城壁外にも灌漑設備を広げたいですなあ。ちょっと手狭になってきましたんで。城壁が広がりませんかね」

「さすがに壁はな……。二重にすることはできるだろうが、人手と金がいるな」

「余裕ができたら先に鑿井に回して欲しいですな。何箇所か外にあてがありますから」

「ふむ」

水の確保はこの荒野で生きていくための必須条件の一つだ。それは皆も分かっているが、人手も資金も有限である以上、使い道は慎重に考えて決定しなければならない。

ネズなどはとにかく大量の水を汲み上げ、灌漑設備を整え、荒地に緑を広げようとしているが、ウィリディス城が旅人に水を売っている以上、城外に新たな井戸を掘るならば整備と維持の体制だけではなくその場所の警備もまた必要になってくる。城にいる人間が生きていけることだけを目指して采配を揮っていた時期は、今や終わりつつあった。

ルースはネズと別れて馬上に戻ると、城へ続く道を上りながら先のことについてざっと計算した。十年後を視野にいれて考え始めた時、同行していた部下の一人、ラノマが悪戯っぽい笑顔で話しかけてくる。

「殿下、人手と金が欲しいってんなら、いい手がありますよ」

「何だ？」

「王都に行きゃいいんです」

あからさまな唆しにルースは苦笑した。ラノマは常日頃からそう言って彼をけしかけるので、この手の発言には既に慣れっこになってしまっている。

要するにラノマは、王都に戻り異母兄と対決して玉座を奪い取れと、そう言っているのだ。

二言目には「殿下はこんなところで終わるには勿体ないくらい王の器をお持ちですよ」と嘯いてやまない彼は、しかしルースが見るだに単なる騒動好きな人間だ。ある日ふらっと現れた彼がいつの間にかこの城に居ついているのも、火種や戦闘に事欠かないからではないかと皆に言われている。

「揉め事にはもっと金がかかるぞ。本末転倒だ」

「なに、王都にいってちょっと働いてやりゃいいんです。今、王は北部からの侵攻を押し返すのでいっぱいいっぱいらしいじゃないですか。不安になってる奴らも多いでしょうし、ちょっと力を見せてやりゃ殿下を援助したいって言い出す人間が何人も出てきますよ。で、そいつらから金搾り取ればいいんです」

「大分話が大きくなってるな」

どこまでが本気でどこまでが冗談か分からぬ部下に、ルースは肩を竦める。青い瞳が少し乾いて広がる緑を眺めやった。砂を含んだ埃っぽい風は、初めて彼がこの城に来た時から少しも変わらない。一瞬に十数年を思い起こして男は表情を消した。

「俺はこの城から出る気はない。徒に動けば王に睨まれるからな」

「そりゃ残念です」

本当に残念と思っているのかいないのか、道化めいた素振りでラノマは両手を広げてみせる。

その時、鞍の後ろに座っていたリグが、ルースの背にとんとんと頭をぶつけた。

「何だ？」

彼が振り返ってみると、背後の城門が開かれ、ちょうどそこからぼろぼろの荷馬車が入ってくるところである。

御者台に座っている男は彼の部下の一人であり、ルースに気づくと大きく手を上げた。

「殿下！　怪我人がいます！」

晴天の下で響く大声に、二人の男は顔を見合わせる。

こうしてウィリディス城はこの日また、予期せぬ客を迎え入れることとなった。

気を失う寸前、セレディアの目に入ったのは矢を受けて崩れ落ちた御者の背だ。

リサイとの国境を越える手前で追っ手に追いつかれた馬車は、幌を切り裂かれ矢を射かけられ、そしてセレディア自身も肩に傷を負った。

だが、そこで意識を手放してしまった彼女は、その後何がどうなって今に至るのか分からない。

見知らぬ部屋で目を覚ましたセレディアは、治療の跡が残る右肩と誰もいない室内を見回す。

「ここは……？」

追っ手に捕まり、街に連れ戻されたのだろうか。だとしたら御者の男は、そして侍女は無事でいるのだろうか。

薄い肌着だけで寝かされていたセレディアは、掛布を体に巻きつけると一つだけある窓のもとへと向かった。硝子越しに外を覗きこみ、そうして唖然とする。

眼下に広がっているのは乾いた荒野だ。草木の生えない不毛の地。遠くに延びる街道を見出して、セレディアは我知らず息をのむ。

「あら、起きたのかい」

まるで娘にかけるような軽い女の声は背後の戸口から聞こえた。振り返ったセレディアの視線の先で、やって来た中年の女は人のよさそうな笑顔を見せる。

「傷の調子はどうだい？」

「あ……す、少し、痛むくらいで」

「そうかい。後で布を替えてやるよ。その前に何か食べるかい？　それとも殿下にご挨拶に行く？」

「殿下？」

思いも寄らない呼称が出てきたことでセレディアは目を丸くした。改めて気になっていたことを問う。

「ここは、どこなのでしょう。殿下とは一体……」

「ああ、あんたそれが分からないのかい。ここはね、リサイのウィリディス城だよ。殿下は先代王の末子、ルース殿下さ」

「リサイの……」

捕まってはいなかった。それどころかセレディアは目的の国に無事逃げこむことができたのだ。

だが、彼女が目指していたのはリサイの王都で、他に何もない荒野ではない。

そのことに気づいた彼女はようやくこの城のことを思い出す。

——王に放逐された奴隷腹生まれの王弟が、一人住んでいるという荒れた城のことを。

「一人では住んでいないぞ」

礼を言うためにセレディアがルースのもとを訪れた時、彼女がつい聞いていたことを口にしてしまうと、噂の男は可笑しそうに笑った。

実際彼が座す執務室には、他にも二人の男がいて忙しなく何かの仕事をしており、それだけでなくセレディアについてきてくれた先ほどの女も壁際でお茶を淹れている。この部屋に来るまでにも多くの人間とすれ違ったのだ。噂が単なる噂であることは間違いない。

恥ずかしさに俯いた彼女は、だが続く話を聞いて顔色を失くした。

「御者の男は部下が駆けつけてまもなく息を引き取った。もう一人の女は今怪我の手当て中だ」

「息を……引き取った……？　ザウスが死んだ？」

「遺体は清めてある。家に返したいというのなら棺を作ろう。それが難しいならこの城に埋葬することもできるが」

男の声音には同情の色が見て取れたが、遺体をどうしたいのか問う言葉は、今の彼女にはひどく無情なものに感じられた。言葉を失ってしまった彼女は、呆然と青い瞳の男を見つめる。

温かなお茶の香り。

女が淹れたそのお茶は当然のように城の主の前に置かれた。男の長い指がカップを口元に運ぶさまを、セレディアはただ目で追う。

彼はそれ以上何も言わない。自失した彼女がまるで見えていないかのように、書類に目を落とした。だが、いつ終わるとも分からぬ無言は、彼女が気持ちを落ち着かせるための時間であったのだろう。しばらくの後、セレディアが深く息を吐ききってしまうとルースは顔を上げる。

「それで、貴女はどうしたい？」

男の声は、水面に波紋を生むかのごとくセレディアの心に響き渡った。

彼女は長い睫毛を伏せて男と視線を合わせる。小さな唇が震えた。

「ザウスの亡骸は、少しだけここに置いて頂けませんか？」

「分かった。だが少しだけとは？」

「私は……王都に行かなければならないのです。その後に、必ず、引き取りに参りますので……」

語尾がかき消えることをセレディアは恥じたが、それ以上は震えを抑えられなかった。

再び沈黙した女をルースは眉を上げて見やる。男の両眼に探る気配が宿った。

「貴女を襲った賊……部下の話では単なる賊ではないらしいとのことだが、奴らはまだ貴女を諦めていないようだ。街道にそれらしき斥候が現れたとの報告も入ってきている」

「それは……」

「もっともこの城の中に侵入を許すつもりはないが。すぐに出立するというのなら止めはしないが、傷が気になるのなら治して行けばいい」

男の苦笑にはわずかにではあったが、彼女を気遣う感情が見て取れた。その厚意に安堵しかけたセレディアは、けれど自分を追う男を思い出して顔を曇らせる。

——あの男は、この城にまで手を伸ばしてくるのだろうか。こないだろうか。

いくらセレディアを捕らえたくても、さすがに他国であるリサイと正面から争うことは彼もすまい。だが、あの男が正面から挑んできたことなど一度もなかったのだ。いつの間にか彼女と彼女の家を取り囲むように根を伸ばしていた。

このまま傷が癒えるまで城に留まり続ければ、ここの住人たちに迷惑をかけてしまうかもしれない。もともとこの城はリサイの王都を追われた男が住んでいる城なのだ。その間隙につけこめばいかようにも手の伸ばしようがある。

セレディアは青くなると小さな両手を握り締めた。肩の傷が疼くように痛む。

しかし一歩下がろうとした彼女が見たものは、穏やかな、けれど己の力に自信を持った男の目で——その強さに支えられるように彼女はその場に立ち尽くすと、長く躊躇った後、やがて自分の置かれている状況について、ぽつぽつと話し始めた。

あの男の企みがいつから始まっていたのか、セレディアには分からない。

ただ気づいた時、男は既に宮廷にいて、そして皆の注目を集めつつあった。

少々強引な性格ながらも高い先見性を持ち、また地方の内乱も容易く治めるほどの能力を持っていた男は、異例な速度で王の目に留まりその信を得た。孤児であったとも噂される出自からすれば、それは大した出世であっただろう。

だが男は勝ち得た地位に飽き足らず、自身に高貴さを付することを望んだ。

留まるところのない野心——その標的に上がったのはセレディアの家だ。

王家とも血の繋がりがある貴族の家。だが、彼女の父は人のよい芸術家肌の人間で、政治や策略にまったく疎い人間だった。

そんな父がセレディアに、男からの婚約打診を打ち明けたのはだから、娘の意志を尊重したいという彼なりの親心であったろう。幼い頃に母を亡くした娘を目に入れても痛くないほど可愛がっていた父は、娘には望む相手と結婚してもらいたいと思っていたようだ。

父の愛情の形は貴族にしては珍しいものであったが、セレディアはそれに甘えて婚約話を断った。

笑って娘の選択を受け入れたはずの父が、郊外の森で馬から落ちて死んだのは、三日後のことだ。

突然のことに呆然とする彼女の前にはそうして――「婚約者」の男が現れたのである。

※

「つまり、ランバルド国の貴族令嬢ってことっすか。王家とも縁が深い貴族のお姫さんで、でも家が乗っ取られそうになってる。だから母方の伯父がいるリサイの王都に行って助けを求めたい、と」

主人からセレディアの話を聞いたラノマは、口笛を吹きたそうな顔でそう言った。揉め事の話が面白くて仕方ないのだろう。天井を見上げて何やら考え事をしているようだ。

しかし楽しそうな彼とは違い、残る二人の側近の反応は芳しくない。

そのうちの一人、剣士であるヴァーノンは難しそうな表情になり、庶務を受け持つイルドは不機嫌そうな顔になった。今年三十三歳、城の財政管理から始まって庶務の大半を取り仕切るイルドは、浮き立つ男へ水を差すかのように溜息をつく。

「徒に関わるべきではないでしょうな。ランバルドのお国騒動にでも巻きこまれたら最後、王に処罰の口実を与えかねません」

「でも王都にいるあのお嬢さんの伯父とやらは、リサイの大貴族なんだろ？　恩を売ってやればいいじゃないか。大貴族が相手となれば王もさすがに乱暴なことはできないだろ」

ラノマはこれを好機と疑っていないらしい。王都に行って有力者の支持を勝ち取れと主人を煽動したのはつい昨日のことだが、早速その機会が巡ってきたと考えているのだろう。

好戦的な表情を浮かべる若い男に、しかしイルドは冷ややかな視線を注ぐ。

「無責任なことを言うな。乗っ取りをしかけている相手はランバルド王に重用されている将軍だというじゃないか。ランバルドとの戦闘にでも発展すれば、まず真っ先にこの城はリサイから切り捨てられるぞ」

「切り捨てられる？　今だって王都が何かしてくれてるか？　自分たちは南西の憂いがなくなって楽できてるってのにさ」

「二人ともいい加減にしろ」

過熱する同僚たちの間に割って入ったヴァーノンは、主人に向かって「失礼しました」と頭を下げた。けれどルースは微笑しただけで済ますと、執務机を挟んで彼らに手を振る。

「構わん。厄介な問題であることは間違いないからな。多くの意見が聞けた方がいい。——お前はどう思う？　ヴァーノン」

意見を問われた男は一呼吸置いた。イルドより一歳年下、三十二歳の彼は執務机を前に主人を真っ直ぐに見返す。この城ではルースの次に皆の信頼を集めていると評判の男は、少し考えると落ち着いた声を紡いだ。

「まずはその方の意思が一番であるかと。この城の客人となった以上、ランバルドに突き出すような真似はできぬでしょう。その上で王都に行きたいと仰るなら、街道を行く間は護衛をする……そんなところではないかと思います」

「そうだな」

ヴァーノンの意見は妥当なものだ。セレディアの問題に深く介入して王都にまで踏みこめば王の警戒を煽るだろうし、かといって彼女をランバルドに返すようなことはできない。

ウィリディス城には、よそで行き場を失い彷徨の末ここに辿りついた人間も多く属しているのだ。彼らにとって城に迷いこんできた人間を危地に追い返すということは、城の意義を歪ませることと同義だ。

ルースは欠伸を噛み殺すと頭の後ろで腕を組んだ。両脚を重ねて執務机に乗せる。

「こちらとしては積極的に外でことを起こす気はない。が、向こうは違うらしいというのが困りものだな」

主人のぼやきに三人はそれぞれ厳しい表情になった。セレディアを助けてからというもの、城の周囲には武装した所属不明の騎兵がちらちら現れていると報告が入っているのだ。

今のところ城壁を越えて何かをしてくるということはないようだが、それもいつまで続くか分からない。向こうが先に攻撃をしかけてきた場合どう対処するか、その後のことまで考えておく必要があった。

ルースは目を閉じて考えを巡らす。その時、机にかけた足にリグが飛び乗ってきた。さすがに豹一頭の重みに耐えられず彼は笑いながら足を下ろす。

「分かった分かった。行儀が悪いというんだろう」

再び床につけられた足に豹は頭をこすり付けた。ぴんと立った尻尾を摑もうと手を伸ばしながら、ルースはとりあえずの決断を下す。

「城の者には当分城壁の外に出ないよう伝えておけ。ああ、城の外にも一人では出ぬように。あとはいつでも迎撃に出られるよう体制を整えて、こちらからは彼女の怪我が治るのを待つ、といったところか」

「かしこまりました」

それぞれの仕事に戻っていく部下たちを見送ったルースは、席を立つと窓辺に向かった。

緑に覆われつつある丘、乾いた荒野。彼が人生の半分以上を過ごしたその景色は、形容しがたい感慨をもたらしてくる。けれどこの時荒野の城の周囲には、他国からの追っ手がその隙を探るように絶えず足跡を残していたのだ。

※

婚約者だと言って現れた男に、セレディアははじめ困惑し、次に拒否を示した。

だがその拒否を誰もが笑って取り合わなかった。父を喪ったばかりの娘が錯乱しているだけと思われたのだ。男のもとには確かに父の名で婚約の取り決め文書が残っており、しかしそれを見せられた彼女はその時確信した。

――この男が父を謀殺し、婚約を捏造したのだ、と。

けれどそのことを訴えても誰もが彼女を嘲笑うことは目に見えている。

セレディアは父と親しかった貴族の何人かへ密かに窮状を訴えようとし……だが先回りをしていた男が、彼女の精神の不調を彼らに相談していると知って愕然とした。

このままでは男の妻となり家を乗っ取られることは時間の問題だ。

そして一度そうなってしまえば彼女は妄言などを理由に幽閉、悪ければ謀殺されかねないだろう。

国にいて真実を叫び続けても何もならない。そう悟った彼女は信頼の置ける人間たちの助けを借りて、自らを搦めとろうとする手から逃れることを選んだ。

そうして逃走の果てにセレディアは、一つの城へ辿りついたのだ。

※

左腕に深い矢傷を負った侍女は、手当ては施されたもののまだ熱が下がっていない。

彼女の病室を訪れたセレディアは、城の女が手際よく包帯を取替え、侍女の汗を拭いていくのを、扉の前で所在なく見つめていた。

眠っている侍女は魘（うな）されているのであろうか、時々小さな呻き声を上げる。その声を聞く度にセレディアの脳裏には倒れているザウスや、国で別れた彼の息子の姿が浮かんできて、唇を噛み締めずにはいられなかった。

「そんな顔しなさんな。この娘は大丈夫だよ」

振り返った中年の女は快活に笑う。しかしセレディアは女の明るさに同調できず、ただほろ苦い笑みを口元に浮かべた。セレディアの手当てもしてくれた女——ランと名乗った彼女は、新たな包帯を作りながら穏やかに続ける。

「追っ手のことも今は考えないようにするんだね。まずは傷を治すことが先決だ。殿下は困ってる人間をお見捨てになるような方じゃあない。この城にいる限り安心してていいさ」

「殿下、が……」

噂とはまったく異なる荒野の城。その主人である男を思い出し、セレディアは困惑した。

かの王子は兄が即位すると同時に十三歳でこの城に追放されたと聞くが、それは間違いだったのだろうか。彼女が見るだにこの城は環境に恵まれているとは言いがたいが、充分に人々が余裕をもって暮らしていけるだけの設備が整えられているように思える。そこを行く人間たちも皆生き生きとした顔をしており、とても荒れた城の住人には感じられなかった。

セレディアの考えていることが伝わったのか、ランは手元を見たまま鼻を鳴らして笑う。

「皆が知っているような噂はだいたい本当さ。殿下は十三の時にこの城に追いやられた。手元に残すことを許されたのはほんの少しの金品と、たった五人の召使たちだけだったよ。ああ、リグもそうだね。あの黒豹。でも殿下はそこで諦めることをなさらなかった。手を尽くして人の手を集め、次第にこの城をお変えになったんだ」

「城を、変えた？」

「ああ。最初の数年は本当に大変だったさ。毎日のように城の内外を駆けずり回って……普通の子供ならとっくにのたれ死んでたよ。でも、運もよかったんだろうね。そうこうしているうちに水もちゃんと汲みだせるようになって、殿下の周りには人が集まってきた」

セレディアの見た彼は、王族らしい自信と優雅さに恵まれていた。その姿からはとても苦労に溢れた少年時代など想像がつかない。

だが彼は、彼女からすると信じられないほどの苦境を乗り越えてきたのだろう。

セレディアは廊下の窓から見た緑と灌漑設備を思い出した。ぼんやりとする彼女の視線の先で、ランは深い皺が刻まれた顔を上げる。

「そりゃ殿下もここに至るまで、色んなものを失くされたさ。でも、だからその分、あの方はお優しいよ」

ランの言葉には、過ぎ去った年月と同じだけの重さが隠されているようにも聞こえた。

その重さに我が身を顧みたセレディアは、改めて自分の置かれている状況を思うと、薄青の瞳を閉ざしたのである。

※

――これからどうすればいいのだろう。

その疑問は、ウィリディス城で目覚めた時よりセレディアが幾度となく胸中で繰り返したものだ。

自身の身の安全だけを求めるのなら、リサイの王都にいって伯父の下で暮らせばいい。数回しか顔を合わせたことのない彼だが書簡のやり取りは頻繁にしており、その中で彼はいつもセレディアのことを気遣ってくれていた。だから多くを望まなければ、彼女は住む国を変えひっそりと残る一生を暮らすこともできるだろう。

けれどもし、ランバルドに戻って父の家を取り戻したいと願うのなら。

その時彼女はきっと、もっと多くの苦労と犠牲を覚悟せねばならない。数カ月前は確かに手の中にあった温かい思い出と誇りを取り戻すために。

天秤(てんびん)の両皿に載せるものが果たして釣り合い得るのか。

セレディアは結論の出ない問いに夜の寝台から起き上がった。体のためには寝た方がいいとは思うのだが、どうしても上手く寝付けないのだ。彼女は気分を変えるため上着を羽織ると廊下に出る。

夜の城はそのほとんどが闇の静謐(せいひつ)に包まれていたが、窓から差しこむ月光は白々とその闇を切り取っていた。セレディアは光の当たる床を避けて、長い廊下をあてどなく進んでいく。

見回りの人間に見つかったらどう言い訳しようか――そんなことをちらりと考えた時、だが彼女は不意に身を竦めた。おそるおそる見やった廊下の先、暗闇がまるで意思を持っているかのように揺れていたのだ。

「ひ……っ」

口を覆って悲鳴を押さえたセレディアは、闇の中に金色の瞳が二つ現れたのを見て気を失いそうになった。だがその時、廊下に男の低い声が響く。

「リグ」

その声によってか、金の瞳は再び見えなくなった。代わりに月光の下、美しい獣が姿を見せる。しなやかな黒い豹は悠々と廊下を横切ると外の露台へと出て行った。そこに主人がいるのだろう。セレディアは薄らいだ恐怖の代わりに好奇心を抱く。

住んでいた都を追われた男。彼はこの城に放逐された時、王都に戻ることを望んだのだろうか、望まなかったのだろうか。

彼女はそっと足を忍ばすと暗がりを辿って廊下を進んだ。息を殺して露台を覗き見る。

城の主人である男は、月が煌々と照らし出す欄干に座り、眼下の荒野を眺めているようだった。均整の取れた長身。姿勢のよい男と足下に寝そべる豹は一枚の絵に似て、セレディアの視線を強く惹いた。

そのまま露台の一人と一頭に見惚(みと)れていた彼女は、しかしリグが顔を上げ自分に気づいたことであわててしまった。じっと見つめてくる金色の瞳に、手振りで黙っていてくれるよう懇願する。

だが彼女の努力も虚(むな)しく、リグが何かするより先にルースは気配を察したのか振り返った。

男の驚いたような目に見つめられ、セレディアは気恥ずかしさに俯く。

「まだ起きていたのか」

「申し訳ありません。寝付けませんで……」

「無理もないだろう。昼間ずっと伏せていたのだしな」

ルースは「そんな暗がりにいないで来ればいい」と彼女を手招いた。まさか「月明かりが怖い」とも言えず、セレディアはおずおずと露台に進み出る。

しかしその恐怖も露台から荒野を見下ろした途端搔き消えた。

あますことなく蒼（あお）に染まった草木のない土地。神秘さえ覚える光景に、彼女は言葉を失う。

「ここは不毛の地と言われているが。これはこれで美しいだろう」

男の声音には、自分の住む地への愛着が感じられた。返す言葉も分からぬセレディアはただ頷く。

こうして辺りを眺めることが常になっているのか、ルースはかなり高い位置にある露台にもかかわらず、欄干の上に片膝を立てて座っていた。落ちてしまったらどうするのか、はらはらと心配する彼女をよそに男は城門の方を眺める。

「王都までは、馬で約十五日かかる」

唐突な言葉にセレディアは驚いた。だが、それはこれからのために必要な情報だろう。彼女は気を引き締めると頷いた。

「そのうち十日はこの荒野を延びる街道の分だ。だからそこまでは部下に護衛をさせよう」

「殿下」

「そこから先は迎えに来てもらった方がいいだろうな。伯父に書簡を送っておけばいい」

それは、突然迷いこんできた女に対するにしては充分すぎる厚遇だ。下手をしたら揉め事を避けるためランバルドへ突き返されてもおかしくなかったのだ。セレディアは恐縮し頭を下げた。

「あ、ありがとうございます……」

「礼を言われるようなことではないな」

苦笑したルースはもしかしたら、そこまでしか彼女に手を貸せない自分を苦々しく思っているのかもしれない。だが状況と彼の立場を考えれば、それは仕方のないことだ。セレディアは国境の方角を見やる。

リサイの南西国境。そこは、隣りあう二つの国に面している。

一つは西側に広がる森と山の国、ノイディア。そしてもう一つが南に位置するランバルドだ。

決してリサイと強い友好を築いているわけではない二つの国は、しかし荒野に手を出しても益がないとして、この国境へ本格的に押し寄せることは三十年来していない。ただそれでも自国の将軍とリサイの王弟が直接争うような事態になってしまえば、黙ってはいないだろう。

セレディアは自分がその鍵を握っているかもしれないことに、改めて薄ら寒さを覚える。

「あの男は……私に自分の嘘を知られていますので、今も執拗に追いかけてきているのだと思います。ですが貴族の娘などいくらでもおりますから、私が王都に入って大人しくしていれば……諦めてくれるかもしれません」

それはけれど、父の家を諦め、自らの血筋を諦め、親の仇を忘れるということと同義だ。相手を恐れて自分の平穏だけを買うという手段。

――果たしてそれでいいのだろうか。セレディアは唇を噛む。

月光に照らされた男は、秀麗な顔から表情を消し彼女を見つめていた。かつて彼も通ったかもしれぬ道に、彼女の心は揺らぐ。

「殿下であれば、どうなさいますか」

「というと？」

「奪われたものを忘れ、穏やかに暮らす方がよいのでしょうか。それともこの恨みを忘れず、戦った方がよいのですか」

ぽつりと洩らした問い。

そう言ってしまってから初めて、彼女は衝撃に立ち尽くした。

『恨み』

自分は、あの男を許せない。

今まで追い立てられるだけの恐怖と焦りに見えなくなっていたもの、けれど、ないはずがないその感情に、セレディアはようやく気づいた。

信じられないほど突然の父の死。そして偽りの婚約。皆が話を聞いてくれない中に放り出された彼女は、束の間の安息を得たことでついに、自分が怨嗟(えんさ)の念を抱いていることを知ったのだ。

――一度自覚した負は容易く胸を焼く。

大きすぎる理不尽への憎悪が、彼女の中であっという間に膨れ上がった。

そうして顔を歪め痛みを堪えるセレディアに、しかしそれまで黙っていた男は静かに息をつく。

「それは俺が出せる答えではないな。己の話として考えても――答えは、俺が今この城にいることで分かるかと思う」

冷静な返答に、彼女は少しだけ我に返った。埒もないことを口にしたと、己を恥じる。

「失礼、しました」

「構わない。ただセレディア。油断はするな」

ルースの声は、それまでの中でもっとも強く、そして暗いものだった。氷片をちりばめたような重い声。思わず自分の怒りさえ忘れかけたセレディアに、彼は冷えた目で釘を刺す。

「己に都合が悪い人間が存在しているとなれば、その人間がどれほど遠く離れた場所で生きていても、手を伸ばす人間はいる。貴女が怒りを忘れるとしても、相手もそう思うとは限らないだろう。セレディア、暗殺の手に気をつけろ」

「殿下……」

目を瞠る彼女に気づくと、ルースは鋭い雰囲気を崩した。微苦笑して欄干から立ち上がる。

「さて、俺はもう寝る。貴女もいい加減休んだ方がいいな。ああ、迷子になったというならリグに案内させるが」

「いえ……一人で戻れます。失礼致しました」

起き上がりかけた豹を制してセレディアは一礼した。露台から下がると、光と闇に塗り分けられた廊下を戻っていく。

平穏か、復讐か。胸に淀む蟠りはまだ収まらないままだ。

そうして暗い部屋に戻った彼女はけれど、一人の寝台で亡き父の姿を思い出すと、その晩は声を殺して泣いた。

※

夜明け前に寝室にもたらされた知らせは、ルースの目を覚まさせるに充分なものだった。

彼は上着を羽織りながら執務室に向かうと、そこで部下たちから詳しい話を聞く。

「草原に火が放たれた？」

「ええ。城壁外ではありますが」

――それはこの城自体に向けられた脅しと同じだ。

幸い見張りがすぐに気づいて消し止めたものの、空気が乾いていたということもあり、城門前の緑はほぼ焼失してしまったらしい。消火に使った水のことと合わせて、さぞネズが青筋を立てているだろうとルースは嫌な顔になったが、それ以上に腹立たしい報告を聞いて彼は怒りを顕わにした。

ちょうど直後、執務室の扉が叩かれる。早い時間に起こされ呼び出されたセレディアに、ルースは一通の手紙を差し出した。

「これは……？」

「城門の中へ投げこまれていたそうだ」

宛名は「この城に逃げこんだ女へ」となっている。セレディアは手紙を取り落としそうになったが、すぐに気を取り直したのか強張った表情で中を開いた。

そこに書かれていたのは、一文だけだ。

『子供の命が惜しければ、外へ出て来い』

「あの子が……」

手紙を見せられた彼女はそう言ったきり絶句してしまった。白い顔がみるみる青ざめていく。

「心当たりがあるのか？」

「おそらく、ザウスの……亡くなった御者の、息子です」

「ああ」

それは彼女にとっては業腹なことだろう。父に続いてその子まで命を奪われようとしているのだ。

ルースは、震える細い指が手紙を握りつぶしてしまうのを見やると、執務室に集まった部下たちを見回した。

「さて、向こうはなかなか派手なことをしてくれたようだが」

「戦争っすね。どこの城に喧嘩売ってるのか、ちょっと思い知らせてやりましょう」

「先方が名乗っていないということは、個人で秘密裏に動いているということでしょう。であれば、少しの反撃は必要かと思います」

昨日意見を戦わせていたラノマとイルドは、今日はそろって戦意を見せている。それはひとえに財政的な被害が出てしまったということが大きい。他の者たちも多くが反撃を支持する中、しかしヴァーノンだけは慎重な声を上げる。

「ですが、火を放った者たちを罰することができても、それで相手が諦めるとは思えません。元凶の男を掣肘するか、セレディア嬢を王都に送り届けるか、どちらかを為さねばいたちごっこになるのではないでしょうか」

「確かにな」

まさか他国で重用されている将軍本人がここに来ているとも思えない。おそらく城の周囲で様子を窺っているのは彼の配下だろう。ならばその配下を退けても、相手が更なる人員を送りこんで来る可能性はある。ルースは考えを巡らせながらセレディアを見る。

恵まれた人生を送ってきた彼女は、もしかしたら怒ることに慣れていないのかもしれない。心中を渦巻く怒りを上手く表せないのか歯を食いしばり肩を震わせていた。男はその横顔に問いかける。

「子供を見捨てるつもりは？」

「ありません！」

「分かった」

ルースは立ち上がる。部下たちを順に見回し、最後にセレディアの上で視線を止めた。

「昨日貴女は聞いたな。恨みを忘れて平穏に暮らすべきか、それとも戦うべきかと」

「……ええ」

「その答えは簡単には出ない。俺も、三年悩んだ」

セレディアは虚をつかれたように沈黙する。部下たちの中で何人かが表情を変え、何人かが怪訝な顔になった。リグが顔を上げ主人を見つめる。

「だから貴女にも悩む時間をやろう。仇のことを忘れるのか、復讐するのか」

「時間を？」

「簡単なことだ、セレディア。だが難しくもあるだろう。——貴女は戦場に立つ覚悟はあるか？」

緊張に息をのんだのが自分であるのか、彼女には分からなかった。

ただセレディアは大きく目を見開くと、躊躇うことなしにその問いに頷いたのだ。

※

街道から城へと続く分かれ道。その道を見張り塔から遠眼鏡で見張っていた男は、顔を上げるとにやりと笑った。隣にいる仲間に己が見たものを伝える。

「騎兵が五十騎ってところだな。所属国が分かるようなものは身に着けてない。向こうも国同士の問題にはしたくないみたいだな。暗黙の了解ってやつだろう」

「人の家の庭に火を放っといてよく言う。皆殺しにしてやろうか」

「それじゃあ意味がない。いいから射手呼んで来いよ。もう時間がない」

「分かった」

慌しくなる周囲を見回し、男は肩を竦める。そして彼はまた遠眼鏡を構えると近づいてくる騎兵たちに焦点をあわせ……その中に縛り上げられた少年を見つけ、不快げに唾を吐き捨てた。

――命じられた任務は、一人の娘を生きたまま連れ帰ることだ。

そのために人質まで用意した部隊長は、ウィリディス城が約束通りの時間に城門を開いてきたのを確認して、思わず笑みを浮かべた。距離を測りながら進んできた部隊を留める。

城門の中から歩み出てきたセレディアには、彼ら部隊と同数ほどの騎兵が付き従っている。おそらく人質を引き渡すという約束が本当に守られるのか、威嚇の意味もあるのだろう。

彼らを前に部隊長は部下の一人を振り返ると、顎で人質を前に立たせるよう指示した。

満身創痍のうえ縄で縛られた少年は、引き立てられると虚ろな目でセレディアを見つめる。小さく口を開閉させたが、声が出ないらしくそのまま項垂れた。

娘はその様子を見て、怒りに震えたようだった。一歩前に出てくる。

「その子を放しなさい！」

「なら、まずあなたがこちらへ来なさい、お嬢様」

「駄目よ！　先にその子の縄を解いて！」

セレディアの隣に騎乗した男が立つ。それが誰だか察した部隊長は口の中で小さく舌打ちした。

リサイ国の王弟でありウィリディス城の主――街道を守護する兵たちを束ねる、一筋縄ではいかない男だ。剣を抜いたルースは、冷ややかな目で招かれざる来訪者たちを見据えている。

その眼光に怖気づきそうになった部隊長は、自らの怯えに気づくとルースから視線を逸らした。

「面倒は避けるか……」

元々城の外に火を放ったのは脅しのためだが、正面からこの城を相手取るとなれば到底五十騎では足りない。最低でも数千は必要だ。

彼は部下に目配せすると少年の縄を切らせた。少年の背を叩いてセレディアに言う。

「では、こいつをそちらへ歩かせる。あなたも同時にこちらへ。いいな？」

「分かったわ」

前に押し出そうとする手に少年は初め抗ったが、大きく突き飛ばされるとそのまま地面の上に転がった。セレディアの悲鳴が上がる。

「やめて！」

「そう思うなら早く来るんだ」

彼女は一度だけルースの方を振り返ると、倒れ伏した少年に駆け寄った。膝をつき、助け起こそうとするセレディアの背に、彼女を連行しようと二人の兵士が歩み寄る。

ルースは動かない。動いたのは別の人間だ。セレディアの腕を摑もうとしていた二人の男が、次々短い声を上げてのけぞる。

「何だ!?」

「――矢だ！」

城壁から射かけられた二本の矢。それは二人の男の腕と肩をそれぞれ掠っていた。

どういうつもりなのか。部隊長は剣を抜きながらルースを睨む。

しかしそれとは別に、矢傷を負った彼らは苦痛の声を押し殺すと、苛立ちを込めてセレディアに手を伸ばした。目標である娘を手中に収めようとする。

だが、その手は彼女に触れる前に止まった。掠り傷を負っただけの男たちは、見る間に顔を土気色に変えるとその場に四つ這いになる。激しく吐血すると、声もなく乾いた地面に倒れ伏した。

それが何を意味するのか、悟った誰かがいち早く叫びを上げる。

「毒矢か!? 卑怯な！」

「どちらが卑怯なんだ」

嘲笑う声はルースのものだ。部隊長は事態の不味さに歯軋りすると馬の腹を蹴る。

――はじめから、ルースはセレディアを渡すつもりがなかったのだろう。

毒矢まで射かけてきたのだ。人質を犠牲にしてでも彼らに制裁を加えるつもりに違いない。

だが彼らも、セレディアさえ手に入れば、それでいいのだ。

部隊長は抜いた剣を振り上げると、真っ直ぐセレディアに向かった。彼女を庇おうとする少年に斬りかかる。

しかしまさに剣を振り下ろそうとしたその時、横合いから黒い何かが飛びかかってきた。強い衝撃を受けて男は馬から転げ落ちる。地面に叩きつけられ、手から剣が離れた。

「くそ……」

男を落馬させたリグは、その上を舞うように飛び越えると低い威嚇の声を上げた。男は全身の苦痛を堪えながら剣を拾い上げようと手を伸ばす。

その前に、セレディアが立った。

「よくもザウスを……！」

憎しみも顕わに女が隠し持っていた短剣を抜く。黒く変色した刃を見て、男は顔色を変えた。

「毒刃か！」

その効果は、先ほどの部下の様子で明らかだ。男は突き出された短剣を避けて咄嗟に女の手首を握った。そのまま二人は激しく揉みあう。まるで滑稽な踊りのようだ。力の差がありすぎる争いは、しかし他者の介入を待つまでもなく、女の小さな悲鳴をもって終わった。

持っていた短剣で自身の腕を切ってしまったセレディアは、大きく体を痙攣させる。

土気色になっていく顔。彼女は蹲ると激しく咳きこんだ。鮮やかな血が土の上へ吐き出される。

「セレディア様！」

抱き起こそうとする少年の腕の中、女は凍えるように体を震わせた。失態に立ち尽くす男へ腕を上げる。変色した指が彼を指し——だがすぐに力を失って落ちた。

「セレディア様！　しっかりなさってください！」

揺さぶられる彼女は、けれどもう目を開けない。

任務の失敗を目の当たりにして男は身を翻した。自らの馬に飛び乗ると、部下に退却を命じる。

その時には既に、男の率いてきた部隊には激しい矢の雨が降り注いでいた。次々と馬から落ちて動かなくなる部下を避け、男は声を張り上げる。

「退け！　娘は死んだ！　退け！」

目標は失ってしまったが、この上リサイの軍と本格的な戦闘に入るようなことになっては目もあてられない。セレディアが死んでしまったことは痛手だが、裏を返せば上官の悪行を知る人間が消えたということでもある。貴族の娘などまだ他にいくらでもいるのだ。男はそう内心で言い訳すると全力で馬を駆った。街道を国境へと逃げていく。


残されたものは、二十ほどの死体と少年のすすり泣きだ。

女の体を抱いて慟哭する彼に、ルースは歩み寄ると膝をつく。そうして少年の腕の中から女を抱き上げると、彼は稚気に富む声をかけた。

「もういいぞ、セレディア」

「え……？」

驚く少年の見上げる前で、女はゆっくりと目を開ける。

そのまま彼女は土気色に変じた己の手を見ると——「この薬草、本当に凄いのですね」と驚きの声を上げた。

※

草原に火を放たれて一番怒り心頭になったのは、当然ながらネズだ。

彼は主人から今回の話を聞くと、二種類の草を煎じて渡してきた。

そのうちの一つは毒薬。即効性のもので、傷口から入ってすぐ人を死に至らしめる。

そしてもう一つは——人の肌色を一時的に変色させるだけの、いたって無害な薬草だった。

「まったく、もっと派手に暴れたかったっすよ」

「そう言うな。後が面倒だ」

全てが終わって十日後、ルースはラノマを伴って城門の外に立っていた。

彼らの前には幌を張った荷馬車が止まっており、その中に棺が運びこまれていく。それだけではなく十日分の食料を始め、旅のこまごまとしたものが城の人間の手によって積みこまれると、セレディアはルースの前に戻ってきて頭を下げた。「本当にお世話になりました」と謝辞を述べる。

「何か足りないものはないか？　迎えは来るというから大丈夫かもしれんが」

「充分すぎるくらいでございます。何から何までありがとうございました」

そう言って笑った彼女は、けれど少しだけほろ苦い微笑を浮かべているようにも見えた。

祖国においては死んだことになった女。そうして密やかに伯父のもとへと向かう彼女は、これから与えられた猶予を煩悶に費やすのだろう。

——忘却か復讐か。

その答えがいつ出るのかは分からない。ルースは彼女が嵌めている小さな指輪に目を落とす。

「なくさないようにな」

「ええ。これだけがもう、私の身を証明するものですから」

もし彼女が将来、国に戻り身の証を立てるつもりなら、その時はこの指輪が力を持つことになる。彼女の家に代々伝わる当主の印。彼女を手に入れようとした男が、ついには得られなかったものだ。まるで父の形見のように指輪を大事に握るセレディアを、ルースは穏やかな目で見下ろす。

「護衛には腕の立つ者たちを選んだ。安心して任せておけばいい」

「ありがとうございます、殿下」

彼女はもう一度頭を下げると男の前を離れた。侍女を伴って馬車の荷台に上がる。御者台には少年が座った。その馬車を守る騎兵が十騎それぞれ馬首をめぐらす。御者の少年はルースに向かってお辞儀をすると手綱を取った。

ゆっくりと動き出す馬車。街道を遠ざかっていく影をラノマは退屈そうに見送る。彼は大きく伸びをすると、主人に向かっていつもの軽口を叩いた。

「まったく。殿下も一緒に行きゃよかったんすよ。そうすりゃもっと面白くなったのに」

「俺は王と揉める気はないさ」

踵を返した男の足下を、リグが影のように追っていく。その背に向かってラノマは呟いた。

「でもあんたは、王に頭(こうべ)を垂れない人間だ」

※

小さくなっていく城。その姿を馬車の荷台から見つめていたセレディアはそっと溜息をついた。

隣に座す侍女が心配そうな目を向ける。

「セレディア様、どこかお具合でも……」

「ああ、何でもないの。ただ少し思い出しただけ」

——それは、月夜に見たあの景色だ。

怖くて仕方なかった月明かり。その下では全てが鮮やかに染め分けられてしまう。

けれどあの時だけ、彼らの前だけでは、それがひどく綺麗に見えたのだ。

セレディアは力強い男の姿と彼に寄りそう影を思い出し、また一つ息をつく。かつて彼も通った道。そこをこれから歩んでいく己がどのような未来を迎えるのか、決めるのは自分自身だ。

だがどのような道を選ぼうともそこに悔いは持たない。

セレディアはそれだけを強く心に刻むと、去って行く城に背を向け、街道の向こうを見据えた。

6. 喪失を贖う

荒野の城の中庭。

その奥には小さな薄紅色の花が植えられた一角がある。


「リグ」

そう言って呼ぶ声に、さほど意味があるわけではない。黒い獣はいつでも主人の傍にいる。呼ばずとも近くにいる。

だがそれを知っていても、男は息をするようにその名を口にする。ルースは擦り寄ってきたリグの背を撫でると、再び書類に視線を戻した。

「この調子なら来年には灌漑範囲を広げられそうだな。鬈井は……とりあえず様子見か」

「城壁はいかが致しますか」

「全てを囲うのは現実的ではないからな。今のところは見合わせだ。建てるなら見張り台だが」

「かしこまりました」

イルドは渡された書類を束ねると、ふと何かを思い出したのか顔を上げた。

「そう言えば、子供たちが家畜を飼いたがっていました」

「子供？　子供なんていたのか」

この城に人が住むようになったのは十四年前からだ。となれば別に子供がいてもおかしくはないのだが、彼らの姿を城内で見かけたことのないルースは意外さを禁じえなかった。

目を丸くしてしまった主人にイルドは「二年前ノイディアから一族ごと移り住んできた者たちがおりまして」と付け加える。

「ああ。そう言えばいたな。そうか。ノイディアは家畜を飼っている家が多いんだったな」

リサイの西側に広がる国、ノイディアは森に覆われた山々を国土としている。ノイディアの王都はそれら山に囲まれた盆地に存在しているのだが、そこでは荷役用や毛を取るために家畜を飼うことが当たり前らしい。ルースは少し考えると素朴な疑問を口にした。

「ノイディアと同じ動物がここで飼えるのか？　気候からして大分違うぞ」

「その辺りは彼らの親たちの方が詳しいかと思います。私が把握しておりますのは家畜の値段くらいでして」

「なるほど。なら飼えそうなもので予算内の維持ができるなら構わん。細かいことは分かる者で話し合ってくれ」

「そのように申し伝えます」

イルドが退出すると、ルースは空いた手にリグの尻尾を掴んだ。嫌そうな顔をする豹にもかまわず、先端を指で挟んで毛の感触を楽しむ。

この城で飼われている動物は馬を除いて極わずかだが、その少数派の代表格がルースの黒豹だ。もっとも、戦闘にも付き従うこの豹は愛玩動物ではなく彼の従者であり、身を守る護衛とも言える。

元々リグは、彼の腹違いの兄への貢物だったが、乱暴に扱おうとする兄の手に傷をつけて処分されるところだったのだ。それをすんでのところでルースが引き取った。お互い子供の頃からの付き合いで、ルースの心情的には半身のようなものだ。

リグは尻尾を引っ張られることを諦めたのか彼に寄り添って目を閉じる。

「リグ」

そう呼ぶことに意味はない。呼ばずとも影は常に彼の傍にいる。

だが或いはルースは、この名を呼び続けることで確認したいのかもしれない。

いつも隣にいる存在がある日突然消えてしまうことなど、やはりあってはならないのだと。

※

天気のよい日は昼寝に限る。

そう本気で思って疑っていないラノマは、その日も小うるさく注意してきそうな人間たちの目を逃れ、日当たりのよい場所を探して城内をうろついていた。中庭に出る回廊にさしかかったところで、見覚えのある人影を見出して足を止める。

「何だ。単品なんて珍しい」

いつもルースと共にいるはずの黒豹。それが、散歩でもしているのかひとりで中庭に出て行ったのだ。普段は影のように振舞っているリグが主人のいない時どうしているのか、ラノマは好奇心に駆られてその後を追った。中庭が見える窓から黒豹の姿を探す。

日のあたる庭を歩いているリグは、口に何かをくわえているようだった。男は目を凝らしてそれが何だか確かめる。

「あれは……花か？」

白い野花を数輪くわえた豹は中庭の奥へと姿を消した。こっそりその後を追って外に出たラノマは、風下を選んで豹の姿を探す。

草木の間に見つけた黒い背は、薄紅色の花が咲く一角を前にじっと座しているようだ。

葉々のざわめく音しか聞こえない庭。動かない豹の目は小さな花々を見つめている。

そうしている時間は、長く感じられたがほんの数分のことであったのだろう。一陣の風が吹くと同時にリグは立ち上がった。来た道とは別の道を通って姿を消す。

「んー？　何があるんだ？」

ラノマは黒豹が中庭から消えてしまうと、改めてリグが座っていた場所に向かった。薄紅色の花が咲いている場所を見つけて覗きこむ。

ささやかに揺れる小さな花々。その中央には草に埋もれるようにして白い石碑が置かれていた。

ラノマは屈みこむと、手で碑(ひ)にかかる草を掻き分ける。

「……フィオナ……誰だ？」

石碑には、女の名一つしか刻まれていない。ラノマは、覚えのない名と碑の前に供えられている白い野花を見下ろすと、何かを考えこむような顔でしばらくその場に佇んだ。

ラノマがウィリディス城を訪れたのは七年前、リサイの王都から流れてきてのことだ。

元々彼は貴族の私生児として生まれ、母と二人貧しい下町で育った。

長じてから父親のことを聞いた彼は「どれほど厚い面の皮をした男なのか見てみたい」と考え、鍛えられた喧嘩の腕を頼りに武官として宮廷に仕え始めたのだが、宮廷での生活は彼にとって少しも楽しいものではなかった。

身分をかさに来て弱い者に当たり散らす父。そして実力を磨くこともせず、はりぼてのような誇りと嫉妬で争う貴族の子弟たち。武に秀でていた彼はいつからか陰湿な嫌がらせを受けるようになり、結果、ラノマはつまらぬ宮廷のあり方に閉口した。

そうして三年後、母親が病気で亡くなると、彼はあっさりと宮仕えを辞め、王都を離れたのだ。

特に目的地もなく街道を旅していた彼がウィリディス城に立ち寄ったのは、単に補給と休息のためだ。あとは放逐された王弟をはじめ、はぐれ者が集まっている城と聞いて、興味を持っていたというのもあった。

だがラノマはそこで羽を休め、戦闘に首を突っこむうち、次第にこの城での生活が楽しくなってきた。欲しいものは自分たちの手で摑み取る。知恵を寄せ力を寄せ、泥臭く支えあって生きていく。決して楽とは言いがたい、だが風通しのよい生活。そこに自分の居場所を見出したラノマはけれど、同時に城を治める主人の力を知って……次第に「欲」が出てきたのである。

畳んだ洗濯物を積み重ねて運んでいる女は、顔見知りの一人だ。彼女を廊下の先に見つけたラノマは、口笛を吹くとその場を駆け出した。

「おーい！　ラン！　ラン、ちょっと待て！」

「なんだい。やかましいねえ」

振り返った女は、城の問題児を白い布の横からねめつけた。どこか亡き母親を思い出させるその視線に、ラノマは苦笑いする。

「ランは、あれだよな？　殿下と一緒に王都から来たんだろ？」

「なんだい急に。それがどうしたのかい？」

「中庭に墓があるフィオナって誰だか知ってるか？」

どうせ聞くならば一番知っていそうな人間に聞こう——そう思ったラノマの狙いは、少なくとも確かに的中した。ランは一瞬表情をなくし、だが数秒で我に返ると大きな溜息をつく。

「知ってるよ」

「どんな人間なんだ？」

「あたしの姪さ」

その一言で、ラノマはそれが誰であるか悟った。

ランは、ルースの乳母だった女の妹だ。

つまりフィオナとは、ルースの乳兄妹だった娘であり……彼が「守れなかった」少女なのだ。

※

殿下、きっと今にここは草原になりますよ。

そうしたらわたし、花を植えるんです。薄い紅色の。

王都に？　帰っても帰らなくても、どちらでもいいです。

みんなが幸せに生きていけるのが一番ですし。

わたしの家はいつだって、殿下がいらっしゃるところですから。

※

ラノマはその少女のことを断片しか知らない。昔の話で、知る人間は皆語りたがらないからだ。

だが伝え聞く欠片だけからも分かることはある。たとえば何故ルースが決まった女を傍に置かないのか。それはおそらく彼女に関係しているのだろうと、ラノマは感じ取っていた。

ランは洗濯物を持ったまま近くの小部屋に入っていく。彼がその後を追うと、棚に布を置いた女は手振りで「扉を閉めろ」と指示した。他に聞く者もいなくなると彼女はもう一度溜息をつく。

「あんたは色々と殿下をけしかけてるけどね、そう簡単な問題じゃないだろう。戦って勝てればそれでいいのかい」

「……オレは、自分が間違ってるとは思ってない」

「間違ってるとは言わないよ。ただそれだけじゃないだろ。王と争うことになれば犠牲だって出る」

「フィオナのように？」

　姪の名を出されてランは嫌な顔になる。だが黙っていても彼は引かないと思ったのか、彼女は手近にあった椅子に座ると重い口を開いた。一人の少女と、主人について語り始める。

「フィオナはね、あたしと一緒に殿下についてここに来たんだ。その時はもうあの子の母親は死んでいたからね。年の割によく気がつく娘で、人を励ますことが得意でね。あたしたちみんな、当時はあの子に助けられたさ。殿下のお傍によくついていて、本当の兄妹のようだったよ。……でも、結局はそれがよくなかったんだろうね」

「見せしめに殺されたのか？」

「そうかもしれないし、そうでないかもしれない。あの子が十六の時だったよ。殿下は十七になられたばかりだっけ。フィオナは城に入りこんできた刺客に殺された。――苦しまなかったらしいってのが唯一の救いかね。後ろから心の臓を一突きだ。あの子、びっくりした顔で死んでたよ」

「その時の被害はフィオナだけだった？」

「ああ。だけどね、あの子は心臓を刺されただけじゃなかった。死んだ後ね、子宮を切り裂かれてたんだ。これがどういうことか分かるだろう？」

ラノマの顔がさすがに歪む。

殺した少女の腹を割く。それは、子の有無を確かめたか、それに類する脅しかのどちらかだろう。

胸糞の悪さに彼は唾棄したくなった。

「……殿下の恋人だったのか？」

「ちがうよ。そんなんじゃあなかった。殿下にとってあの子は家族だったからさ。でも、そう疑われたのかもしれない。そうじゃなくて、たまたまあの子が目についたのかも。今となっちゃもう分からないことだけどね。その後は大変だったよ。みんなで殿下を止めたさ。あの方、王都に戻って復讐するって言ってきかなかった」

ランは壁越しに中庭の方角を見やる。そこに彼女の墓があると知っているのだろう。女の瞳に言い難い感情が溢れ、零れ落ちることなく消えた。

男は苦虫を嚙み潰したかのような顔で沈黙する。

取り戻せない喪失、全て過去の話は、こうして生くる人々の中に残り続けていくのだ。

※

見下ろす石碑は、彼女の名が半分だけしか見えていない。残りは揺れる草に隠れ、埋もれてしまっている。だがルースはそれを見ても、草を避けようとは思わなかった。彼女はそういったことを望まない娘だと覚えていたからだ。

「まったく……もう十年か」

いつの間にかそれだけの月日が経ってしまった。その間に城には人が増え、緑が増えたのだ。ルースは飛ぶように去っていった年月のことを振り返る。

「近頃、お前の顔をよく思い出せないことがある」

いつでも朗らかに笑っていた少女。物心ついた時より共にいたはずの彼女の顔が、次第に記憶の中でぼやけてきている。

ただ忘れられないでいるのは彼女の言葉と「笑っていた」ということだけだ。

ルースは持ってきた花束を石碑の前に手向けると踵を返した。音もなくリグが後をついてくる。

そうして庭に面する回廊に戻った時、彼はそこに部下の姿を見出して驚いた。

彼を待っていたらしいラノマはルースに向かって軽く頭を下げてくる。

「失礼しました、殿下」

「何だ。どうした」

「いえ。色々聞いてもオレはオレでいようと思いまして」

「何だか分からんが」

ルースは苦笑したが、リグを伴うと再び歩き出した。その後をラノマがついてくる。

いつもと変わらない取り合わせ。騒動好きで知られる男は、普段からするとひどく静かで平坦(へいたん)な声を上げた。

「殿下、オレは今のあんたも立派だと思ってます」

「だから何だ急に」

「でも、殴られるまで待ってることがいいとは思わない」

ルースは足を止める。そうして振り返った主人を、男は怯むことなく見返した。からかいのない目が薄暗い回廊で際立つ。

「一度なくしたら返ってこないものがあるって、よくご存じでしょう。次に殴られる時、あんたが失うのは何ですか？　惚れた女か、この城の家族か、それともあんた自身か」

不安定な立場だ。誰がどう思おうと、ルースがそこに立っていることは事実だ。

南西国境を守る城。だが利用価値のない荒野。足掻かなければ生きていけず、けれど頭角を現し過ぎれば刈り取られる位置にこの城はあるのだ。

求められているものは、いわば死者のような従順だ。そしてそれを知らしめるためにかつて一人の少女が害された。

そのことを誰よりもよく知っている男は数秒沈黙すると――静かな威を孕んで部下に応える。

「何であろうと。黙って奪われるつもりはない」

「なら、いいんすけど」

二人は再び同じ方向へと歩き出す。

重ならない足音。それが消え去った後に、乾いた風が吹いた。

人気のなくなった城の中庭。

その奥には小さな薄紅色の花が植えられた一角がある。

大樹の陰にひっそりとあるそこは絶えず優しい木漏れ日が注がれ、穏やかな空気が漂っていた。

7. 白姫(しらひめ)の腕

「殺してしまえばいいのに」

明るく広い部屋。調度品も全て豪奢(ごうしゃ)なものである部屋に似つかわしく、その声は明るかった。

部屋の主である男は驚愕に目を見開き、血を分けた弟を見やる。彼は兄の視線に構わず堂々と皮の剝(む)かれた果物を手に取った。

「だって、そうでしょう？　生かしておいても何もならない。単なる災いの種ではありませんか」

「だが、あれがいなくなったら南西国境はどうなる」

「どうにもなりませんよ。昔はあの城無人だったじゃないですか。その当時に戻るだけです。それよりあれを放置しておいて力を貯められることの方が厄介ですよ。殺してしまうのが一番です」

今、話題になっている人間は、彼ら二人にとって腹違いの弟にあたる。

だが少なくとも汁気の多い果物にかぶりついている男は、腹違いの弟に対し、肉親の情を持ち合わせているようには見えなかった。その更に兄である王は、弟の情のなさが自分に対してもそうなのではないかという考えに駆られ、薄ら寒さを覚える。

酷薄で知られる王弟は、罪悪感の欠片もない笑顔を見せる。

「あの時回りくどい脅しなんかしないで、あれ本人も殺しておけばよかったのですよ。娘一人殺して、ただ恨みを買っただけじゃないですか？」

「……あいつがあの城で子を作らず一生を終えるなら、それでいいと思ったのだ」

王が震える声を絞り出すと、弟は一瞬蔑むような目を見せる。だが兄がそれを見咎めるより先に、男は半分だけ齧った実を皿に投げ捨てた。汚れた手を水皿に浸す。

「ともかく、早いうちに手を打った方がいいですよ。ここのところ北部の戦況のせいか、陛下の評判は芳しくない。ただでさえロドやヴォルグはあれに同情的だ。揉め事の芽は早いうちに摘んだほうがいいでしょう」

残る二人の弟の名を出されて、王はこれ以上ないほどに顔を顰めた。焦りと屈辱が色濃く顔に浮かびあがる。

青黒くなっていく兄の顔色。それを見ながら彼は投げ捨てた果物の芯を見やった。

不恰好に齧られた果実はその時既に、歯型にそって茶色く変色し始めていた。

※

ウィリディス城において、水は貴重なものとされている。

であるからして無駄遣いはよろしくない、と思われているのだが、その日子供たちは珍しく貯水池にむらがり、柄杓を手に遊んでいた。水を汲み出してはそれを背後にいる豹に向かってかける。

だがリグも黙ってかけられるような真似はしない。五人の子供たちを相手にひょいひょいと跳びまわり水滴を避け続けている。

それは結果として、豹を追って辺り一帯に万遍なく水が撒かれるという成果をもたらしていた。遊びと実益を兼ねた彼らの行為を、城壁に寄りかかるルースとネズは無言で眺めている。

やがて一通り草の上に水が撒かれると、ネズは「次はあっちだ」と水桶を手に子供たちに指示した。リグがその先へぴょんぴょんと跳ねて行く。ルースが感心の声を上げた。

「ずいぶんと元気なものだな」

「子供とはそういうものでしょう」

動物を飼いたいと申し出て許可された彼らには、来週には子牛が買い与えられることになっている。それを待ち、期待が膨らみすぎている子供たちの相手を今回リグが買って出たのだが、先ほどから黒い豹は水にも子供にもその体を触らせていなかった。彼らとの間に一定の距離を保ちながら跳ね回っている。

「子守もできるのか、あいつは」

「頭がいいんでしょうな。人語をよく解している」

「昔からそうだった」

少年の頃から共にいたリグは、彼にとって自身の半分のようなものだ。

或いはリグが言葉を発しない分、より強くそう感じるのかもしれない。主人の内心を見抜いているのか黒い滑らかな体が寄り添ってくる度、彼はもてあましぎみな感情をリグと分け合ってきた。

黒い影が、そして周囲の人間たちがいたからこそ乗り越えてこられた十数年を思い出し、ルースはしばし物思いに耽る。

豹の寿命は、人のそれよりずっと短い。だがそれを知っていても、ルースはリグがいつか自分の傍からいなくなることが想像できなかった。

ゆっくりと流れていく時間。

はしゃぎ回る子供たちを見ていたルースは、城壁から体を起こすと肌を刺す日差しに目を細める。

「そろそろ限界か」

先ほどからリグの動きにも精彩がなくなってきている。子供たちから距離を取り、草の上に腹ばいになっていることも多い。いい加減連れ出してやらなければ気の毒だろう。ルースは手を上げて豹を呼んだ。

「リグ！　戻るぞ！」

主人の声を天の助けと思ったか、豹は尻尾を立てて跳んで来る。

名残惜しげに手を振る子供たちに向かって笑いかけると、ルースは城へと戻っていった。

何ら代わり映えのしない日常。ウィリディス城は今日もつつがなく平和であった。

一時間以上にわたって日の下を跳びまわっていたリグは、さすがに疲労の限界にあったらしい。

城内に戻るなり風の通る廊下の影に寝そべった。

そのまま動きたくなさそうな豹をルースは笑って撫でると、一人だけ大広間へと向かう。

そこにはちょうど王都から街道をやって来た商隊が、挨拶伺いを希望して通されてきたところだった。これからランバルドへ向かうという一行は、一夜の宿とちょっとした売り買いをルースに求め、それを許可される。

たちまち広間には色取り取りの布や果実が並べられ、覗きに来た女たちが歓声を上げて群がった。

そうこうしているうちに、騒ぎから少し離れたところで宴席の支度が始められる。

商隊には数人だが芸人もおり、彼らが自らの芸を披露するというのだ。

日が落ちていく空。紫色に染まる夕暮れを前にして、けれど荒野の城は賑わいを強めていく。

華やかな娯楽の少ない城に住む者たちにとって、このような夜は祭りと同じだ。

少しだけ酒を味わったルースは、後は部下たちに任せて広間を立ち去ろうとする。そんな彼を、旅芸人の一人が呼び止めた。

「お待ちください、殿下」

彼は少ない芸人を束ねているという座長で、もってまわった美辞麗句を駆使すると、本題として最後に一座の歌姫を彼に勧めてきた。

この城を訪れる人間が、献上品の一つとして彼に一夜の伽を務める女を差し出してくることは珍しくない。ルースは近くにいるラノマを手招くと耳打ちした。

「だそうだ。欲しいか？」

「殿下、覚えといてください。オレ、もっとむちっとした女が好きです」

「覚えておかないといけないのか？　それは」

部下の好みはさておき、件の歌姫は随分華奢な体つきをしている。艶めいた黒い瞳はリサイでは珍しく、また赤すぎない小さな唇に、ルースは既視感に似たものを覚えた。彼自身は昼間、陽光の下に長時間いたせいか軽い倦怠感を覚えているのだが、「是非に」としつこいほどに押されて仕方なく歌姫を伴うことを了承する。

女を伴って広間を後にしたルースは、つい癖で廊下を見回した。

「リグは――」

普段であればあの黒豹は、主人が女を連れた時点でいずこともなく姿を消してしまうが、今日は宴席の前から姿が見えない。どこかで疲れて寝ているのだろう。先に一度、様子を見に行けばよかったかともルースは思ったが、リグは子供ではない。明日になればまたふらっと戻ってくるはずだ。

彼は自室に戻ると水差しから水を汲む。それに口をつけながら、彼は空の杯を女に示した。

「お前も飲むか？」

「いいえ。ありがとうございます」

灰色の外套を羽織っていた女は、それをするりと床に落とす。

黒い薄布に包まれた躰は蠱惑的な魅力を醸し出していたが、それだけではなくどこか病んでいるような歪さをルースに感じさせた。不躾かとも思ったが、彼は口に出して確認する。

「道中で疲れたか？」

「元より丈夫な体ではないのです。ただ……そう、少し暑さにやられたのかもしれません。ここは王都よりもずいぶん日差しが強いようですので」

「ああ。そうだな。俺も慣れるまでは暑さがこたえたな」

「王都の方がよかった、とは思いませんの？」

女からのこういった質問は少なくない。ルースは苦笑して寝台に腰掛けた。

「別に。あそこに望むようなものはない」

「もったいないことですわね」

聞きなれた感想は、けれど多くの女たちのように、男の身分にあやかれないことを惜しがっているのではなく、どこか不運に同情しているようにも聞こえた。歌姫は男の待つ寝台に向かって細い足を踏み出す。

「兄君たちを恨んだりはなさらないので？」

「俺のことについては別に」

「殿下はお優しいのですね」

女は彼を前に足を止めると、黒い薄布をも脱ぎ捨てる。その下の体は月光のせいか、蒼白いほど透きとおっていた。素直に感心する男に彼女は嫣然と微笑む。

「わたくし、王都では白姫と呼ばれておりました」

「言いえて妙だ」

旅芸人の一座に属する女が娼婦を兼ねていることはままある。つまり彼女もその一人なのだろう。

ルースは自分に両腕を投げかけようとする女を手で留めた。一糸纏わぬ歌姫の全身を眺める。

「手を広げて、ちょっと回ってみせろ」

「……何故ですの？」

「いや。念のためだ」

違和感が思考をくすぐる。兄たちについて触れたことや、端々に見える妖しい微笑などに。

だからこそ彼は万が一の可能性を考えて、武器などを隠し持っていないか確認することにしたのだ。彼女は少し不満げな目をしながらも、素直にくるりと回って見せる。何も怪しいところはない。酒のせいだろうかと内心首を傾げて、ルースは「悪かった」と謝った。

魔術を使う類の人間であれば武器は持っていないだろうが、彼らはまず絶対数が少ないのだ。そのほとんどはどこかに隠遁（いんとん）しているか、有名な例でもノイディアの神官筋などで、人前に姿を現すことは滅多にない。こんなところにいるということはまず考えられない。

ルースはそう思いつつも、気乗りのしなさに彼女を下がらせようとした。彼の首に腕を回そうとする白姫に向かって口を開きかける。

――女の体が前触れもなくのけぞったのは、その瞬間だ。

男の前に投げ出されかけていた身。その細い躰が、一瞬で仰向けに引き摺（ひず）り倒される。

そこにいるものは闇と同化した影だ。音もなく女に襲いかかったリグは女の白い肩に咬（か）みかかっている。深々と刺さった牙に彼女は目を見開いた。みるみるうちに血で染まっていく己の体を恐怖の貌で見やる。

「あ、ああああっ！」

「リグ！」

絶叫と、豹の名を呼ぶ怒声が夜気を切り裂く。

だが主人の声を受けても、獣は蹂躙をやめなかった。リグは鈍い音を立てて女の肩を嚙み砕くと血に染まった顔を上げる。

夜に光る金の瞳。人のものではない双眸が、男の目を真っ直ぐに見上げた。

「やめろ、リグ！　どうした！」

解放された女は、悲鳴を上げながらルースに向かって手を伸ばす。

だがその手が届くより先に、リグは女の喉笛に食らいついた。明らかな致命傷を受け、女の体が弓なりになる。

凄惨な狩りのひととき。黒い獣はそのまま獲物を、闇の中へ引き摺っていこうとした。

女の掠れた呻き声に骨が砕ける音が続く。

「リグ！」

——どれほど長い間共にいたか。

その信頼が、絆が、今この場にあってもルースに剣を抜かせなかった。

瀕死の女を連れ去ろうとする豹に向かって、彼は手を伸ばす。しかしリグは、女を放すとその手に威嚇の牙を剝いた。ルースは、成獣になってから初めて自分に向けられた牙に息をのむ。

「どうした……」

女は、きっともう助からない。だがこのままにしておくこともできない。

身を屈めたルースはもう一度手を伸ばす。リグの頭をそっと撫でようとした、その時。

リグは濁った音を立て咳きこんだ。女のものではない血が吐き出される。

「リグ！」

様子がおかしい。ごろごろと異音に喉を鳴らして血を吐く豹は、すぐにその場で崩れ落ちた。その瞬間ルースは全てを悟る。

「毒か！」

既に事切れている女。その女こそが毒そのものだったのだ。体液全てが毒に変じている人間。幼少時から毒を飲み続けたからとも、魔術によって変質したとも言われる暗殺者。

リグは獣の嗅覚でそれに気づき女を攻撃したのだろう。ルースは血に汚れるのも構わず、横たわる豹を抱き上げた。扉を蹴り開け、廊下に向かって叫ぶ。

「誰か来てくれ！　毒が盛られた！　ネズを呼べ！」

騒々しい空気が夜の城に広がる。

そうしてウィリディス城には、十年ぶりに暗殺者の忌々しい一撃が加えられてしまったのだ。

※

城に泊まっていた商隊のうち、芸人の一座はいつの間にか姿を晦ましていた。

暗殺者を引きこんだとして兵たちに詰問された商人は、目を白黒させる。彼が言うには、芸人の一座は王都で知り合い一緒になっただけで、よくよく思い返してみればその詳しい素性を知る者は誰もいなかったのだという。

真実を知った城の者たちは皆が苦々しい思いを噛み締める。

「それで、リグは？」

ラノマは治療室から出てきたネズに問う。

先ほどまでここにはルースもいたのだが、彼も彼で女の血に触れた際に毒されてしまったらしい。命に別状はないものの高熱を出し、部下たちの手によって強引に部屋へ戻されていた。

一方主人よりずっと状態が悪いリグは、ネズの手によって治療を受けている。

であるのだが、ネズは不機嫌そうに舌打ちするとラノマに答えた。

「ありゃ無理だ。人間よりはあの手の毒に強いみたいだが、それにも限度がある。朝までは持たんだろう」

「……そんな」

ルースがどれだけリグを大事に思っているか、それは数分前までこの場で激昂(げきこう)していた様子を思えばよく分かる。

そうでなくともずっと彼らは共にいたのだ。その喪失がどれほど痛手になるのか、想像がつくからこそラノマは想像したくなかった。彼は苛立ちを込めて壁を蹴る。

自分が女を引き受ければよかった、とは思わない。死にたくないのは自分も一緒だ。

ただ、もっと疑えばよかったのだ。たとえばあの歌姫は、宴(うたげ)の間中一度も飲み物を取らなかった。

盃(さかずき)に直接口をつけて酒などが変色することを嫌ったのだろう。それを怪しめばよかったのだ。

――十年間何もなかった。だから、これからも何もないだろう。

そんな甘い考えがなかったとは言えない。だが、その考えは本当に甘いものでしかなかったのだ。

壁を蹴るラノマを誰もが止めない。ある者は怒りを、ある者は悲しみを目に浮かべて沈黙する。

そして彼らはまた一つ、喪失を背負う覚悟を突きつけられた。

※

「リグ」

反射的に手を上げる。傍にいる影を呼ぶ。

飛び起きたルースは、しかし汗でひどく湿った全身に気づくと眉を寄せた。

普段は使っていない部屋の寝台。違和感のある光景に昨晩の記憶が甦ってくる。

黒い豹はいない。彼の視界には誰もいない。

ただ先ほどまで誰かが彼の汗を拭いていたのだろうと思しき水盆が、枕元に置かれていただけだ。

「リグ」

熱は下がっている。体にもおかしなところはない。

ルースは寝台から立ち上がると扉へと向かった。リグの容態を聞こうと意識が急く。

しかし彼が自ら廊下に出るより先に、扉は別の人間によって開かれた。

主人の着替えを持ってきたランは、起きているルースに目を丸くする。

「殿下、お体は」

「もう平気だ。それよりリグは」

「リグは……」

ランはうろたえたように辺りを見回した。その様子に彼は嫌な予感を抱く。

廊下を振り返った彼女は、何かに気づくと唇を噛んだ。一歩横に避け扉の前を空ける。

やって来たのはヴァーノンとラノマの二人だ。

そのうちヴァーノンは白い布に包まれた何かを腕に抱いていた。ルースの青い目が見開かれる。

「リグ？」

どれほど苦しい時でも、寄り添えばその苦しさが薄らいだ。

そうして影は、彼を支えその感情を分けあってきた。この城に来た時も、妹同然の少女が殺された時も、ずっと。

だが、今の彼には影がない。こみ上げる喪失を分かち合う相手がいない。

「リグ」

他の言葉など何の意味もないかのように、ルースはその名を呼ぶ。

白い布包へ伸ばされる主人の手を見やったラノマは――苦々しい顔で視線を逸らすと、そこから先を見ることを拒むように廊下を立ち去った。

8. 区切られた空

落ち葉の上に投げ出された両脚には感覚がない。

彼女は鎮痛の魔術をかけずに済むことを内心喜んだ。今は余計なことに力を使ってはいられない。

木々の陰から覗く石門に、敵の姿は現在見えない。彼女に手酷くやられて一旦退いたのであろう。或いは「今、強行攻撃をする意味はない」と分かっているのかもしれなかった。

彼女は左肩を押さえる。そこには最初の襲撃の際受けてしまった毒の傷があり、嫌な臭いを放っていた。魔術でも解毒できなかったということは自然毒だろう。彼女は巻かれた包帯に滲んだ黒い血を睨む。鋭い頭痛がこめかみを貫いて走った。

――できるだけ時間を稼がねばならない。彼らが国境を越えるであろう、その時まで。

「痛っ……」

強くなる頭痛に、彼女は耐えきれず目を閉じる。瞼の裏に今までの記憶が閃光のように煌いた。

これは死の前兆かと少女は自嘲する。悪夢のようだったここ数日のこと、その前の平和だった日々、特殊な人間として恐れられてもいた子供時代、そんな思い出が次々に瞬き――けれどそれは、十五年しか生きていないはずの彼女の人生を、軽々越えた。

「な、に、これ」

次々とあふれ出してくる映像、記憶、力、思考。激しくなる頭痛に少女は悲鳴を上げる。両腕で顔を覆って奔流を堪えた。

流れ続ける時間。

変質した魂。

繰り返す試行、重ねられる生、異質なる力。

全てが彼女の中に甦り、そして存在を塗り替えていく。

まるで闇の中を光が裂いていくようだ。彼女は小さく呻いた。

そうして終わらないかに思えた濁流の後、彼女はゆっくりと全てを理解し……思い出す。

「ああ……」

少女は闇色の目を開いた。虚ろな双眸が辺りを見回し、最後に己の両手に落ちる。

そうして自分が何者であるのかを知った彼女は、遠い東の方角を見てじっと考えると、

――長い、詠唱を始めた。

※

露台から見上げる空はいつもと変わらず青い。

ルースは生温かい風に乱された髪を、手で乱暴にかきあげた。欄干に膝を立てて座りながら、手

に持った書類に目を通していく。

王都の現況を伝える報告書。そこに書かれている内容は「王の政には迷走が見られ始めている」というものだ。一年間にわたり小規模な戦闘が続いているという北部国境の情勢が遠因なのだろう。

この荒野とは違い、肥沃な草原を広い河が横切っているという国境を、ルースは思い起こす。

「それほど苦戦しているのなら、俺のことなど放っておけばよかったのだ」

苦い呟きは誰の耳にも届かない。男は書類から顔を上げ、空を見上げる。

彼の足下に影はいない。ただ、乾いた露台を風だけが通り抜けていった。


反撃をすべきか否か――それは城の者たちの間でも意見が分かれるところだ。何故今、暗殺者が現れたのか。その理由をはじめ、不確定要素が多すぎる。

主がいない執務室で、顔をあわせた者たちは各々疑問と意見をつきあわせた。

「大体十年前の暗殺事件とやらの犯人はどうなったんだ？　逃げられたのか？」

「俺が殺した」

ラノマの問いに苦々しく答えたのはヴァーノンだ。彼は当時を知らない数人の視線を受けて、情報を補足した。

「血のついた短剣を井戸に捨てようとしていた男がいたんだ。不審に思って声をかけたら、向かってきたから殺した」

「何か言ってたか？」

「何も。持ち物にも何もなかった。ただ後で死体の顔を皆に見せたら、その男を王都で目撃したことがあるという話があがった」

「なるほどな」

結局、王がこの城に刺客を送りこんできたのか否か、疑わしくても断定はできない。十年前については言うまでもなく、今回の旅芸人たちもまた、死亡した女を除いて皆取り逃がしてしまった。後で城門の見張りから「急な事情で出立すると言うから出してしまった」という報告を受けて、ラノマなどは叫び出したくなったくらいだ。もっとも、もし捕まえられても有力な証言を得られるかといったら、それは難しいのだろうが。

守りに徹するか反撃するか、どちらを選ぶにせよ情報は必要だということで、王都の現状を調べてみたが、それは彼らの決断を後押しするものにはならなかった。

ラノマは机の上に広げられた地図を指で叩く。

「北部との小競り合いに手こずっているっていうなら、今が好機だろ？　後ろから王都に行って刺してやればいい」

「別にこちらを背後とは思っていないだろう。それにいくらなんでも兵力差がありすぎる。俺たちは暗殺者じゃない」

「補給にかける金が足りない」

ヴァーノンとイルドの二人から即座に否定されて、ラノマは閉口した。現実問題として兵力と資金はどうしようもない壁だ。これを無視して戦争をしかけても無残な結果が待つだけだ。

ただ、それはあくまでも現時点でのことだ。もしルースが王との戦いを視野に入れて準備を始めるなら、早ければ数年でこれらの問題は解消可能だろうと、多くの者は予測していた。

簡単なことだ。ラノマではないが、リサイ国内の有力者や領主たちと個別に交渉し、将来のことを約束してこちらにつかせていけばいい。ましてやルースは街道を守っていたここ十数年の間に、その能力と性格で多数の商人たちの信用を得ているのだ。その中にはかなりの豪商も含まれている。

これらの人脈を使って地固めを進めていけばいいだろう。

——だから結局のところ、問題になるのは戦うのか否か、それだけだ。

そしてそれは、最終的に主人の決断によって左右される。彼らはその決断がどちらに転んでもいいよう、できることをして待つだけだ。

「でも今回みたいなことがまたあるんじゃ、殿下は戦いたがらないんじゃないか？　あの方にとっては自分が標的になるより、周囲を削られる方が余程お辛いだろう」

いささか気落ちした声で一人の男が口にすると、他の何人から同意の溜息が洩れた。

だがそれを遮るように、ラノマは鋭い声を上げる。

「何か勘違いしてないか？　オレたちの主はあの方で、それを守るために他の人間が盾になるのは当然のことだろ。今回だってそうだ。リグはやられたんじゃない。戦っただけだ。だからちゃんと殿下は無事でいるんだろう。それをこっちの負けみたいに言うな、アホか」

狙われたのはルースであり、だが彼は「守られた」。

彼の影は己の使命を十全に果たしたのだ。その犠牲を必要以上に嘆いてはリグが報われない。

黒豹の行動を自分の身に置き換えたのか、数人の男が表情を変える。ラノマは更に続けた。

「戦闘で死んだ奴を惜しむのは分かる。けどそれが怖いからって戦わないわけか？　百歩譲ってそれで相手が手を引いてくれるっていうならともかく、そうじゃないのは今回分かっただろ。オレは戦うべきだと思ってるし、殿下にもそう勧める。まだ何も負けてないだろ。問題はこれからだ」

男の意気は荒いものではあったが、沈みがちだった場の空気を引き戻すには充分なものだった。元々この場に集まっている者は、それぞれの事情を経て荒野の城に落ち着いた人間たちだ。苦を苦で終わらせぬ気骨は持っている。

ラノマの発言を皮切りに、意識を切り替えたのか場には積極的な意見がいくつか出始める。

その中には「王都に協力者を得るべきだ」というものもあり、セレディアの伯父をはじめ何人かの名前が挙がった。イルドがふと思い出したかのように、それらの名の中にもう一人を付け足す。

「そう言えば、殿下の兄君が一人いるな」

「兄？　敵じゃないのか？」

「いや、全員がそうじゃない。二番目の兄のペール殿下は、最初の数年、殿下を気遣う書簡をよく送って来られてた」

「ペール？」

ラノマがつい嫌な声をあげてしまったのは、宮仕えだった時の記憶を思い出したからだ。

四人いるルースの兄のうち、ペールはある意味王よりも癖のある人間に見えたのだ。いつも笑みを絶やさず、だが嗜虐的な目が印象的だった男だ。

ラノマは他の者たちが議論を重ねる中、無言でしばらく考えこんでいた。

そうして最後に誰よりも早く席を立つと――「ペールについては保留にしてくれ。オレがちょっと心当たりをあたってみる」と部屋を出て行った。


部下たちがざわついている気配は感じていたが、何が起ころうと、やるべき仕事をやらないわけにはいかない。城主であるルースは、その日も執務を普段と変わらぬそつのなさでこなしていった。

いくつかの報告に目を通し、最後で首を傾げる。

「ノイディアの情勢が怪しくなっているのか」

「そのようです。情報に統制をかけているようですが、商売に行って追い返された商人が後を絶たないようで。何かがあったようですが、その何かは分かっておりません」

「不穏なことだな」

ノイディアはこの城から見て国境を挟み、すぐ隣に位置しているが、リサイ側に荒野が広がっているように、ノイディア側にはまず森に覆われた山の斜面がある。そこを枝分かれした街道は更に森を貫いて延びているが、街道を行き来しているのはもっぱら他国の物売りたちで、ノイディアの民は好んで外に出てくることはあまりない。

だからこそ隣国でありながらその内情はよく分かっていないのだが、何かが起きているというなら火の粉がこちらまで降りかかってこないとも限らない。ルースは国境方面の見回りを強化するよう指示した。イルドを相手に、ふと思い出したことを口にする。

「そういえばあの国にはまだ魔術が存在するんだったか？」

「そうらしいですな。ノイディアの民はそれを神から与えられた力と思っているようですが」

「一度見てみたい気もするんだがな」

仕事に関係ない会話はすぐに打ち切られた。イルドが退出するとルースは大きく息をつく。

――とても、とても疲れた。

一度蹲ってしまえば、もう立ち上がりたくなくなるほどに、とても。

だが彼は膝を折るような真似はしない。それは城に住む他の者たちを裏切るも同じだ。

今更挫(くじ)けることはしない。十四年前この城へ来た時、彼は「死なない」ことを選んだのだ。

だから埋められぬ喪失を負ってなお、彼は前を向く。

残る城の人間を、家族を、生かすために立ち続ける。

「リグ」

届かない呼び声。己のそれを聞いたルースは目を閉じる。抗いがたい疲労が、彼の意識を眠りの底へ引きずりこんだ。少しの間、彼は思考の空白を求めて意識を休める。

――そしてけれど、目が覚めれば再び現実が待っているのだ。

9．王の器

「国境方面から城に向かって、街道を怪しい人間たちが移動しているようだ」との報告がルースにもたらされたのは、夕方のことだ。彼はそれを聞いて少し考えこんだが「普段通り様子を見て、敵意がないなら放置しておく」よう命じた。

その通り命令を遂行した部下たちは、更に一時間後、ぼろぼろの一団を連行して帰ってくる。
彼らはどうやらノイディアの人間らしく、誰何の声にいきなり剣を抜いて威嚇してきたという。
捕らえられた十数人を広間に引き出しているとの報告を受け、ルースは怪訝そうな顔になった。

「珍しいな。ノイディアの人間とは」
「さようで。まるでどこからか逃げ出してきたような風体とのことでしたが」
「魔術を使える人間がいたら面白い」

好奇心が窺える主人の言葉にイルドは白い目を向けた。
代わり映えのしない白い空。広間に向かって廊下を行くルースは、柱の影に気づいて声をかける。

「リグ、来い」

男の声に応えて黒い獣が姿を現す。

まだ体力が戻りきらないのか、普段よりもゆっくりと近づいてきた影は、そうしてルースの足下に寄り添うと再び共に歩き出した。毒によって一時は生死の境をさまよったリグは、しかしネズの苦心の甲斐あって、何とか数日間に及ぶ危篤状態から脱した。まだ前のように動くことはできないようだが、それでもルースにとっては充分だ。

彼はふっと笑顔になると傍を行く尻尾に手を伸ばした。だがそれは、摑まれる直前でするりと男の手の中を逃げ出す。ルースは残念そうな顔になったが、リグは我関せずだ。そのまま彼の一歩先を滑るように歩いていった。

城主である男は、気を取り直すと話を元に戻す。

「それで、捕まえたノイディアの連中は何か言ってるのか？」

「何も申していないそうです。ただこちらが先に剣を抜いて脅してきたのだと怒るばかりでして」

「水掛け論になりそうだな」

この手の話は感情的になればなるほど、また時が経てば経つほど、事実を明らかにするのは困難になる。ルースはどう収めるべきか考えながら、リグに続いて大広間へと足を踏み入れた。

広間の床に直接座らされている一団のうち、真っ先に目に入ったのは一人の少女だ。

射抜くような視線でルースを睨んできた彼女は怒りを全身に漲らせており、薄汚れた全身に反して生命力に富んで見えた。

ルースは彼女の右手に巻かれた包帯と、擦り切れた履物を順に見やる。

彼に気づいたヴァーノンが振り返った。

「殿下」

「どうなってる？」

「それが……」

「さっさと放しなさい！　私たちは何もしていないわ！」

「と、いう状態です」

疲れたような部下の言葉にルースは苦笑した。

だが、彼ら集団もこの好戦的な少女が代表者ではないらしい。少女の隣にいた男は「いいから黙っていてくれ」と彼女を制し場の笑いを誘った。それが更に少女を憤らせる。

――汚れた格好をしているが、元はいい家の出の令嬢なのかもしれない。

発音などからそう判断したルースは、彼女と隣の男の前に立った。長身を屈めて覗きこむ。

「一応こちらの人間が言うには、お前たちが剣を抜いて応じてきたというから拘束したが」

「先に抜いてきたのは貴方たちでしょう！　何故、私たちが拘束されなければならないの！」

「先にこちらが抜いたのだとしても、目的が分からない他国の人間を王都に行かせるわけにはいかないからだ」

ルースが返すと少女は青ざめて言葉に詰まる。彼女に代わって隣の男が口を開いた。

「王都に行きたいわけではない。ただ負傷した人間がいる。治療のための時間が欲しかっただけだ。状態が落ち着けばすぐにノイディアへ戻る」

「追われているのか？」

彼らもまさか、リサイで捕縛される可能性がまったくないと思っていたわけではないだろう。それを押してでも国境を越えてきたのは、追っ手を撒くためか。

ルースの問いは図星のようで男の表情が固くなる。ルースはだが、あえてそれには反応せず重ねて問うた。

「ノイディアに戻ってどうするんだ？」

「……そこまで教えるつもりはない」

「まぁ、そうだろうな。ならここで怪我の手当てをすればいい」

「え？」

気の抜けた返事を無視して、ルースはヴァーノンに手配を命じる。

それに応じて女たちが現れ、怪我人に名乗り出るよう声をかけると、彼らは困惑した顔になった。

少女が立ち去ろうとするルースに声をかける。

「何故、助けるの？」

「お前たちを積極的に助けるつもりはないんだが……。この荒野、ノイディアの人間が弱った状態で過ごすには辛いぞ。行き倒れて街道で死なれたりすれば、道を行く商人や旅人が嫌がるからな」

「それだけ？」

「それだけ。ああ、見張りはつけるぞ。自由な行動は制限させてもらう」

軽く手を振ってルースは踵を返した。だがふと思い出して少女を振り返る。

「そう言えば、お前たちの中に魔術を使える者はいるのか？　ちょっと見てみたい」

彼にとっては軽い好奇心だ。せっかくだから聞いてみた、というだけの問い。

だがそれを聞いて、少女はまるで傷ついたかのように顔を歪める。

そうして彼女は力なく項垂れると──「誰もいないわ」と苦々しく吐き捨てたのだった。


執務室に戻ったルースは、ノイディアからの一団について重ねて詳しい報告を受けた。

それによると、怪我人たちの容態やその傷跡から察するにやはり人間に追われていたらしい。

矢傷を受けている者や、鎖による拘束の傷跡があったという者もおり、イルドは「罪人が逃げ出したのではないか」と結論付けた。

「罪人か。ノイディア本国に問い合わせを出した方がいいか？」

「かもしれません。が、商人たちが追い返されているとなると、通常の書簡では届かない可能性が高いでしょう。伝令を直接向かわせる方が早いかと思います」

「ノイディアの王都まで片道で十日ほどかな。リサイ王都よりよっぽど近い」

さて、どうしようかとルースが考えていると、隣に来たリグが前足で彼の膝をたたし叩いてくる。最初は遊びたいのかと思って撫でてやったが、豹はその手を煩わしげに避けると、繰り返し彼の足を叩いた。ルースは首を傾げる。

「何だ、どうしたんだ」

彼は顔を近づけて問うたが、リグが何を訴えたいのかさっぱり分からない。

分からないのでルースは黒い前足を二本、両手で取って踊りでもするように左右に揺らしてみた。けれど豹はふてくされて部屋の隅へ行ってしまう。

このようなことは非常に珍しい。首を捻る主人にイルドは指摘した。

「まだ体調が芳しくないのではないでしょうか」

「かもしれんな」

リグの行動は不可解だが、放っておくしかないだろう。ルースはノイディアへの報告を「とりあえず明日決める」と結論づけると、他の仕事に取りかかった。


日が完全に落ちきってしまうと、広がる荒野は昼の強い日差しから一転し、冷たい月の光に照らされる。それは静謐が立ちこめる世界であり、人を寄せつけぬ荒野のもう一つの姿だ。

ルースは自室の露台からその景色を見下ろす。

何十年後、何百年後にはこの乾いた大地も草原となるのか、そんなことをふと考えた。

——もし、自分が何をしたいのかと問われたら。その問いに即答することはできないだろう。

荒野を変えたいという理想があるわけではなく、王都に戻りたいという野心もない。

ただ日々生きるために食事が必要であるように、この先もこの城で人々が生きていくために、やらなければならないことをこなしているだけだ。

全てはそれだけのことで、彼はそれ以外によって動いたことはない。今まではずっと。

――たとえば時折、抑え難い怒気が胸を焼くこともある。

だがその衝動を全てに優先させてしまうことはできない。だからこそ彼はこの十数年で、怒りを押しこめて生きていく術を身につけた。

「ままならないな……」

苦笑を湛えて、ルースは目を閉じる。

その時、やって来たリグが彼の手に鼻をこすりつけた。冷たい感触にルースは笑い出す。

今度こそ尻尾を捕まえてやろうと手を出すと、しかしリグはあわてて部屋の中に戻っていった。寝台に飛び乗り、白い掛布の中に潜りこむ。

「何だ。隠れているのか？　それとも一緒に寝るか？」

そんなことをしたのはどちらもまだリグが小さかった頃のことだが、大きくなっても時に遊びたがる豹であるからして、今もそうなのだろう。彼は部屋に戻ると硝子戸を閉めた。腰に佩いていた剣を外すとテーブルの上に置く。

「病み上がりだからな。一緒に寝るのは構わんが寝ぼけて俺を殴るなよ。もう大きいんだから」

親愛のこもる言葉に白い掛布はもごもごと動いた。ルースは寝台に向かって歩き出し――だが違和感に足を止める。

掛布からはみ出ている黒い尾。それが、みるみるうちに布の下に吸いこまれていくのだ。

もちろんリグは尻尾を自由に動かせるのだから、別に不思議がるようなことではないのかもしれない。しかしそれは、尾が畳まれていくというより、まるで縮んでいくようだった。

「リグ？」

近づいて掛布を捲って確かめることを、何故か「恐ろしい」と感じる。ルースが立ち竦んでいるうちに、薄い掛布はゆっくりと下から持ち上げられた。掛布の向こう側に黒く小さな頭が現れる。

彼はその光景を唖然として眺めた。

白い肩が続いて顕わになり、細い両腕が寝台についてその躰を支える。

零れ落ちた長い黒髪。月光に美しい艶を作る髪は、それだけがリグの毛並みと似通っていた。小さな手が布をかき寄せ、己の躰に巻きつける。

そうしてようやく振り返った女は、深遠を思わせる闇色の瞳でルースを見つめた。

「……リグ、か？」

会ったことも見たこともない若い女。

思わず息をのむほどの清冽な美貌は、だが何故か無性に懐かしい。華奢な肢体を掛布で隠した女は、寝台から下りると小さな薔薇色の唇を少し上げ、淋しげに微笑んだ。

まるで非現実的な眺めだ。それを女の美しさが助長していることは明らかだ。ルースは半ば無意識のうちにこめかみを手で押さえた。

「何だこれは……夢か？」

「ルース、お願いがあります」

「喋った」

「聞いてください。大事な話です」

真剣な顔で訴えてくる女は、確かに彼の目の前で豹から人へと変じている。

そしてその豹は、長く彼の傍に寄り添っていた存在なのだ。

何が何だか分からず、彼は近くのテーブルに寄りかかった。普通に立っていては眩暈を起こしそうな気がしたのだ。

「ルース」

「言ってみろ」

おそらくこれは夢だろう。

だが、何らかの理由があっての夢かもしれない。

ルースは「リグ」の頼みとあって耳を傾けた。女は清んだ声を上げる。

「昼の、ノイディアからの一団、彼らの情報をノイディア本国に渡さないで欲しいのです」

「またずいぶん具体的な頼みだな。どうした」

「どうしても。お願いします」

幻めいた空気にはそぐわない現実的なお願いだ。ルースは、自分がノイディア本国に伝令を出すべきかどうか迷っているからこそ、その迷いが反映されてこんな夢を見ているのではないかと思い至る。リグを見ると彼女は必死な顔だ。彼は頷いてテーブルから体を離した。

「分かった。どうせそう長くはいないようだし、それで構わん」

「ありがとうございます」

「で、お前は見返りに何をくれるんだ？」

悪戯っぽく彼が笑ったのは、この夢の状況が楽しいからだ。

リグとは言葉がなくとも通じ合えるが、言葉が通じるならそれはそれで面白い。

ルースは所在なげに立つ女の前まで歩み寄ると、尻尾を摑むようにその髪の一房を手にとった。

大きな黒い瞳がじっと彼を見上げる。

「見返りが必要ですか？」

「いや。お前の頼みなら要らない。既に充分過ぎるほどもらっている」

「なら何故」

「お前があんまり俺好みの女になるから。さすが付き合いが長いだけある。すごいな。……いや、俺の夢なら当然なのか」

「何ですか、それは……」

今まで彼の前に立った女は数多くいたが、その誰よりも今ここにいる女は鮮烈だ。

ずっと昔から知っていたような、ずっと探し続けて、けれど見つからないでいたような女。

それが夢の中でこうして目の前に立っている。まるで理想そのものだ。

ルースは白磁のような頰に触れた。長い睫毛が揺れ、リグがその手を見る。

気だるげな艶やかさ。月影によって塗り分けられた光と闇を彼女は内包しているようだ。

彼は黒髪から手を放すとリグの腰に手を回す。

「尻尾がなくなってる。残念」

「撫で回さないでください！」

嫌がって身をよじるさまは、姿が変わっても黒豹そのものだ。ルースは無性にこみ上げてくる愛しさに女を抱き締めた。

「お前がいてくれてよかった。ありがとう」

返事はない。見下ろすと彼女は多くを孕んだ複雑な目で彼を注視している。

だがその渾然（こんぜん）とした感情の中に、ルースは確かに自分への情を見出して微笑した。揺らぎのない愛情に充足を覚える。

リグの額に口付けると、夢とは思えぬ温かな躰が少しだけ強張った。

それが何だかおかしく——欲が刺激される。ルースは女を腕の中に閉じこめたまま囁いた。

「夢の中ならば何をしてもいいと思うか？」

「その発想は危険では」

「このまま目が覚めるのは惜しい」

後ずさりしたそうなリグを更に自分の方へと抱き寄せる。

彼女は諦めたのか、男の胸にもたれかかると小さく息をついた。濡れた紅い唇が開く。

「では、どうされますか？」

「お前にはもらいすぎるくらい多くのものをもらってきた。それを承知の上で聞くぞ？　お前は、お前自身も俺に渡す気はあるか？」

「差し上げます」

白くたおやかな躰を持つ女。華奢な肢体を明け渡されたルースは彼女を隅々まで調べたが、その美しい姿は間違いなく人間のものだった。

※

――すごい夢を見てしまった。

というのが、起きてからまず最初に思ったことだ。

一体どういう無意識が反映されているのか。リグが女になるなど突飛にもほどがある。

確かに十数年彼に連れ添ってきた豹なら妻役としてこれ以上の適任はいないだろうが、それを女にしてしまうという自分の発想が怖い。ルースは身の回りの支度を整えながら、何ともいえない脱力感を噛み締めた。

そもそもいつ寝てしまったというのだろう。記憶が捻れてよく分からない。

彼は部屋の隅で丸くなっているリグを呼んだ。黒豹は大きく伸びをすると彼の足下に寄ってくる。

「……まぁ、得をしたというべきなんだろうか」

呟きに、リグは目を丸くしてルースを見上げた。

その目に昨晩の闇色の瞳が重なって見える。幻としか言いようのない美しい女。

きっとああいう女は実際には存在せず手も届かないからこそ理想というのだろう。

それを夢の中とは言え一晩自分のものにできたのだから得は得だ。ルースはリグの頭を撫で回す。

「さて、じゃあ仕事をするか」

気分を切り替える一言を口にすると、リグは彼を先導して歩き出す。

そうして執務室に到着した彼は、けれどちょっとした夢の残滓に気づくことになった。

「ノイディアへの連絡はいかが致しますか」

イルドにそう問われたのは、ルースがいつもの仕事をいくつか終えた後のことだ。彼は夢の中のことを思い出しながら、窓辺にいるリグを見やる。

「そうだな……。罪人であった場合は問題だ。一度早馬を出して様子を」

そこで彼が言葉を切ったのは、寝そべっていたリグが不意にびくっと跳ね上がったからだ。

豹は急いで彼の足下まで跳ねて来ると、その膝をたしたしと叩き出した。まるで「話が違う」と言いたげなその姿にルースは一瞬、昨晩のことを思い出す。

「まさかな……」

あれは夢だ。夢でなければおかしい。豹が人に変じるなど聞いたこともない。だからリグのこの態度には、何か別の理由があるのだろう。彼は豹の大きな目をじっと見下ろす。

「いや、やっぱりノイディアには何も伝えない」

リグはそれを聞いて前足を下ろした。黒豹は心なしほっとしているようにも見える。ルースは内心首を傾げる。

「……というのは嘘で、ノイディアには早馬を出そうか」

黒豹はぎょっと顔をあげると、先ほどよりも強く男の膝を叩き出す。細く引き締まった豹の手で、じゃれあいよりも大分強く突きこまれるルースは少々痛みを感じたが、それよりも訝しさが勝った。

呆れ顔をするイルドの前で、ルースは「報告する、しない」を繰り返す。その度ごとに一喜一憂するように見える豹は、しまいに遊ばれていると思ったのか、そっぽを向いてしまった。

まるで人間くさい仕草に、ルースは腕組みして考えこむ。

「何だ何だ。訳分からんぞ」

「殿下、それで報告はなさるので……？」

より訳が分からないのはイルドの方に違いない。考えこんでいたルースは現実に引き戻されたかのように顔を上げると、部下の問いに「しない」と答えた。イルドは一礼して執務室を退出する。

部屋から他の人間がいなくなると、ルースは黒豹を振り返った。

——昨夜のことは、夢でしかありえない。

だが夢にしては、「いつから夢だったのか」よく分からないのだ。

ルースは黒豹を手招くと、大人しく近づいてきた豹に顔を近づけて問いかけた。

「お前、実は人間になれるのか？」

誰かに聞かれたら正気を疑われかねない問いに、豹は首を振っているとも傾げているとも分からぬ仕草を返した。ルースは前足を出させると、それらを二本とも持ち上げ、リグを無理やり後ろ足で立たせてみる。

「ちょっと人間になってみろ。俺しかいないから」

豹相手にかまをかけるという、自分でも正気を疑いたくなる言葉だが、彼は真剣な顔で口にした。

だがリグは二本足で立っているのが居心地悪いらしく困惑した顔で男を見つめてくるだけだ。

何が起こる気配もない。しばらくしてルースはリグの前足を解放してやると腕組みする。

「やはり夢か？」

現実なのかと一瞬疑ってしまったが、実際疑うのも馬鹿らしいくらいあり得ない話だ。

若干疲れているのかもしれない。ルースはこの件に関してそう片付けてしまうと仕事に戻った。

——彼が自身の認識を改めざるを得なくなったのは、その夜のことだ。


いつも通り仕事を終え私室に戻ったルースは、着替えもしないまま長椅子に座り、書類に目を通していた。日がすっかり落ちきってしまった時間。月光が生み出す影に、彼は書類を見たまま近くのランプの光量を上げようと手を伸ばす。

だがその指はわずかに届かない。ルースは改めて手を伸ばしなおそうとした。その時、誰かの指が先んじてランプのつまみをひねる。

「余所見（よそみ）は危ないですよ」

「ああ、悪い」

反射的に返事をして、だがルースはぎょっと顔を上げた。ランプの隣に立つ女を見出す。

「……俺はいつ寝たんだ？」

「言いたいことはそれだけですか？　昼のあれはどういう仕打ちですか」

昨晩と同じように白い躰に布を巻きつけただけの彼女は、だが表情を見るだに明らかに怒っている。おそらく昼間からかわれたことを根に持っているのだろう。彼女が本当にリグであるのならば。

ルースはしばらく考えこむと、無言で女を手招いた。手の届くところにくると白い手を引いて腕の中に抱き寄せる。そして嫌がる彼女の胸元を剝いで覗きこみ——そこに昨晩自分のつけた痕を見出した。理解を越えた事態に言葉を失くす。

「ルース！　放してください！」

「……意味が分からない」

「夜しか戻れないんですよ！　そろそろのみこんでください！」

「戻れない？」

ようやく男の腕の中を脱した彼女は、充分な距離を取ると息を整えた。批難の目で男を睨む。

「信じないのは構わないですけど、約束の反故はやめてください。噛みつきますよ」

「戻れないって。お前、そっちの姿が元なのか？」

長い黒髪に白磁の肌、闇色の目の美しい女。

それがずっと連れ歩いていた豹の本来の姿だというのだろうか。

ルースは今までの認識の大半をひっくり返されるような話に再び沈黙した。何とか思考を整理し、再び問い直す。

「どういう仕組みだ。そういう種族なのか？」

「違います。魔法の一種です」

「ああ、魔術なのか……」

見てみたいとは思っていたその力は、この大陸においては徐々に使い手の数が減り、今では稀少すぎるものとなってしまっている。西の大陸では当然のように浸透しているとも聞くが、こちらの大陸には滅多に魔術を使える人間は渡航してこないのだ。

それをひょんなことから目の当たりにすることになって、ルースは複雑な感情を抱いた。もう一度リグに向かって手招きするが、彼女は近づいてこない。

「今、非常に衝撃を受けている」

「確かに魔法の使い手は現状数少ないのですが、私は確かに」

「お前に分かるか？　ずっと一緒にいて油断して何でも見せていた相手が実は人間だったということの衝撃が」

「…………」

「どうしてくれよう。もっと恥ずかしい目にあわせてやろうか」

「やめてくださいよ！」

彼が長椅子から立ち上がると、リグは何かされると思ったのか後ずさった。

しかしルースは逃げ出す間を与えず彼女との距離を詰めると、軽い体を抱き上げる。顔を引き攣らせる女を至近から覗きこんだ。

「何で今まで人間の姿に戻らなかったんだ？」

「戻れなかったんですよ。最近ようやく力が緩んで戻れるようになったんです。夜だけですけど」

「おかげで十数年も俺は恥をかく羽目に……」

「そんなの知りませんって！　忘れましたよ、もう！」

「何が欲しい？」

「はい？」

唐突な話題の転換に女はついてこられないようだ。大きな目を丸くして彼を見上げる。

ルースはその闇色の瞳の奥底までを見つめた。

探るためではなく注ぐための視線。女の目に清澄な感慨が浮かぶ。

「お前が人間だったら、と思ったことは何度もある。お前に多くを返したいと思ったことはそれ以上だ。だが今は、せっかくお前が人間だと分かったのに、あんまり驚いて何をやればいいか上手く思いつかない。だから何が欲しいか言え。それをやる」

今の彼女であれば、どんな宝石や衣裳もその美しさを捧げるに足りるだろう。

貴族の姫のように着飾って、人々の羨望と憧憬を集めることも容易なはずだ。

だが実際のところルースは、リグが果たしてそのようなものを喜ぶのかどうか、まったく自信がない。月そのもののような清冽さを持つ彼女を飾り立ててみたい気持ちはあるが、それ以上に彼女が望むものを返したかった。

リグはじっと彼を見返す。

やがて白い小さな手が男の両頰に添えられた。闇色の瞳に、瞬間見通せない愛惜が広がる。

だが彼女はすぐに瞼を閉ざすと両腕をルースの首に絡めた。そっと躰を添わせて息をつく。

「欲しいものなんて、いっぱいありすぎて決められません」

「なら一つずつ言えばいい」

「もう少し、傍に置いてください」

掠れた語尾は、気のせいか泣いているようにも聞こえた。

何故彼女は魔術による制限を受けているのか、どのような過去を持ち合わせているのか、ルースは自分の知らぬ事々に思いを馳(は)せる。

しかしそれは、彼らにとってほんの一部でしかない。姿が変わり、形こそ違えど彼らは変わらず寄り添っている。そこに疑いはない。愛しいと、思うからこそ素直に口にできる。彼は抱き上げた温かな体に御しがたい感傷を抱いた。

そうしてルースはリグの頭をゆっくり撫でる。変わらない関係を再確認するような一時。彼はリグの背中を軽く叩くと「それは俺が嬉しいだけだな」と微笑った。

※

朝起きた時、彼女は既に元の姿を保っていなかった。寝台の隅で丸くなって眠っている。

姿が変わってから丸くなったのか、その前から丸かったのか、ルースは寝起きの頭で少し悩んだ。

彼は寝台脇のテーブルに手を伸ばし、そこに置いてあった紙を手に取る。

白紙であった紙には、黒い染料をつけた女の手形と署名が残されていた。意外にも綺麗な字で

「リグ」と書かれたそれを、彼はまじまじと凝視する。

「やっぱり現実なのか……」

世の中にはどうやらまだまだ不思議なことがあるようだ。

ルースはそう片付けるしかない出来事を自身に納得させると、残っていた染料を寝ているリグの前足に塗り、豹の足型も取ってみたのだった。

当然目覚めたリグには嫌な顔をされた。


王都の情報は、毒姫の事件以来絶えずウィリディス城にもたらされるようになっている。

その内容は北部国境の件も含め、現体制にとって芳しくない情報が過半数だったが、それを喜ぶべきか否か、ルースは割り切った判断を下せていなかった。積み重なる書類に目を通していきながら彼は眉を顰める。

「俺には権勢欲がないと、分かってもらえるのが一番なんだがな」

「まーだそんなこと仰ってるんですか、殿下」

乱暴に扉を開けて執務室に入ってきたのはラノマだ。男は手に持った封書を主君の目の前に置くと、開けるよう示した。

「ヴォルグ殿下からの書簡です。読んでみてください」

「兄上からの？」

懐かしい名前にルースは驚いた。

四人いる兄のうち一番年下のヴォルグは、ルースの記憶の中では最後に会った時の少年姿のままだ。無器用ではあったが誠実で平等だった兄。それは腹違いの弟に対しても変わりなかった。

ルースが手紙を開いてみると、そこには先日の暗殺未遂について彼を気遣う言葉が書かれており、王都の現状について簡単に触れた後、「何か困っていることがあったら言って欲しい」と締めくくられている。唐突とも言える好意的な内容に、ルースは手紙をもう一度読み返した。

「何だこれは」

「何だじゃないでしょう。殿下の兄君です」

「それは分かるが、何で急に手紙を送ってくるんだ？」

「俺がこないだのことを連絡したからですよ」

ラノマは面倒くさそうに言い切ると、机に両手をついてルースを見る。

普段飄々（ひょうひょう）と構えている男の両眼にはこの時、真剣に向き合うことを要求する意志が灯っていた。

主人を前にラノマは淡々と言を紡ぐ。

「これからのために王都には協力者が必要です。オレは宮仕えをしていた時、ヴォルグ殿下と話をしたこともありますが、王に比べてあの方は遥かにまともですよ。すぐ上のロド殿下もそうだ。あのお二人は、王やペール殿下なんかよりずっと王族としての意識を持ってる方たちでした」

現王の体制を批判しているとしか聞こえない話。それを聞いてルースはさすがに顔色を変えた。

眉を寄せて部下を見上げる。

「待て、ラノマ。何故そう急くんだ」

「急いてませんよ。遅すぎたくらいだ。領主連中にも今探りを入れています。誰が殿下にとって有益な味方になれるのか、一月も経てば一覧にしてお渡ししますよ」

「まだ戦を起こすとは決めていないぞ」

それは、とても一朝一夕で決められる問題ではない。

始めてしまえば、下手をせずとも国が大きく変わる。犠牲も多く出るだろう。可能ならもっと別の道を選びたい。そもそも突き詰めればこれは、単なる私怨の応酬ではないのか。

――そう考え、部下の焦燥を留めようとするルースの言葉に、だがラノマは一歩も引こうとはしなかった。目を細めて主人を見やる。

「殿下。あんたは確かにお優しい。だけど、ただ優しいだけの人間じゃないでしょう。あんたが持っているものは王の器だ。十四年前から今まで、この城であんたがどれだけ苦労したのか、オレは全部を知ってるわけじゃない。でも王都の下町だってひどい有様でしたよ。弱い者は死ぬしかなかった。オレはそこで泥水を飲んで育ったんだ。民が、優しい王を欲しがって何が悪い。あんたには王になれる血も、ふさわしい力も、そして気質も備わってる。それをもっと大勢のために使ってくださいよ。あんたの国はこの小さな城だけじゃあないんだ」

息を吐ききったあとの沈黙が、その場に落ちる。

使嗾（しそう）というよりも懇願、懇願というよりも理想を叩きつけるような言葉だ。

正面からぶつけられたそれに、ルースは無言になる。場に小さな空白が生まれた。

ラノマは顔を上げると、言いたいことはそれだけだとでもいうように踵を返し、堂々と執務室を出て行く。半ば呆気に取られていたルースは、部屋の空気が戻ると深く息をついた。前髪をかき上げ、窓辺にいたリグを見やる。

「言いたい放題だが……耳に痛いな」

確かに自分は、この城と荒野さえ守って大人しくしていればいいと思っていたのだ。

王に逆らわず許された分を守る。そうして己の「家族」を守る。

——だがそれは、王族としての義務の放棄でもあったのだろうか。

ルースは椅子の背もたれに寄りかかった。傍に来たリグの頭を撫でる。

「お前は覚えているか？　よくフィオナが言っていた。『みんなが幸せなら一番』と」

どのような場所にあっても、どれほどの苦境でも笑っていた少女。

彼女はこの城に生きる人々を「家族」と思って、その幸せを望んでいた。

だから誰よりも彼女の家族であったルースは、彼女を失った後、その望みを叶えることを第一と思っていたのかもしれない。復讐の念に駆られて仕方なかったのはたった三年間だ。その三年を乗り越えた後、彼は憎悪を別のもので塗り替えることを望んだ。

だが「みんな」とは、おそらく人によって意味する範囲が異なるのだろう。ラノマはそれを「この国の民全て」にしろと言っているのだ。

理想にも過ぎる、途方もない話だ。

そう簡単には諾と言えない話に、ルースは考えこむ。

時が止まって感じられる時間。寄り添った黒豹はその姿を無言でじっと見上げていた。

黒豹である彼女が本当の姿に戻るのは、月が荒野を照らす頃だ。
窓から見える月はいつもとまったく変わりがない。澄んだ夜空に縫い止められているかのような
それを、ルースは広い寝台から見上げた。彼は左手を伸ばし女の黒髪を梳く。
「リグ」
「はい」
「昼のラノマの話、聞いていたか？」
「聞いてましたよ」
俯せになっていた女は顔を上げる。
彼女は肘を突いて顎を支え、男を見つめた。黒い瞳に月光が映りこむ。理知的な双眸は一時間前
までの艶めいた表情とはまったく異なる。小さな紅い唇が澄んだ声を紡いだ。
「彼の言いたいことはもっともだと、私は思いますよ。王族とは民の上に立つ者ではありますが、
同時に民への奉仕者でもありますから。充分な役割を果たしていないのなら交代することはやむを
得ません。王族の中により適任者がいるというのなら、そちらと代わるのが無難でしょう」
思っていたよりずっと冷静な女の意見に、ルースは目を丸くした。視線を傾け彼女に返す。
「だがそれが俺か？　無理が大きければ犠牲も増える。西の方には民の代表者が政の主導を取って
いる国もあるというのに、乱暴すぎやしないか」

「民に政を任せられるのは富んだ国だけですよ。確かに民意は反映しやすいでしょうが、その分実行まで迂遠(うえん)になりますし、利害が多方面に迷走しやすいです。それに、民衆の中に充分な教育を受けている者が一定数以上いなければ、見識が足らずに悲惨な状況になることだってあります。王制はその分、政についての教育を王族に絞って執務の専門家を育てているんですから。本来優れた政を敷くことが当然なんです。なのに充分な働きができないのなら、費やした資源と時間の無駄にしかなりませんね。王を入れ替えたくもなります」

「……お前は面白いことを言うな」

王族を基本的には「贅沢に育てられた政治の専門家」と見ているらしい彼女に、ルースは軽く驚きつつも笑った。

確かに奴隷の母親から生まれた彼は、王家というだけで尊重される考え方に懐疑的だが、それでも彼女ほど実務的な考え方はしていない。むしろ彼は王族を「精神」だと思っているのだ。人々の生活を守るという義務を負い続ける精神。

そして、だからこそルースはラノマの言に迷うのだ。自分は果たして生まれた時に負った義務を充分に果たしているのかと。

リグは長い睫毛を揺らす。その睫毛に月光の粉が積もって見えた。

「あとは、短期間での改革はやはり優れた個人の主導によった方がやりやすいですね。その点貴方は元々王族で話が早いです」

「まだ他に兄がいる。俺と違って忌まれていない兄が」

「それはそうでしょうけど」

リグは寝台に両手をついて躰を起こした。白い肌の上を漆黒の髪が滑っていく。綺麗にできすぎていて今なお非現実を感じさせる女の姿を、ルースはまじまじと眺めた。

彼女は掛布を引いて体を隠すと、男の視線に気づいて小首を傾ぐ。

「どうしました？」

「お前、今何歳なんだ？」

「何ですか急に」

「いや。俺のところに来た時は仔豹だっただろう？　あれから十六年か？　もうちょっと年上に見えるんだが」

たおやかな肢体を持つ彼女は、ルースの見立てでは二十歳前後といったところだろう。そうなると豹にされたのは四歳の時なのだろうか。

だがそれにしては、仕草も思考も洗練されている気がする。持論はともかく、振る舞いはまさか男の彼から見よう見真似で覚えたとは思えない。ルースは密かに気になっている彼女の真の素性を探るように、視線をリグの上に走らせた。

「それに、お前には本当の名前があるんじゃないか？　リグとは俺がつけた名だ。元が人間なら本来の名前があるんじゃないか？」

気になっていた疑問に、彼女はけれど微苦笑しただけだ。

「本当の名前はそのうち分かりますよ。貴方の『リグ』は十六歳、それでいいじゃないですか」

「若作りと言うんだ、そういうのは」

「噛みつきますよ」

リグは彼の手を取って真珠のような歯を見せたが、ルースが笑うとその甲に口付けただけで手を放した。彼は女の躰を腕の中に引き寄せる。リグはけぶる睫毛の下で淋しげな目をしたが、すぐに瞳を閉ざした。

「理想を言えばきりがないんですよ。でも、あの人の気持ちは分かります。貴方を見ていると欲が出る……もしかして理想に近い現実を得られるんじゃないかって期待してしまうんです。勝手な願いとは重々分かってはいるんですが……」

「俺はそこまで優れているわけじゃないな。未熟過ぎて自分でも呆れるくらいだ」

ルースの苦笑は自嘲的なものではなく、偽らざる本音だ。リグはそれに気づいたのか躰をよじって彼を見上げる。

闇色の瞳の表面に霧のような翳がかかった。深すぎて見通せない夜に男の視線は引き寄せられる。

「本当に、ごめんなさい」

「何だ急に」

「ごめんなさい」

白い腕が首に巻きついてくる。そうして彼の胸に顔を埋めるリグを、ルースは訝しく思いながらも抱き締めた。すすり泣きに似た小さな呟きが聞こえる。

「ごめんなさい……もう少しだけ傍に……」

「気にしないでずっといろ」

力強い男の声に、彼女は答えない。

ただ温（ぬく）もりを求めるように躰を重ねて、そうして彼女は深い息をついた。

※

それから数日は、平穏だった。

城内の仕事をこなし街道の異変に気を配る毎日は以前と変わりがないが、夜になればリグと話ができる。それはルースにとって思った以上に張り合いになった。

彼女は博識で、城内のことについて全てを担うイルドと同じか、それ以上の受け答えをしてくれる。それだけではなく、大陸の歴史、国の作り方動かし方など、打てば響くように答えが返ってきた。彼女の意見には目新しい視点や古きを重んじる観点もあり、実に面白い。

「豹の手で本が読めるのか？」

「人の話を聞いていただけですよ。人は本になっていない本ですからね」

ルースが冗談めかして問うと、そんなことを彼女は嘯く。

毎夜彼女は新しい話をし、議論に付き合い、彼に新たな視点を拓（ひら）く。部屋に放置されていた駒遊びの箱を発掘し、遊び方を読み解いて、真剣に彼と勝負に興じる。

そんな彼女との時間が楽しくて、早く夜になればいいとさえ思うのだ。

ただ、今までと違うリグとの日々は、何故か時が止まっているようにも思える。豹であった彼女と長く一緒にいたためか、言葉と体を重ねるようになってからまだそう日は経っていないというのに、この関係がまるでずっと昔から続いてきたように感じられる。

長い間連れ添ってきたような安堵感。

ただその感覚は考えてみれば当然のものだ。常に彼の傍にいた影との関係性が少し変わったというだけで、事実彼女は夜にしか女にならない。

彼は隣で眠ってしまった女を見下ろす。

「リグ」

名を呼んで、頭を撫でる。

それは豹である時と変わらない親愛だ。ルースは女の肩に口付ける。

だが眠りの浅い彼女はそれだけで目が覚めてしまったらしい。黒い瞳を薄く開いて彼を見上げた。

「ルース……」

「何だ。寝てていいぞ」

彼は微笑して彼女の髪を撫でたが、リグは少しも笑わなかった。闇の深淵(しんえん)が男を見つめる。

「ルース、もうすぐ手紙がきます」

「手紙?」

「時間が……」

女はそこで再び目を閉じた。疲れ果てたかのように寝台に沈みこむ。再び寝息を立て始める彼女をルースはまじまじと注視した。

「寝言か？」

問おうにも当の本人は眠ってしまっている。

ルースは苦笑して女の肩に掛布を掛けると、その華奢な体を抱きこんで目を閉じた。

※

ウィリディス城の執務室には余分なものは何もない。城の主人であるルースの机と、部下たちが作業に使う机が一つずつ置いてあるだけだ。あとは書類棚と出窓しかない。

その出窓に寝そべっているリグに向かって、手の空いたルースは羽箒(はねぼうき)を振っていた。誘うように羽の先を上下させる。

「リグ、ほらほら」

男の声に、黒い豹はわずかに顔を上げただけで横を向いてしまった。つれない態度にルースは残念そうな顔になる。前はこれをやってやると目を輝かせてじゃれついてきたものだが、今はそういう気分ではないらしい。彼は羽箒をしまうと机に頬杖をつく。

「さて、どうするかな」

何となく口をついて出た言葉は、彼自身無意識のうちに発したものだ。

己の発言を聞いてルースは改めて考えこむ。

今現在、彼と現王の関係がよくないのは、半ば一方的に王が彼を嫌っているためだが、それに対して反旗を翻すことが正しいのかどうか、どうしてもふんぎりがつかない。復讐心に駆られていた十年近く前であれば、もっと簡単に決心をつけられただろうが、自分だけのことではない。私怨でことを起こすのはやはり違うだろう。

そう考えると決断に迫られつつあるのが「今」でよかったのかもしれない。ルースは寝そべる豹の毛並みを眺めた。

言葉なく思考だけが動く時間。だがそんなぼんやりした時間も、扉を叩く大きな音で中断される。

「どうした。入ってこい」

この叩き方からして危急事かもしれない。

そう思って入室を促したルースは、駆け入ってきた部下の話を聞いてさすがに啞然となる。

王からの先手とも言える一手――それはルースに「北部国境へ異動し、隣国との戦闘指揮を執れ」と命じるものだった。

「やられたな」

王からの書簡を読み終わると、ルースはそれだけを感想として述べた。開いたままの手紙を机の上に投げ出し、側近たちにも目を通すよう示す。

正式に使者を立ててもたらされた命令は、今までの蟠りを捨て腹違いの弟を抜擢（ばってき）しようなどというものではないことは明らかだ。むしろ王からすれば「敵同士をぶつける」に等しい方策だろう。

その証拠にウィリディス城の部下は全て残し、ルースは一人で北部砦に着任するよう、書簡には書かれている。彼と、彼の武力を引き離そうとする命令に、側近たちはみな怒気を顕わにした。

最後に書簡を手に取ったラノマは、それを丸めたそうな表情で机の上に戻す。

「こんなの聞く筋合いないですよ。殿下を無力化させて捨て駒にしようっていうのが見え見えです」

「だが、聞かなければ聞かないで王の命令に反したとして処罰を受けるだろう。どちらに転んでも王に損はないというわけだ」

忌々しさを噛み潰したかのようなイルドの指摘に、一同は苦い顔になった。

嫌悪感が着実に室内の水位を上げていく中、ルースはもう一度書簡を取り上げる。

この書簡によって先手を打たれてしまったことはもはや決定的だ。これでルースに残された逡巡の時間はわずかになってしまった。少しずつ時間をかけて味方を増やしていくという手段はもう使えない。

王に従うか反するか――ルースの決断はまもなく王都にとって周知のものになる。

そうなるしかない。既に彼は岐路に立たされているのだ。

思考の海に漂う主人にヴァーノンが躊躇いながらも言をかける。

「この城の後任に誰が当てられるにしろ、今の状況を維持できるとは思えません。これはおそらく我々をも同時に排除しようとの動きなのでしょう。命令を受諾していいことがあるとは思いません」

「しかし今、王都軍と戦うのはきつい。あちらには砲撃兵器もあるでしょうし」

ここ二百年ほどで急激に発達してきた火薬を使用する砲撃兵器は、しかしまだ全ての軍に潤沢に浸透しているわけではない。製造には費用がかかり、運搬・整備などの扱いや手入れも面倒とあって、王都軍など大規模な軍に少数配備されているのみだ。

動きが鈍重である代わりに遠距離かつ高威力の攻撃ができる砲撃兵器は、今のところそれらを持たない軍からは戦況を容易く変えてしまう新兵器として忌み嫌われているが、ほぼ騎兵のみで構成されるウィリディス城の軍に対しては、機動力の差からそれほどの効果を発揮しない。

だがそれも、お互い同程度の兵数で戦場に布陣し戦う場合の話であって、圧倒的な兵力差を盾に包囲後の攻城戦に持ちこまれれば、城壁自体が砲撃によって破壊されてしまう。

ラノマが苛立たしげに舌打ちをした。

「内容を聞くより先に使者を殺しちまえばよかったのに」

「そんなことができるか、国王の勅使だぞ」

「死体を完全に処分して、賊にでもやられたことにすればよかったんだよ。何だって素直に使者を帰したりしたんだ」

どちらも選べない選択を迫られた彼らはそれぞれ、見通しの悪い未来に思考を走らせる。

そんな中ルースは「少し考える」と話を締めくくると、椅子の背に体を預け天井を見上げた。

リグが姿を変じるのは、残照さえもすっかり消えうせた後、月が青い空を照らし始める頃だ。

この夜もそうして人に戻った彼女に、ルースは黒い絹服を差し出した。驚く彼女に着てみるよう示す。装飾は少ないが、質のよい生地でできた衣装は、彼女の髪と目の色にあわせたものだ。

ルースは背中の小さな鉤(かぎ)を留めてやると、前に回ってリグの姿を満足そうに見定める。

「急ごしらえだが、ちょうどいいようだな」

「というか、ぴったりです。どうしてこんなにぴったりなんですか？」

まるで採寸したかのように細い体に沿うドレスにリグは呆れ顔になったが、細かい注文を出した男は笑っただけで答えない。ルースは酒瓶と盃を二つ出してくると、手ずから自分の分と彼女の分を銀の盃に注いだ。テーブルに向かい合って座ると、女に盃を勧める。

「飲めるんだろう？」

「飲めますけど」

「なら飲め。一度お前とこうしてみたかった」

琥珀(こはく)色の酒は年月の深みを感じさせる味がした。二年前、城を訪れた隊商から捧げられた一瓶を、二人はしばし無言で味わう。

椅子に腰掛けた女の白と黒。妖艶とも清冽ともつかぬ彼女の貌をルースはただ眺めた。

「お前は、俺が北に行くといったらついて来るか？」

「豹をつれて来てはいけないと、記されていませんでしたからね」

当然のように答える彼女に男は笑った。断たれない絆と感情が胸を温める。そしてその分、ほろ苦さが澄んだ酒の中へと落ちていった。

「だが、俺が死んだらお前も危ない」

「死ぬつもりがあるのですか？」

「殺すつもりがある奴はいるだろうな」

盃を空けると、彼はそれをテーブルへと置く。木と銀が触れ合う固い音が、暗い部屋でやけに響いた。男の視線は空の酒盃の上を行き過ぎ、美貌の女へと注がれる。

「リグ、お前はここに残れ。後のことはネズとヴァーノンに頼む」

「何を……」

「今、無理に王に反しても何もできずに叩き潰されるのがおちだ。だったら少しでも可能性がある方を俺は選ぶ」

謀殺される可能性は高い。

だがそれは、反乱を起こして城ごと蹂躙されるよりも、希望がある選択だ。どのような環境でも生き抜いて好機を待つ。それはルースがこの十数年ずっとやってきたことなのだから。

リグは闇色の目に険しさを湛える。感情を抑えた声が小さな唇を滑りでた。

「それと私を残していくことにどういう関係が？」

「お前を死なせたくない」

――彼女は、ルースが初めて持った「特定の女」だ。

ずっと傍に置いておきたいと思った女。そして奇しくも昼は豹の姿を取っていることで、彼女は刺客の目から逃れられている。

だがそれもこの城においての話だ。北へ異動すればどうなるか分からない。毒姫の件を考えても、ルースが危険な状況にあってリグが無事で済むとは限らないだろう。それはどうしても避けたい。

彼女は何を考えているのか、ただ沈黙している。

月光に映える肌、蒼白く繊細な姿を、ルースは穏やかな愛情を以て見つめた。手招きをするとリグは向かい合わせに膝の上に乗ってくる。軽く触れるだけの口付けを交わし、彼は女の頭を撫でた。

「その前にリグ、お前はどうすれば完全な人間に戻れるんだ?」

「何ですか急に」

「できるなら離れる前に、日の光の下でお前を見てみたい」

それは紛れもなく本音で、だが方便の一つだ。

夜にだけ咲く花。その彼女を日の下にも連れ出したい。

自分の隣にいるなら危険を呼びこむことにしかならない変化だ。ただ、彼女を手放すなら別だ。

月下でのみ解放される女に、本来の自由を与えたい――それは彼の度し難い欲だが、自分の傍から離れるなら叶えられる。何より、ルースはリグに「何か」を返したかった。今までもらったものに少しでも足るように何かを贈りたい。或いはその「何か」とは魔術の打破ではないだろうか。

「リグ」

大きな手が女の頰に触れる。彼女はその手の上に自分の白い手を添えると目を閉じた。

「リグ、どうすれば戻るんだ?」

「ルース」

彼女の声はこの時、とても遠くから響いているように聞こえた。

清んでいながらも底の見えない海。それは、夜に広がるのであれば当然のことだ。答えを待つ男の耳に、彼女は唇を寄せ囁く。

「ルース、もう少し待ってください」

「待つ？　何をだ」

「時を」

リグは顔を離すと鮮やかな笑顔を見せた。少女のような嬉しそうな顔。それはまるで何にも束縛されていないようにも見える。魔術のことなど気にするなとでもいうのだろうか。

ルースは彼女の答えに眉を顰めかけたが、すぐにかぶりを振った。苛立ちの萌芽さえ追い出して女の髪を撫でる。別れが間近に迫っているのなら、彼女を責めることはしたくない。与えたいものはもっと別のものだ。

男は彼女を抱き上げると白い額に口付けた。限られた時を分かち合う行為。だがこの時ルースは、「彼女」を知って今が何日目の夜であるのか、はっきりと思い出せなかったのだ。

※

――夢を見なくなった。

単に覚えていないだけかもしれないが、起きた時、何も記憶に残っていないことは確かだ。

ルースは寝台から体を起こすと辺りを見回す。

違和感を覚えたのは、まだ夜が明けていないにもかかわらず傍らに彼女がいなかったからだ。

「リグ?」

名を呼んでみるが、広い部屋に動くものは見えない。

ルースは訝しく思いながら服を着ると、彼女を探すために部屋を出た。夜の廊下を歩いていく。

——追われる人生を送っている、との認識は認めたくはないがやはり事実だろう。

王の戯れによって生まれたルースは、生まれてから最初の十数年を王宮の片隅で過ごした。詰めこまれる学と武、そしてそれらの隙間を縫ってくる中傷や嫌がらせ。子供であった彼は母の立場を守るため、休む間もなく追われるような日々を過ごしていた。

だがその母も、父の死と共に死んだ。

悲しかったが、悲しむものではないということも分かっていた。リサイでは王が死んだ時、寵姫が一人共に葬られる。その寵姫に母が選ばれたのは、彼女の立場の弱さのためであったろうが、彼女はむしろそれを喜んでいた。残していく息子へしきりに謝って、それでも母は笑顔で毒杯をあおったのだ。その笑顔が偽りではないと分かったからこそ、ルースは母の死に納得した。

そして続く十数年もまた、ルースは追われる人生を送っている。

彼にできることはただ、限られた選択肢の中でもっともましなものを選ぶことと、全てを投げて諦めてしまわないことだけだ。

望んで踏み出して選び取った道ではない。多くの人間がそうして不自由な中でささやかな自由を守るように、彼も最低限自分の手の届く範囲だけを守ってきたのだ。

ただ、次の転機はまもなくやってくる。またも追われてその中へ飛びこんだ後は、何を見ることになるのだろう。ルースはぼんやりと思考しながら夜の城で女の姿を探す。

そうして城内を行く彼が、リグの姿を見つけられたのは偶然ではない。頭の片隅で「ノイディアには連絡しないで欲しい」と懇願してきた女の言葉を覚えていたからだ。

まさか、と思いながらノイディアの人間たちを入れた部屋の方を探しに行ったルースは、そのうちの一室の前に彼女の姿を見出し、顔を顰めた。鍵を開けているリグに背後から近づくと、その肩を無言で摑み、体ごと近くの壁に押しつける。

「何をしている」

「ル、ルース」

「ここで何をしていると聞いているんだ。俺が寝ている間に何をやっている」

鋭い言葉に怒気を感じ取ったのか、彼女は少し青ざめた。動揺する闇色の瞳をルースは睨む。

「服を作ってやったと思ったらこれか。自由にしたいのなら俺がいなくなるまで待てばいいものを」

「違います、これは——」

「なら中の男に何の用がある？」

押さえつけられている肩が痛むのか、女は眉を寄せた。だがそれが分かっても力を緩めることができない。ルースは自分が御しがたい怒りに駆られていると気づくと、手を離して一歩退いた。その手で自分の額を押さえる。

――初めて人に変じた彼女を目にした時も、「リグ」に対する信頼は揺るがなかった。

その存在を、親愛を、疑ったりはしなかったのだ。「リグ」をそういうものとして受け入れた。

しかし今、ルースはその信頼が脆く崩れ去ったかのように、彼女に対して苛立ちを抱いている。

己の内を焼く感情が一体何なのか、思い当たった彼は自嘲ぎみに溜息をついた。

これはおそらく「嫉妬」だ。

隠れて別の男のところへ行こうとした彼女の行為に、裏切りを感じて憤っている。

つい数時間前は彼女の命を優先して城に残そうと思っていたにもかかわらず、その彼女が別の人間に寄ろうとしているのを見て、感情を抑えきれなくなってしまったのだ。

まったく子供じみた有様で、分かってみれば自分でも呆れてしまう。ルースは片手で顔を覆うと波打つ精神を落ち着けようと試みた。

「ルース……」

「少し黙ってろ」

リグが豹のままであった頃にはこのような感情は抱かなかった。むしろその自由を尊んで、好きなようにさせていたのだ。だが今、彼女にそれを許せないということは、「リグ」に抱く感情が変わってしまったということなのだろう。

「リグ、来い」

手を伸ばすと、彼女は大人しくルースの腕の中に収まった。

しなやかな温度。焦げ付くような感情を呼び起こす存在に、ルースは肺の中の空気を吐き出す。

「……悪い。かっとなった」

その思考、姿、淋しげな目、嬉しそうな笑顔、捧げられる温かさ。自分に向けられる一つ一つがひどく貴重なものに思える。大事で、他には渡したくないと思う。

そんな感情は、家族へ抱く親愛とはまったく違う。ルースは天井を仰いだ。

「参った。女に惚れたのは初めてだ」

「……それは私が『リグ』だから、ですか？」

「お前がお前だから、だろうな」

率直に返すと、何が琴線に触れたのかリグは顔を赤らめてうつむく。稚さを感じさせる反応、愛らしい姿を見てルースは腕に込める力を強めた。

彼女を手放したくない。傍に留めおきたいと願ってしまう。――叶うなら危険を冒してでも。

「まったく……欲をかきたくなってくる」

「北に行かなければいいんですよ」

「無茶を言うな」

「無茶じゃないです」

リグは体を捻って彼の腕から脱すると背後を見た。まるで示し合わせたかのように扉が開く。

そういえば彼女は鍵を外していたのだとルースが思い出した時、戸口には一人の男が現れた。

やけに好戦的な少女を留めていた男――武人らしい鍛えられた体を持つ男は、廊下に立つ二人に気づくと目を見開く。灰色の瞳が女を捉え、そのまま固まってしまった。

「まさか……アルタ・ディティアタ？」

聞き覚えのない単語だ。ルースは怪訝に思って首を傾けた。

男の視線は真っ直ぐにリグを向いている。掠れた声の問いに、彼女は驚くことなく無言で頷いた。

彼は雷に打たれたように立ち尽くす。

「どういうことだ？」

ただならぬ事情があるらしき二人の様子を見て、ルースはリグを抱き寄せながら問うた。

腰に手を回された彼女は苦笑して男を見上げる。

「つまり私は元々、ノイディアの生まれなんですよ」

「は？」

山に囲まれた国、青い森を持つ神秘の国。隣国でありながら全貌が知れぬ国のことを、こうしてルースは意外なきっかけで知ることになったのだ。


――アルタ・ディティアタ。

それはノイディアにおいて、魔術を操り神の言葉を伝える預言者を意味している。

基本的には世襲制の神官職とされているが、実際のところは魔術の力を保つため、外からの養子も多く迎え入れられているらしい。

中でも「彼女」の母親は西の大陸から渡ってきた人間で、強い力を持っていたのだという。

その母親が神官である男に娶られて生まれたのが「彼女」だ。

ルースは目の前で丸くなっている豹の背中を撫でる。

「シェライーデ」

それが彼女の本当の名前なのだという。本来ならば父の後を継いで神職となっているはずの娘。

その彼女が何故豹になってリサイにいるのか、ルースは問い質したが、はっきりとした回答はもらえなかった。ただそこには彼女自身の力と、今現在ノイディアを支配している人物が関わっているらしい。

ノイディアから来た男は、自国の状況について語る。

「元々ノイディアは、王とアルタ・ディティアタによって治められる国なのです。アルタ・ディティアタが神の言葉を聞き、それを王に伝え統治が為されます。それら預言はほとんどが天候に関するものですが、民が抱く神職への信頼は篤く、政以外でも大きな影響力を持っているのです」

男が閉じこめられていたのは、この城に多くあるただの小さな部屋だ。外から鍵がかかるようにはなっているが牢と言うわけではない。室内は簡素な寝台と小さなテーブル椅子が一つずつあるだけで、タウトスと名乗る男が椅子に、ルースとシェライーデは寝台に座っている状態だ。

タウトスは深刻そのものの表情で続ける。

「しかし大貴族の一人であり、古き信仰を批判していたルクサはこの体制が気に入らなかったのでしょう。ある日王の甥をそそのかして陛下を弑逆し、子飼いの者たちを使って城を支配すると、あっという間に国の実権を握ってしまいました」

それは皮肉を込めていうならば、リグが言っていた「有能な個人による短期間の改革」にあたるのだろう。ルクサは城と同時に、神職とその周囲の人間たちをも襲い、完全に無力化した。そして城からからくも逃れた武官や文官に追っ手を出し、それを何とか振り切った人間たちが、ウィリディス城に現在滞在している人間たちだというのだ。

事情を話し終わったタウトスは、自分が武官であることを告げると、怪我が治り次第ノイディアに帰ると締めくくった。ルースはその言葉に驚いて男を見返す。

「帰ってどうするんだ？　捕まるだけじゃないのか」

「ノイディアも、全ての体制が綺麗に入れ替わったわけではないのです。傀儡の王甥が暴虐をふるっているため民は怯えて暮らしておりますし、国の南方にはまだルクサの手が及んでいない砦があります。そこに残る軍と合流して王都を奪還できれば元の平穏が取り戻せるでしょう。それには王都の土地勘がある我らがいた方がいいのですが……」

追っ手に追い回されたことで、南方に向かっていた彼らは東の山を下り、リサイとの国境を越える羽目になった。運良く今はウィリディス城に保護される形となっているが、本音を言うなら一刻も早く国内に戻りたい。だがそれには山を越える体力を取り戻さなければならない——そんな煩悶を見せる男を前に、リグはルースを見上げた。

「ルース、考えるに値しないというのなら怒ってくださって結構です。ですが私はやはり、祖国が大事ですし、今回のことは黙っていられません。そこで貴方に提案します」

運命を語るにふさわしい声。その声が彼に問う。

「もし、この南西国境で国同士の戦闘が起こったなら。それでも王は貴方を、ここから引き剝がそうとするでしょうか？」

夜よりも深い闇色の瞳が彼を見つめる。彼女の意図するところを理解したルースは、思いもよらぬ第三の道に瞠目すると……改めて己の岐路に向き合うことになったのだ。

※

広間には貢物の数々が並べられていた。その前で頭を下げる隊商の長の姿は、ルースにとって既に見慣れた光景の一部だ。特別な感慨を抱くこともなければ、そこに驚きがあるわけでもない。

彼は椅子の肘掛けに寄りかかりながら、行商の一環として広げられていく品々を見下ろす。その中にふと初めて見る果実を見つけて興味を抱いた。大皿に積まれた小さな実を指差す。

「それは何だ？」

「チチルといいます。南の国で取れる甘い果物でして。これは乾燥させてあります」

「少し買わせてもらおう」

「かしこまりました」

『城主を北部国境に寄越せ』との選択を迫られたウィリディス城には、この日もリサイの王都へ向かう一団が訪れている。ランバルド方面から来てリサイを通り、東へ向かうという一行は、今までも何度かこの城を訪れたことのある顔馴染だ。最初に出会った時、彼ら商隊は賊に襲われており、そこをルースに救われたせいか長は彼に好意的だ。城を訪ねてくる度に珍しい物を贈ってくる。

ルースは、試食用として小さな皿に果実を受け取ると、一粒を椅子に座るリグへと与えた。そうして自分も口に入れ、初めての味を楽しむ。

「どこの国で買ったんだ？　珍しいものなのか？」

「クカという小国でして。今までは立ち寄ったことのない国だったのですが、いつもと違う街道を選びましたので、そこを通ることとなりました」

「街道を変えた？　何故だ」

「ノイディアを避けたのです」

長の言葉にルースはそ知らぬ顔で頷く。

そもそも話の切っかけにと思って果実を買ったのだが、ちょうど関係する話だったようだ。彼はリグが鼻をこすりつけてきたので、もう一粒を豹の口に押しこんだ。

「そういえばノイディアが商人を締め出していると聞いたが、事実なのか」

「そのようでございます。一時期は武器や人を集めている方がいらっしゃいましたので、きなくささを感じていたものですが、内部で何かが起こったのやもしれません」

「ほう？　面白いな。どんな人間なんだ？」

長の口ぶりはまるでその人物を実際知っているようだ。ルースが水を向けると、彼はにっこりと如才ない笑顔を見せた。

「さて、どのような方でしたでしょうな。最近年のせいか記憶が曖昧でして。――レン、来なさい」

「はい」

呼ばれて進み出たのは十代後半の少女だ。舞姫見習いといった様相の彼女は見目も愛らしく、しかし年齢以上の艶めいた目で微笑んだ。

彼女はルースの前に立つと流麗な仕草で礼をする。その様を彼は苦笑して眺めた。

「情報を夜伽の女ごと売る」という手法はよくあるものだ。閨房内であれば怪しまれずに内密の話ができる上、はじめから女に伝える情報を制限しておけば、意図した以上のことを洩らしてしまう心配もない。女自体を貢物として加える意味もあり、隊商や旅芸人など一つところに留まらない者たちがしばしば取る手段だ。

しかしルースはそれを分かった上で、長に軽く手を振った。

「いい。女は間に合ってる」

「では……」

「それよりお前と話がしたい。秘蔵の酒を開けよう」

直接話が聞きたいとの要求に、長は一瞬探るような目をしたが、すぐに笑顔に戻った。

「わたくしでよろしければ。お相手を務めさせて頂きます」

長はそう言って頭を下げる。機を見るに敏な商人であるからして、ルースと取引をする気になったのだろう。情報料は高くつくかもしれないが、今はとにかくそれが必要だ。ルースはリグを伴うと長を自室へ招く。

そうして酒瓶が空になるまでの時間をかけてルースが得た情報は、半分が既に知っていたことの裏づけで、もう半分が新たな事実だった。下がらせた隊商の長と入れ違いに、ヴァーノンとラノマ、そしてノイディアの二人を部屋に招き入れた彼は、かいつまんでそれらの情報を伝える。

一通りを聞くとヴァーノンは感心したかのように声を上げた。

「ルクサという男はずいぶん辣腕のようですね。それだけ素早く国を乗っ取ってしまうとは」

「どうせノイディアの人間が平和惚けしてたんだろうよ。地の利に頼ってほとんど攻めこまれたこともないんだから」

「なんですって⁉」

祖国を揶揄され立ち上がったのはノイディアの少女だ。エナという名の彼女は、神職の一族としてこの場に呼ばれたのだが、どうも血の気が多い性格らしい。隣のタウトスに窘められ座らされる。

ラノマはその反応を鼻で笑う。

「殿下、まさか女は間に合ってるって、この頭に血しか詰まってないようなガキが相手じゃないですよね」

「……その形容はともかく、違うな」

「ですよね。殿下の好みってもっと大人びてて場を弁える頭がある女ですもんね。あと黒髪がお好きでしょう」

「何でお前がそんなことを把握してるんだ？　あとどさくさに紛れてあてこするのはやめとけ」

「なんって失礼な男なの⁉　これだから剣しか能のない野蛮な人間は嫌なのよ！」

「エナ、お前も失礼だ……」

ラノマとエナは睨みあったまま、場の空気を完全におかしなものにしてしまっている。これでは協力するどころかまず話が進まない。今にも立って口論を始めそうなラノマをヴァーノンが、エナをタウトスがそれぞれ引き剝がそうとした。

ルースが軽く溜息をついて、部屋の奥に声をかける。

「シェライーデ、来い」

暗い室内によく通る響き。

男の呼び声に応えて、闇の中から一人の女が現れる。

長い黒髪に同じ色の服を着た彼女は、闇色の目で一同を見回すとルースの隣に立った。

月光をそのまま人の形に閉じこめたかのような存在。波立った場が一瞬にして収まる。

大きな双眸は、波紋のない闇夜の湖と同じ静謐さだ。彼女の存在を知らなかったウィリディス城の二人、ヴァーノンは啞然として彼女を見つめ、ラノマは口笛を吹きたそうな顔になった。

男たちがそれぞれの沈黙を守る中、エナだけが顔色を変えて飛び上がる。

「アルタ・ディティアタ！　本当にご無事で……！」

感極まって飛びつきかねない少女の言葉に、シェライーデは微苦笑を返した。その彼女の体をルースは抱き取ると隣の椅子に座らせる。

「さて。じゃあ話をしたいんだが、いいか？」

この場で一番の決定権を持つ男の言葉に、全員はようやく姿勢を正した。

こうして国を異にする数人は、利害をすり合わせるために秘された談話を開始したのだ。

――隊商の長がもたらした情報は、ノイディアを強行支配したというルクサの人となりと買い集めていた軍備、そして現在の街道封鎖状況だ。

五十代も半ば過ぎでありながら怜悧な若々しさを持つというルクサは、権勢欲に滾って国を乗っ取った、というより非常に進歩的な考え方の持ち主で、常々神職頼りのノイディアの体制を否定していたらしい。今回のことも三年近く前から準備を整えていたらしく、それを聞いてエナとタウトスは驚きを顕わにした。

「まさか……まったくそんな素振りはなかったわ」

「お前たちがぼんくらだから気づかないいんだろ」

「ラノマ！」

横合いからヴァーノンに脇腹を殴られ、ラノマは声も上げずに悶絶する。

その様をシェライーデは何とも言えない表情で見やったが、あえて流すと話を再開した。

「ノイディアでは貴族は政にほとんど関わりませんからね。自分の領地にこもっていれば、何をしているかは広まりにくいんです。それでもルクサが度々陛下の甥に接触していたという話は、密かにですが噂になっているようでしたよ。その結果が今回ですから。無用心だったのは事実ですね」

「アルタ・ディティアタ……」

本来は現職神官ただ一人を指すその称号は、ルクサの反乱でシェライーデの両親も犠牲になったため、今は必然的に彼女を指す言葉となっている。

シェライーデ本人は幼い頃、彼女自身の魔力を使ってルクサに魔術をかけられ国を追い出されたというのだから、ルクサへの警戒心の薄さに思うところもあるのだろう。彼女は白い指でこめかみをつつく。

「こう言っては何ですが、私はルクサの考え方自体は賛同できるんですよ。ノイディアでは神職が重要視されているといっても、その力が外部の血に頼らなければ保てないことは事実ですから」

「でも、アルタ・ディティアタ」

「まあ聞いてください。神職の政からの離脱はいずれ必ずノイディアに訪れる変化なんです。神職には預言の力もほとんど残っていない。代わりに学問によって天候予測を立てようという動きがありますが、それも完全ではないです。やがて皆もそのことに気づくでしょう。そうなればもはやアルタ・ディティアタが今の位置に居座り続けることはできない。ノイディアには新しい体制が必要となってくるはずです」

「それがルクサの行った改革だというのですか？」

動転する少女よりも、タウトスはずっと冷静であるらしい。

シェライーデは男の相槌に苦笑した。

「ルクサの選んだ手段は、速度を重視し他を無視した手段です。たとえば彼の手腕であれば、傀儡を使わず国政を支配することもできたと思うんですよ。でも実際は傀儡が立てられ、今まさに暴虐を振るっている。……これはどういうことだと思いますか？」

女の問いにルースが答える。

「民自身に今の王家を捨てさせようということか？　無茶なことをするな」

「無茶だと私も思います。ですがその可能性が一番高いです」

王の無能さと圧政を存分に味わわせ、その後に王を廃し自らが支配者の座につく。政の手腕に自信があるのなら、ルクサは圧政からの解放を行い、傀儡との差を以て民の支持を勝ち取ることができるだろう。汚名は傀儡に着せてしまえば済む。そして改めて、政から関係ない位置に信仰を置き、見せかけの尊重を与えればいいのだ。暴虐によって国は一時的に疲弊するだろうが、民の意識を強引に変えさせるには手っ取り早い手段だ。

ルースは頷くと、シェライーデの髪を引いた。

「それで、お前から見てルクサのやり方はどうだ？　満点を与えられるか？」

有能な個人による改革。その一つである今回の件は、彼女の評価を得ているのか。

恋人の意を問う言葉に、彼女は辛辣な微笑を浮かべた。

「論外です。壺の水を変えるために中の魚を殺してしまっては意味がない。ルクサは傀儡に暴虐を許した時点で、民の上に立つ資格がありません」

きっぱりと言い切ると彼女はテーブルの上に手を伸ばした。広げられた地図、その上に駒の一つを乗せる。

「だからこの際、彼の出番を削ってやりましょう。あつらえられた舞台、私がもらいます」

彼女が軽くつついた駒は王に相当する黒い石だ。それがノイディアの王都に置かれたのを見て、ルースは不敵に笑った。

※

ノイディアは山と森に囲まれた国で、国内に入るには森の中に切り拓かれた幾本かの道を使うしかない。そのため国内外を行き来する旅人や商人たちも街道を使うのが常で、これらの道から離れた場所がどうなっているかは他国にほとんど知られていない。

そんなノイディアの地図をテーブル上に広げられたルースは、好奇心を浮かべてそれを隅々まで見やった。地図を描き出した女の頭を撫でる。

「お前、面白い才能あるな」

「いいからちゃんと覚えてください。ここがウィリディス城、こっちが現在封鎖されてる街道です」

今は封鎖されている街道は、国境の上で三叉路になり、南に向かう道がランバルド、東に向かう道がリサイへ延びている。

旅人や商人は常日頃、主にこの街道を使って国々を行き来しているのだが、ノイディアの王都も通るこの道は今や山の中ほどで検問が敷かれ、許可なき者の通行が禁じられているらしい。

それは国内から人を逃がさぬため、また不安定な今の情勢を外に洩らさぬためのルクサの指示なのだろうが、既に中の状態を知ってしまっている彼らにとってはさほどの意味はない。

シェライーデは、封鎖箇所の大分手前から南西へと枝分かれしている一本の道を示す。

「今回はこちらの道を使います。この先は南の山に直接伸びていて、途中の石門を越えて山を登ってしまえばその先に砦があります」

「そこがタウトスたちの元々の目的地というわけか。駐留している軍は信用できるのか？」

「できます。元々ここを任されている将軍は、陛下への忠誠が篤くアルタ・ディティアタとも懇意です。逆にルクサの思想には難色を示していたので、今回のことには協力的でしょう。今は一応王族が玉座にいますから、自分たちだけの判断では動けないのでしょうが、私たちがいれば話は変わってきます」

「どう変わるんだ？」

「エナ」

シェライーデに名を呼ばれて、少女は腰が浮き上がらんばかりに飛び上がった。動揺する彼女にシェライーデは「持っているんでしょう？」と促す。

「あ、はい！」

彼女は懐から厳重に封印された封書を取り出した。それを受け取ったシェライーデは封印の紋をルースに示す。一つの円を外周として複雑に絡み合った枝の意匠。その中央には剣と女の横顔が重ねてあしらってあった。

「これはですね、政権の委任状なんです」

「は？　そんなものが存在してるのか？」

「してます。一応歴史的に由来があるんですが、割愛させてください。で、これは危急時用ですが、主権に何かがあった場合、主権者が代理人を指定するんです。大抵は王が他の王族か当代のアルタ・ディティアタを指名するんですが、今回指名されたのはアルタ・ディティアタの方です」

「つまりお前か」

「個人名は指定されていませんけどね」

ということはつまり、本来の指名先は殺された彼女の父だったのだろう。王がいつ叛逆に気づいたかは分からないが、彼はもしもの時のことを考えてアルタ・ディティアタに政権を託した。

しかしそのアルタ・ディティアタも襲われ、委任状は同じ称号を継ぐ娘へと巡ってきたのだ。

「従来の制度であれば、これさえあれば玉座にいる人間を追うことができます。ですがルクサもそれをさせまいと武力に訴えてくるでしょうし、彼に対してはあまり意味がありません。なのでこれはむしろ――」

「中立の人間を動かす、大義名分を得るためのものだというわけか」

「ご名答」

リグは封書を手の中でくるくる回すと「はい」とルースに差し出してきた。彼が首を傾げると「持っていてください」と付け足す。

「俺が持っていていいのか?」

「一番強い人間に渡しておいた方が安全でしょう。それに、私たちから協力要請をお願いするんですから。その意志は形にして示すべきです」

彼女の言葉に、エナとタウトスの二人は姿勢を正す。それぞれの真剣な目がルースに集まった。

――裏切らない。

そこにあるものは駆け引きというよりも強い真摯だ。国への思いが「アルタ・ディティアタ」を通じてルースへと向けられている。

彼らノイディアの人間は、ウィリディス城の協力を求める代わりに、ルースを北部へ動かせない状況を作り出す。その上で事態の鍵となる封書を預けることで覚悟と信頼を示し、彼からもそれを得ようというのだ。

ヴァーノンは真剣な顔で他国の地図に見入っていたが、枝分かれした道の先、石門を指差すとシェライーデに問うた。

「ここの石門は開いているのですか？」

「ああ、壊れているんで開きっぱなしです。その代わりルクサが兵を置いていると思います」

ルースはそれを聞いて頷く。

「じゃあその兵を国境近くまで引っ張ってくればいいか。万が一動かなかったらその場で排除して、代わりにノイディア南部砦の兵に協力してもらおう」

現在リサイでは、北部国境における争いが間断なく続き、悩みの種となっている。

そのような状況であるからして、仮に南西国境で戦闘が起きたとしてもすぐに援軍は来ないだろう。むしろ国内南西部は何もない荒野が広がっているのだし、侵攻を受けても当分は痛手にならない。まずはウィリディス城に防衛を任せてしまおうとするはずだ。

今回はそれを逆手にとるのだが、情報操作はもちろん行うとしても、確実を期すために「国境近くでノイディアとリサイの兵が争った」という事実が欲しい。

ルースは石門前後の山道を地図上でなぞる。

「この山道、どれくらいの広さがあるんだ？　急な坂だと戦いにくいな」

「道は広いはずです。もともと行軍用に切り拓いたらしいですから。でも坂は坂ですね」

「迂回するにも森の中だと騎兵は移動できないからな。素直に兵数を多くして坂を上るか……。砲撃兵器があればいいんだが」

「王都に行けばあるはずですよ。ルクサも買ってましたし。これからのことを考えると無傷で手に入れたいですね」

リグの発言に、エナを除いた男たちがわずかに表情を動かす。

──ノイディアとしては、政権を奪還し荒れた現状を回復できれば、それで充分だ。

けれどルースにとってはそこで終わりではない。シェライーデはその先まで考えているのだろう。

ノイディアの人間として彼を支援しリサイの王と戦うことを。

一国が背後についているとなれば、王もルースに容易く手出しはできなくなる。そこまでを暗黙のうちに取引内に加えている女は、ルースの視線に気づくと目を丸くした。

「何ですか、その顔」

「いや……お前は本当に俺の女房だな」

「急に何を。そんなに口うるさいですか？　私」

「そうでもない。面白い」

ルースは眉を寄せる女を膝上に抱き上げたくなったが、他の人間の手前我慢した。代わりに小さな頭を豹にするように撫でる。

「さて、じゃあ後のことは砦の人間と話ができるようになってからだな。早急に動くか」

締めくくる言葉に全員が立ち上がる。

夜が隅々までを浸す部屋。テーブルを照らす明かりが消される中で、月光だけが鮮やかに闇を切り分けて世界を照らし出していた。

※

既にリサイの王とノイディアのルクサという二つの敵対勢力に先手を打たれている以上、反撃するにはできるだけ早く動かねばならない。ルースは出立する隊商に情報の流布を依頼すると、側近たちやノイディアの人間を集め、一通りの事情と策を説明した。

他に選択肢がない状況で出した案は、危険性がないわけではないが、成功する可能性は高い。

リサイの王都には、まるで侵攻してきたノイディア軍をルースが国境で食い止めているかのように思わせつつ、実際はその間にノイディアで王都を奪還する——上手く行けばルースは隣国を同盟者として得て、自国の王に圧される状況を脱することになるだろう。

この策には初めての他国での戦闘が絡むと知って、ウィリディス城の人間はある者は興味津々に、ある者は緊張を見せて、主人の話に聞き入る。具体的な動員兵数や指揮官の任命も含めて会議が終わると、彼らはそれまでの数日が嘘のように生き生きと部屋を出て行った。

最後に残ったラノマは、窓辺に座ったままのリグを横目で見やると、ルースを手招きする。

「何だ？　何か気になることでもあるのか？」

「気になるっちゃなるんですが。殿下、彼女と結婚しませんか？」

「は？」

「だって彼女、これが上手くいったらノイディアの女王になるんでしょう？　ちょうどいいじゃないですか。国がまず一つ手に入りますよ」

「お前……」

こんな時に何を考えているのか。ルースは呆れるあまりその場で座りこみたくなった。リグは聞こえていないのか窓辺で欠伸をしている。

ルースは色々言いたいことを堪えて一つに絞ると、部下に返した。

「そういう場合じゃないだろ。大体あいつは神職だ。普通に夫が持てるかどうかも分からんだろ」

「でももう手つけちゃってるんでしょう？　今更手放せますか？」

「………………」

事実を指摘されて言い返せないのは腹立たしい。ルースは、楽しそうに笑いながら去って行くラノマを見送ると、窓辺を下りてきたリグに見上げられ微妙な表情になった。

ラノマに言われたからというわけではない。

ただ昼間の会話が頭の片隅に残っていたことは確かだ。ルースは寝台に俯せになって本を読んでいる女を見下ろし顔を顰める。横に流れた黒髪の間に指を滑らせ、それをそっと引いた。

※

「何ですか?」

「いや。……エナとか言ったか? あの娘、お前の言うことなら素直に聞くんだな」

十五歳ほどに見える彼女は第一印象の通り気が強く、特にラノマなどとは相性が悪いようだが、シェライーデの前ではまったくの従順に変わる。それがルースの目には面白く映るのだが、言われた彼女は軽い声を立てて笑うと体を起こした。

「エナは私の『ディア』ですから。繋がりが強いんですよ」

「ディア?」

それはアルタ・ディティアタと同様聞き覚えのない単語だ。聞き返すルースに彼女は微笑んだ。

「何て説明したら分かりやすいですかね……。アルタ・ディティアタになる可能性のある人間には、子供の頃からディアと呼ばれる補佐がつくんですよ。血が近い人間の中から、同性で年が近い相手を選んで魔法で繋ぐんです。私の場合はそれがエナですね」

シェライーデは上半身を起こすとルースの隣に座り直した。他国の珍しい習慣に、ルースは感心の息をついた。

「それは面白いことをするな……。繋がっていると何か分かるのか？」

「そうですね。まず生死とか、大体どっちの方角にいるか、とかが分かります。後は強すぎる感情とかも届きますし、魔法の媒介にもできますよ」

「便利そうだな」

「一長一短です。あんまり私が怒ったりするとエナにも伝わってしまいますから」

苦笑するリグにルースは口付ける。言われてみれば、何の力もない少女に見えるにもかかわらず、エナに政権委任状を預けられていたことを不思議に思ったのだ。

だがあの少女が今のアルタ・ディティアタ、シェライーデと強い繋がりを持つ人間であるならそれも頷ける。彼らはずっと行方不明になっているシェライーデを見つけたかったに違いない。この城でそれが叶ったのは僥倖（ぎょうこう）だろう。

夜が明ければ彼らはこの城を出立する。ノイディアの人間を連れて山を登り、当初の目的地である砦へ向かうのだ。最後かもしれぬ平穏の夜に、ルースは恋人の体を引き寄せると膝の上に乗せた。華奢な体を腕の中に捕らえる。

「リグ、……いや、シェライーデ」

「はい」

「お前、俺の妻にならないか？」

唐突な求婚の言葉は、それでも口にしてしまえばあるべきことのように馴染んだ。ルースは彼女の体を背後から抱き締める。

楽な立場ではない。むしろお互い窮地に立たされていると言っていい。

だが、だからこそ彼女の手を取って共に在ることが必要に思えるのだ。ずっとそうして影が寄り添っていたように。

国が欲しいわけではない。後ろ盾を求めたわけではない。ただ、危険を冒してでもこうして時間と精神と温かさを分かち合いたいと願う。これから先も、叶うなら死ぬまで。

「刺客からは必ず守る。魔術にも解き方があるなら手は尽くすし、別に無理なら豹のままでいい。多分苦労はかけるだろうが……それでもいいなら俺の隣にいないか？」

「ルース……」

彼女の声は震えて聞こえた。男は表情の見えない女の頭に顎を乗せる。

「国のことがあるだろうから無理にとは言わないけどな。形式がなくても構わないぞ。お前がいれば充分だ」

愛情を交わして触れて、それがあれば満たされる。女王の夫という立場が欲しいわけではない。

そう告げる男に、彼女は少しだけ沈黙した。細い肩が小さく揺れる。

海の底にいるにも似た静寂。ルースはそのまま目を閉じた。

自分と、もう一人だけを感覚する闇の中で、女が身を捩る感触が伝わってくる。

「ルース」

名を呼ぶと同時に彼女は飛びついてきた。ルースが目を開けると、シェライーデは黒い眸に涙を浮かべて男を見上げている。嬉しそうな、それでいて淋しそうな笑顔。いつかもどこかで見た眼差しが彼を貫く。

「ルース、私、とても幸せです。今が幸せ」

「シェライーデ」

「ずっとここにいたい。こうしていたい」

首に回された両腕。それは彼からすればあまりにもか細く、けれど強い力が込められている。

体を離してしまうことを恐れているかのように、彼女は男を全身でしっかりと抱いた。

折れそうな躰を支え、ルースは彼女の望みに応える。

「いつでも戻ってこられる。どこに行っても。だから大丈夫だ」

別の国に行こうとも、別たれることがあってもそれが終わりではないだろう。

手を伸ばせば取ることができるはずだ。いつだって二人はそうしてきた。

月は動かない。

空に縫い留められて、変わらず彼らを照らしている。

シェライーデは深く息を吸いこんだ。清み切って遠い声が、無音の雷光のように夜を照らす。

「どうか覚えていてください、ルース。私は貴方といる時、幸福を感じている。だから――」

言葉はそこで切られた。

時が断たれたかのような空白に、彼女はゆっくりと体を離すと曇りのない微笑で男を見つめる。

「ずっとずっと愛しています」

そうしてシェライーデはもう一度ルースの胸に顔を寄せると、笑顔のまま涙の伝う睫毛を伏せた。

※

国境を越えた辺りから、荒野は徐々に色を変えだす。

初めて足を踏み入れる他国の景色に、ルースは度々視線を引かれていた。西の方に聳え立つ青い山々を見上げ、鞍の背後に声をかける。

「シェライーデ、懐かしいか？」

豹はその問いに喉を鳴らす音で応えた。背中にとんとんと頭をぶつけられ、ルースは笑い出す。

今はなだらかな上り坂となっている道も、やがて本格的に山へと分け入っていくはずだ。

その先に待っているものを目指して、五百騎の兵は迅速に道の上を駆けていく。

ノイディアも、リサイ本国も、まだ誰もこの動きに気づいている者はいないだろう。ルースは先導の馬を駆るタウトスの背を見やった。

広い街道は視界のずっと先で三叉路になっており、そのうちの一本が緩やかに街道をはずれ左へと曲がっている。

「さて、どうなるかな」

ルースの述懐を受けて、鞍に伏せている豹が小さく鳴いた。

だがその声も馬蹄(ばてい)の音にかき消される。彼らは迅速に、目的地に向け山道を駆けて行った。

――問題の石門は、ルースが想像していたよりずっと国境に近い場所にあった。

かなりの速度で進んだとは言え、二日目の朝には石門の近くに到着したウィリディス軍は、ひとまず比較的傾斜が緩い場所で行軍を停止し、馬を休ませた。斥候を石門に向かわせながら、ルースはタウトス相手にしみじみとした声をかける。

「こんな場所に門があったんだな。知らなかった」

「元は他国への侵攻用に道を拓き、門を作ったそうです。周囲の斜面が特にきつい場所を切り拓いて、そこに巨大な門扉を置いたとか」

「なるほど。外からは開けない門なら見つけてもどうしようもないだろうしな。だったら国境に近い方が素早い侵攻をかけられるというわけか」

納得の声を上げるルースにタウトスは曖昧な微笑で返す。

「もっとも、これを作らせた当時は完成直後に国内で疫病が流行り、それどころではなくなってしまったのです。そうしている間に平野は『イクズシアの砂』で荒廃し……」

「荒野になってしまったというわけか。確かにあそこをノイディア人が行軍するのは辛いだろうな。百年前のベモン＝ビィ攻城の時もノイディアは兵を出さなかったそうだし」

荒野の只中にぽつんと在る城の主人は皮肉げに笑う。

現在ウィリディス城においては井戸が掘られ水が入手できるが、荒野になったばかりの頃は本当に何もない、乾いて暑い風砂の大地が広がるのみだったのだろう。標高が高く涼しい土地に住むノイディア人には、その環境自体が敵に思えたに違いない。

タウトスは苦笑すると額に滲む汗を手の甲で拭った。

「それでも石門を作らせた王は侵攻を主張したそうなのですが、当時のアルタ・ディティアタが反対し、計画は白紙に戻されたそうです」

「ずいぶん神職に力があったんだな」

「昔の話ですから……」

宙をさまよう男の視線が、ルースに寄り添う豹を捉える。走る馬の背に乗り続けていたせいか、リグはべったりと地面に伏せ半ば眠っているようであった。

ルースがその視線に気づくとタウトスはぎこちない笑みを見せる。

「今のアルタ・ディティアタは歴代でも抜きん出た力をお持ちです。幼い頃から天候予測だけではなく、様々な術を操ることに長(た)けていらっしゃった。そのお力に心身共に救われた人間は多いと聞きます」

「今は豹だけどな」

言いながらルースが黒い背をぽんぽん叩くと、リグは尻尾だけ動かしてその手を払った。

くねる尻尾を摑もうとする男を、タウトスは反応に困って眺める。

やがて斥候が戻ると、石門についての情報が伝えられた。門の迂回は不可能であるということと、敵兵が約三百配備されていることが報告されると、予想通りの内容にルースは頷く。

「門が壊れてるって、具体的にはどんな感じなんだ？」

「それが……何かが近くで爆発したようになっておりました。砲撃兵器の取り扱いでも誤ったのかもしれません。門扉は残っておらず、大きな穴が開いている、という状態でしょうか」

「直そうとしなかったのか」

「木材が運びこまれておりましたので、応急処置をする気なのかもしれません」

「なら急がないとな」

穴を塞がれては面倒だ。ルースは部下に指示を出すと、自らも動くためにその場を立ち上がった。


石門へ向かう道は左右に大きく弧を描く上り坂となっている。

急な斜面を切り拓いたため、弧を描かざるを得なかったのだろうが、必然的に下方に布陣することになるウィリディス軍にとって、戦いにくいことは確かだ。

そんな中、木々に挟まれた坂を十騎が先行して上がっていく。まだ脇腹の怪我が治りきっていないタウトスは、しかしそれをまったく窺わせない表情で馬を駆っていた。

石門が見えてくると、彼は後ろに続く仲間たちに向かって手を挙げる。馬足を緩め、坂の途中で手綱を引いた。

ノイディアの王都から逃れ出た彼らは、未だ追われる身だ。石門にこれだけの兵が置かれているのも、彼らを砦に行かせないがためのものかもしれない。

案の定、石門の上に立っていた見張りの兵はすぐ彼らに気づいて大声を上げた。まもなく大きな穴が開けられた石門の陰から、十数騎の追っ手がタウトスたちに向かって馬を駆ってくる。

「よし、手筈(てはず)どおりいくぞ」

剣を抜いたタウトスは応戦する意を見せつつ、いざ追っ手が迫ってくると馬首を巡らせた。彼らとの間に矢の届かぬぎりぎりの距離を保ちながら坂道を下りていく。

ルクサの兵たちは彼らが逃げ出すと、強気になってその後を追い始めた。石門からみるみるうちに遠ざかり、やがて最初の湾曲部へと差し掛かる。彼らはまるで逃げ惑う兎を追うような嗜虐さでかつての武官たちを追い詰めていったが、緩やかに曲がる道の先を見てあわてて停止した。

タウトスたちが馬足を止めた、その後ろに見知らぬ騎兵たちがいる。国を出たことがない彼らは、それがウィリディス城の兵たちだと分からなかった。

「馬鹿な……どこから来た……」

「さあ、どこだろうな」

快活に笑って答えると、ルースは右手を振った。それを合図に青い森に囲まれた山道では、苛烈な戦闘が始まる。

一瞬の混乱は、すぐに戦意に塗りつぶされた。矢の応酬もそこそこに両部隊はぶつかり合う。飛び散る血の飛沫は球となり、落ちかけた日を反射して煌いた。苦悶の呻き声がそこかしこで聞こえ、踏み躙られる骨肉の音がそれらを散らす。

ルースは正面から突きこまれた斧槍を剣で弾くと、敵兵の肩口に白刃を振り下ろした。返り血がかかった馬は頭を軽く震わせたが、主人が横腹を蹴るとそれに応えて前へと進んだ。ルースは相手部隊のうち二騎があわてて撤退しようとするのを見て、軽く手を挙げる。それは逃げる兵へ射かけようとする矢を止めるものだ。

「よし、本隊を誘い出す」

ルースは自分の部隊をいくらか後退させて布陣し直す。

まもなく狙い通り石門に配備されている残りの兵たちが姿を見せる。ラノマが楽しそうに笑った。

「あいつらは全員殺していいんですよね、殿下」

「最終的にはな。……ちゃんと俺の話を聞いてたか？」

「大丈夫です。任せてください」

部下に白い目を投げながら、ルースは向かってくる敵兵を前に指揮を執る。

矢の軽い応酬が終わると、たちまち剣戟（けんげき）の音が山中に鳴り響いた。ノイディア兵の勢いに押されるようにして、ウィリディス城の騎兵たちは少しずつ後退し始める。彼らのその様子を怯んでいると取ったルクサの兵たちは、いきり立って坂を下り始めた。

——そんなことを何度か繰り返して、最後の戦場になったのは国境近くの平野だ。

いつの間にか空は赤く染まりつつある。探せば白い月が既に出ているのかもしれない。

ルースは「彼女の時間」になりつつある周囲を見回し戦況を確かめた。指示を出す時を見計らう。

その時、彼の眼前に一人の騎馬兵が飛びこんできた。ぎらぎらと戦意に目を輝かせてルースを睨む男は、武装からして隊長格の人間だろう。ここまで誘いこまれてようやく自分たちの敵が誰か分かったらしい男は、憎々しげな声を絞り出す。

「お前たち、リサイの人間か！　今まで狡猾（こうかつ）に隙を探していたというわけか？」

「隙を見せるようなやり方をしたのはそっちだろう」

「黙れ！」

打ちこまれる斬撃を、ルースは剣で外側に流す。続いて二合目を正面から受けた。

ノイディアの騎馬兵は、歯軋りしてそのまま剣を押しこもうとする。

「荒野に住む者はそれらしく死肉でも漁っていればいいのだ！　我らの国に関わるな！」

「そう言われてもな。――アルタ・ディティアタが力を貸して欲しいと言った」

その称号は、男の表情を一瞬で奇妙に歪ませた。

ルースは相手の剣を弾く。続く一閃で男を斬り伏せた。男は声もなく馬上から落ちる。ルースは瞼に飛び散った血を手で拭うと、死した男に言った。

「あとは単純に、俺自身のためだな」

問いに答える行為に意味はない。ルースは落ちていく日を見上げると、勝敗がほぼ決した戦場を確認し、残敵の掃討と帰還を命じた。


石門に配備されていた兵を排除すると、一行はウィリディス城に帰る者と砦に向かう者の二手に分けられた。ルースはリグを連れて城に戻ると、王都からまもなくやって来るであろう使者に対し準備を整える。

ノイディアの政変とその後の国境付近での小競り合い――その知らせにリサイの王がどれほど驚くか、ルースは想像してつい苦笑してしまう。夜の執務室で側近たちと書類を広げていた彼は、頬杖をついて王都からの情報を眺める。

「王はともかく他の兄上たちがどうでるかだな」

「ラノマが煩く申していましたよ。ペール殿下に気をつけろと」

「ふむ……」

そのラノマは、タウトスと共にノイディアの砦に向かっている。本人が「その方が面白そうだから」と志願したのだ。軽薄で無茶なところの多いラノマだが、あれで頭が切れ勘もいいことをルースは知っている。彼が「気をつけろ」というなら何かがあるのだろう。ルースは窓辺に立っている女に問いかけた。

「ペールか。懐かしいな。覚えてるか、シェライーデ？」

「え……。すみません、全然覚えていません」

「まぁそうか。お前あの頃仔豹だったものな」

一連の会話のおかしさに、執務室内に沈黙が流れる。必死でそれに気づくまいとしている部下たちを無視して、ルースは手配を済ませていった。彼は、疲れているのか少し顔色の悪いシェライーデに気づくと、「先に帰っていていいぞ」と付け加える。

「いいんですか？　すみません」

「寝てていいからな。何か伝言があったら書いておけ」

「分かりました」

彼女の姿が執務室から消えると、ヴァーノンは気が抜けたような顔になった。彼はわずかに逡巡を見せていたが、ぽつりと呟く。

「何というか……危うい方ですね」

「危うい？　シェライーデがか？」

「魔術に関わる方だからでしょうか。まるで……そう、普通の人ではないような」

「ああ。そうかもしれんな」

部下の感想にルースは苦笑した。確かに昼夜で姿が違う上、他国の神職だという彼女は、他の人間からすれば得体の知れない存在に見えるだろう。そんな女を恋人としている男はヴァーノンの言葉を咎めることなく笑って流す。


仕事を終えたルースは中庭に面した回廊を通って、自室へと向かった。

その時、ふと庭の方を見やった彼は――両手に白い花を持って庭の奥に消えていくシェライーデを見て、過ぎ去った時のことを考えたのである。

※

王の使者は、ウィリディス城の地下室に通されるなり、青ざめた顔になってしまった。

「まさか、こんなことが……」

「疑うのなら調べてみればいい。なんなら王都に持ち帰れるよう塩漬けの瓶を用意しようか？」

ルースが言い放つと、使者はぎょっと後ずさった。腐敗臭を漂わせる死体の数々から顔を背ける。

ウィリディス城を治める王弟に、王が最後の選択をつきつけてから二十日余り。ウィリディス城から緊急の知らせを受けて来た使者は、さすがに動揺を隠せないようだった。戦場から回収されたノイディア兵の遺骸を正視せぬよう視線を逸らす。死体は一応の防腐処置を施してはいるが、戦場を知らぬ人間にはこたえるものがあるのだろう。

ルースはあえて穏やかな声音で追い討ちをかけた。

「こちらから陛下に連絡申し上げた通りではあるが、ノイディアでは今、政変が起こっているらしい。玉座を簒奪した者はリサイへの侵攻も考えているのだろう。今回は何とか押し返せたが、次は分からない。陛下にはぜひとも増援を手配して頂きたいのだが」

「そ、それは私の一存ではお約束できませぬ」

「そうか。王命通り俺はここをもう離れねばならぬからな。後のことは任せよう」

使者の顔色は既に蒼白で、額に冷や汗も滲んできている。窓のない部屋には死臭が立ちこめており、それが彼の肺を生温く満たしているのだ。

男が一刻も早くこの地下室から逃れ出たいと思っていることは明らかだ。

だがルースはそれを察しながらあえて階段の前に立ちふさがっていた。平然とした顔を崩さぬ王弟に、使者は苦渋の声で答える。

「陛下は、ノイディア侵攻の話が本当であるなら、ルース殿下にはその対処にあたるようにと……」

「ほう？　陛下がそう仰るのならもちろん従うが。しかし状況をはっきりさせるため、使者殿には先立っての戦場跡の調査をして頂いた後、しばらくこちらに滞在してもらい、戦闘に参加して頂くということも考えているのだが」

「待っ……それには及びません！　陛下にはしかと報告いたします」

「そうか？」

使者が激しく首を縦に振ると、ルースはようやく階段の前からどいた。急くまいとしながらも足早に地下室を出て行く使者の後を、彼はのんびりと追う。

ルースの後に続く部下たちの何人かは使者の態度に笑いを堪えていたが、彼の足下を行く豹はむしろ「やりすぎ」と呆れているようだ。

しかしこれでルースにはしばらくの猶予ができ、その夜からウィリディス城はノイディアへの遠征のため、本格的に動き出した。


砦に向かった人間たちは無事到着したらしく、まもなく伝令がウィリディス城に帰ってきた。伝令の護衛を務めていたラノマは執務室を訪れると、機嫌のよさそうな笑顔で主人に報告する。

「いや、順調に話が纏まりましたよ。お嬢さんが一筆書いてくれたおかげですね」

「そうか。委任状がなくても通じるもんだな」

「ですよ。もっとも、あれって封印の紋章で充分意味が通るらしいですよ。迂闊に開けちゃいけないんだとか」

「それは初耳だ。気をつけるか」

肝心の政権委任状はルースが持ったままだ。シェライーデは「それがなくてもエナと私の手紙がそろっていれば話が通じますよ」と保証して彼らを送り出したのだ。

戻ってきたラノマは、ノイディア王都周辺の地図とこれからの予定表を携えていた。

当初、砦の将軍は他国の人間に地図を渡すことを渋ったらしいのだが、それをタウトスとエナが説得したらしい。地図には今回の策に必要な要所が記されているだけだが、それをルースに渡すとはやはりシェライーデの存在が大きいのだろう。ラノマは「将来の女王になるかもしれませんからね」とそれについて揶揄する。

「砦軍は南から王都を攻めるのか。ならばこちらは東からだな。封鎖されている街道を上ろう」

「合流しない方がやりやすいですからね。せいぜい引っ搔き回してやりましょう」

今回ルースが担うのは遊撃だ。動かせる兵数から言っても機動力の点からも、それは妥当な役割分担だ。

王都を封鎖しているルクサ子飼いの軍は、南部砦の兵力を用心している。そこへ横合いから殴りつけられれば対応に苦心するに違いない。シェライーデなどは「負けそうになったら全軍の指揮権をもぎとって行ってください」などと本気か冗談か分からぬことを言うが、ルースはとりあえず頼まれた分の仕事に徹しようと考えていた。

「もう日数もない。そろそろ城に残る人間とノイディアに向かう人間を分けるか」

「あ、オレもちろん戦場行きで。お願いします。是非」

「……分かった」

人には適材適所というものがあり、ラノマのような人間は後衛に置いておいてもさして役に立たない。ならば本人の望む役割を果たさせるのが一番だろう。

ルースは一通りの手配を済ませると部屋に戻った。既に陽が沈んでいる時間、寝台には女がまどろんでいる。

「シェライーデ」

そっと名を呼ぶと、彼女は気づいて顔を上げた。ルースを認めて笑顔になる。

「おかえりなさい」

「ラノマが帰って来たぞ。できれば明後日(あさって)には出立したいな」

「お手数おかけします」

シェライーデは寝台の上に座りなおすと頭を下げた。隣に座ったルースはその頭を軽く撫でる。

「俺自身のためでもあるからな。気にするな」

「ルース」

王からの異動命をかわせたのはノイディア絡みの騒動のおかげだ。

そして今後、王都を奪還しシェライーデが政権を取れば、それに貢献した彼の立場はより安定することになるだろう。ルースは恋人の黒髪を指に絡めて手元に引く。

「しかし、お前が女王になったら面白そうだな。中身はきついが見栄えはいいし民も喜ぶだろう」

「……誉めてないですよね、それ」

「冗談だ」

窓から見える月は、いつも同じ場所から部屋を照らしている。ルースは床に伸びる影を視界に捉えた。同じように蒼白く肌を染めた女を手元に引き寄せる。

「シェライーデ」

「はい」

「少し待ってろ。必ずお前に国を返してやる」

静かに、だが強く断言すると女は闇色の目を瞠った。大きな瞳にルースはリグを思い出して小さく笑う。長らく彼に寄り添っていた影。だがもうすぐやって来るだろう関係の終わりに、彼は少なくない感傷を覚えていた。先程よりも低い声で囁く。

「ちゃんと……お前を国に帰してやる」

常に彼の傍にいたシェライーデだが、ノイディアが奪還されればそうもいかなくなる。

だがそのことに不満を言うつもりはない。会いたいと思えば会いに行けばいいのだ。それよりも彼女に本来の居場所を取り戻してやりたいと思う。

ルースはほろ苦くも穏やかな愛情を込めて彼女の髪を梳いた。シェライーデは軽く目を瞠っていたが、ふっと微笑む。

「私よりもずっと貴方の方が王に向いているのですが」

「またその手の話か？」

「本気ですよ。私は本来神職ですし。そういうことをやらせてるくらいがちょうどいいんです」

ゆっくりと言い聞かせるような言葉は夜の部屋に染み入って消えた。ルースの指が髪を離れると、シェライーデは彼の膝に乗ってくる。

「だから私が駄目そうだったら、代わりにノイディアのこと、よろしくお願いします」

「何だ駄目そうだったらって」

「駄目だったら」

楽しそうに笑う彼女が何を考えているのか、ルースにはいまいち分からない。政務に自信がないと言うのだろうか。彼は思わず顰めかけた眉を戻すと苦笑した。

「俺がやらなくても他にできる人間が国内にいるだろう」

「貴方がいいんです。こうなってしまった今、ノイディアにはむしろ新しい風を吹きこむ王が必要ですから」

「お前がやれ。駄目だったら手伝ってやるから」

「ええ？　じゃあ駄目なところをお願いします。約束ですよ」

嬉しそうなシェライーデは昼の姿であれば飛び跳ねていただろう。今は人である彼女は男の首に抱きついてくる。しなやかな背、ほっそりとした両足を抱き取りながら、ルースは笑った。

「約束しよう。それくらいの望みは叶えてやる」

欲しいものは沢山あると言っていた女だ。元よりその希望を叶えてやりたかった。ルースは軽い女の躰を抱き上げると寝台の中央に下ろす。

「その代わり別の男を作るなよ？」

「約束します」

あどけない微笑は、いつも彼にだけ向けられる。そうして自分を求めて伸ばされる手に充足を覚えると、ルースは目を閉じて小さな唇に口付けた。

※

現在ノイディア王都を封鎖しているルクサの兵は、約三万強と見積もられている。

それは彼自身が所有する私兵の数に、彼に与（くみ）した将軍数人が指揮する部隊を足して算出されていた。ただ、南部砦が擁している兵力は約五万とその数を上回る。

実際の処（ところ）、王都の兵力を全てかきあつめれば、南部砦の兵数をゆうに越えるのだが、王都はまだルクサの支配が隅々まで行き渡っているわけではないらしい。彼に反発して投獄された将軍や大臣も多く、残る兵は状況が分からないまま、また圧力をかけられたまま、ルクサ指揮下の将たちに頭を押さえられ動けずにいるのだという。

「だから王都を解放できれば、それらの兵も動かせるというわけだ」

ルースは書類から顔を上げると部下たちに苦笑した。

ノイディア国内の街道、森に面した場所に集まっている彼らは、もう一度地図を確認する。

王都奪還の援護のため、ウィリディス城を出立した彼らが街道途中で行軍を止めているのは、何も迷子になったからではない。森の中を切り拓いて作られた広い街道が、現在普通には通れなくなっているためだ。

ラノマは最初から地図も見ずに不満げな顔をしていたが、話が一段落すると今まで何度も口にした本音を吐き捨てる。

「まったく砲撃兵器ってやつはえげつなくて、オレは嫌いだね」

「気持ちは分かるが、何とかするしかない」

街道を王都に向かって上っていた彼らが、初めて敵と遭遇した地点は、政変時に検問が敷かれていたという場所の近くだ。おそらくは石門での戦闘を知って用心していたのだろう。彼らの行く手にノイディアの騎馬兵が現れ、軽い戦闘になったのだ。

ルースはその場では敵軍を危なげなく押し返したが、どうも敗走する敵の様子を見るだに何かを誘っているとしか思えない。

だが避けようにも街道はあいにく一本道である。森の中に踏みこむこともできぬウィリディス軍はあえてその誘いに乗って前進し——その先に並べられた砲撃兵器を見つけたのだ。

騎馬兵は機動力によって歩兵よりも砲撃兵器に対応しやすいが、それも広い場所での話だ。両側を森に挟まれた山道、しかも真っ直ぐに伸びた道で遠距離射程の武器に攻撃されれば、さすがにひとたまりもない。その時は用心して前進していたため被害は出さずに済んだが、このままでは王都に向かうことはできない。

軍を一時後退させたルースは、面倒そうな表情で地図を畳むと、それをヴァーノンへと手渡した。

「あれはいくら馬術を駆使しても避けられんだろうな。仮に全てを避けて砲撃兵器に到達しても、その後ろには騎馬兵がいる」

「弓で砲手を狙い撃てませんかね」

「向こうの方が射程が長い。対砲撃用の砲撃兵器があればいいんだろうが……まぁ、ないな。持ってない」

「もう突っこみますか？　多少死人が出ても誰かは砲手を殺せるでしょう」

「いや」

乱暴ではあるが一理はある提案に、だがルースはかぶりを振る。

今回の出陣は本来他国の問題であり、そして彼自身の問題なのだ。ウィリディス城の人間にとっては、ルースが城を去れば自分たちの生活も危うくなるため、戦闘に参加することにも意味がある。

だが彼らには元々「城を出て別の居場所を探す」という、より安全な選択肢もあったはずなのだ。

それをあえてついて来てくれたのは、ルースを信頼してのことだろう。彼はそんな部下たちを徒に犠牲にする策は取りたくなかった。

しかし、かといっていつまでもここで足止めをされているわけにはいかない。

ルースは少し考えると、斥候に敵の布陣を確認した。

「砲撃兵器の他はほとんど敵も騎兵なんだったな？」

「そのようで。数はおおよそ二百ほどです」

「こちらを射程内に誘いこむには歩兵は使いにくいだろうからな。――だが、それならちょっとした小細工もできる」

彼は軽く決定を下すと、部下たちに策を明かし準備をさせる。

そうして再度攻撃を仕掛けたルースは、今度は問題なく敵を排除し、前進することに成功した。

※

ルースがウィリディス城から連れて来た騎兵は、約二千騎弱だ。

それが城の全兵力ではないが、ノイディアに遠征している間、家を空っぽにしておくわけにもいかない。実際補給の問題もあって動かせるのは現状これが限界なのだが、彼はその人数を最大限に発揮してノイディアの王都に近づきつつあった。

山を一つ越えた先、比較的なだらかな斜面で野営をしながら、ルースはノイディア本隊からの連絡を確認する。

「ルクサの本隊とまもなく衝突するようだな。その間こちらが王都をつくか敵の後背を取るかは状況次第だが」

考えこむ彼の隣で、シェライーデは目を好奇心で輝かせる。

「砲撃兵器でも撃ってみますか？　使い方なら分かりますよ」

「砲弾がもったいないからやめとけ」

現実的な返答を受けて、シェライーデは頬を膨らませた。焚き火の前に座している彼女は、高価な兵器を手に入れた顛末を振り返る。

「意外と用心していないものなんですね。ウィリディス城の軍は騎兵ばかりだという先入観があるからでしょうか」

「用心すべきだとは思うんだがな。他にやりようがない」

あの時、森に区切られた戦場内で砲撃兵器に狙われたウィリディス軍は、騎兵の一部を馬から下ろすと森の中を密かに迂回させたのだ。

山の斜面にあたる森は、騎兵が上っていくには険しい。ルクサの兵たちはそんな先入観で横合いからの攻撃に対して無防備だった。それを逆手にとって、ウィリディス兵たちは森の中を回りこむと砲手を射殺することに成功した。そうして砲撃兵器が動かなくなった隙にルースは本隊を迅速に動かすと、街道を封鎖していた軍を排除したのだ。

シェライーデの希望通り、戦利品として砲撃兵器をほぼ無傷で手に入れた彼は、しかし運搬が大変なそれらの扱いを若干もてあまし気味だ。非常に重量のある兵器をいくつも引いていては行軍速度が落ちてしまう。ウィリディス兵は速度の速さが武器の一つなので、足枷を嵌められているようなものだ。

そんな彼の悩みを察したのか、シェライーデは地図上の一点を指差してきた。現在地からさほど遠くない場所はどうやら王都東の集落のようだ。

「ここまで持っていって、とりあえずここに置いておくといいですよ」

「何だここは。村か？」

「私の一族が住んでいる領地です」

恋人の答えにルースは軽い驚きを覚えた。シェライーデの一族の領地——それはつまり神職に関係する者たちが住んでいる土地なのだろう。詳しい情報を要求する視線に彼女は補足する。

「アルタ・ディティアタ自身は王都に住んでますが、一族はほとんどこちらなんです。ただやはり今回の政変で襲撃を受けてまして、今もルクサの軍が駐留してるんじゃないでしょうか。で、ここには古い地下牢獄があるんですけど、そこに王都で捕らえられた人間たちの一部が投獄されたらしいんですよ」

「古い牢獄って昔は何に使われてたんだ？」

「そこは聞かないでください」

視線を逸らした女にルースは冷たい目を投げかけたが、今回の話にはさして関係ない。肝心なのは現在だ。彼は焚き火に乾いた小枝を投げこんだ。小さく爆(は)ぜる音がして紅い飛沫が夜空に上がる。

「王都で捕らえられた人間の中に、どんな人間がいるか聞いたか？」

「聞きましたよ。有名な将軍が一人います。陛下と兄弟のように育った方で、軍への影響力も強いです」

彼女の言う「陛下」は現在玉座にいる男を指していない。ルースは恋人の意図を理解して笑った。

「ならまず牢獄を解放しよう。その将軍が王都に残る兵を動かしてくれれば、大分楽になる」

「よろしくお願いします」

シェライーデと話ができるのは夜の間だけだ。ルースは他にも気になる点を確認してしまうと、まとめた話を各小隊に伝えるよう命じ、一息ついた。

傍にいる女はじっと焚き火を見つめたままだ。赤い火に照らされた女の顔は、普段の青白さとはまた違って作り物のように見えた。ルースは時間を確認すると彼女に気遣う声をかける。

「シェライーデ、眠いなら寝てろ」

「眠いわけではないんですが」

「ならこっち来てろ。ノイディアは寒い」

既に山を一つ越えたとあって、荒野とは気温も大分違う。兵たちの中には酒を飲んで暖を取るものも多く、ルースはそれらを踏まえて補給の手配をしなおしたばかりだった。

シェライーデは子供のように笑い出すと、男の後ろに回ってその背に抱きつく。

「何で後ろなんだ？」

「だって前は火があるじゃないですか。背中寒いでしょう？」

「確かに肌寒かったが……おかしな感じだ。大きな子供を背負ってるみたいに思える」

「私が寝ちゃったらずるずる引き摺って行ってください」

「そんな体勢で寝るな」

注意はしてみたが、彼女はどく気がないらしい。ルースは諦めてシェライーデごと外套を羽織ると、やがて眠ってしまった彼女を隣に置いて束の間の休息を取った。

※

新たに目的地となった神職の領地は、薄い林に囲まれたこじんまりとした町だった。

元は初代のアルタ・ディティアタとなった男がここに館を構え、彼を慕う人間たちが集まってできたのがはじまりだったらしい。後にその力をもって国の危機を救い神職の称号を与えられた男について、シェライーデは「貴方と似てますね」と笑ったが、ルースは肩を竦めただけだ。

集落には外敵に対するため、というより捕らえた者たちを見張るために、ルクサの軍が配置されていたが、ルースはそれを問題なく下すと支配されていた領地を解放した。まもなく部下を伴って町の中に足を踏み入れた彼は、予想通りの惨状を目の当たりにして苦味を覚える。

打ち壊され、焼き捨てられた何十軒もの家。かろうじて家の体裁を残している建物の窓からは、顔に痣(あざ)を作った子供たちが目に怯えを宿して、新しくやって来た騎兵たちを見ていた。

ルースは先行していた部下から地下牢獄の場所を聞くと、別件の手配を出してからそこを訪れる。

彼に寄り添う黒豹は、闇色の目で悲しげに辺りを見回していたが、はぐれることなく牢獄内までルースについてきた。暗く湿った石造りの牢獄。その一部屋一部屋に閉じこめられた人間たちを、彼は名と素性の確認後に解き放っていく。

そうして自由を得た人間のうちの一人、顔に大きな古傷を持った初老の男は、名を名乗った彼の前に立つとにやりと不敵な笑みを見せた。

「やれやれ。生きてまた外に出られるとは思わなかった。礼を言おう」

「あなたが王都の将軍であったことは聞いている」

「残念ながら、今はただの無力な老人だよ。ルクサがここまでするとは思わず不覚を取った」

おどけて返す男の目は、だが鋭さを失っていない。むしろそこには強い悔恨と覇気が見て取れ、ルースはこの老将軍が充分に現役であることを察した。かねてから決めてあった通り、彼は初老の男に向かって手を差し出す。

「なら牢を出たばかりで恐縮だが、手を借りたい。王都を取り戻すには人手がいる」

「面白いことを言うな、リサイの王弟よ。私がまだ役に立てると思うのか？」

「もちろん思っている。王都に残る戦力を動かすにはその力が必要だ」

きっぱりと言い切ると、老将は目を丸くし、次に声を上げて笑い出した。厚い掌でルースの手を取ると力強く握り返す。

「分かった。元よりこの身は国のためのものだ。できるだけのことはさせてもらう」

「よろしく頼む」

ルースが自分の隣を見下ろすと、黒豹は透きとおった目で恋人を見上げていた。その頭をぽんぽんと叩くと彼は暗い地下牢獄から地上へ戻る。

彼が牢獄内にいる間に、命じていた手配は既に終わったらしい。部下の一人が「怪我人と病人への応急処置を始めている」と報告してきた。建物の外に出て連れ添う豹の尻尾を引っ張っていたルースは、真顔に戻ると頷く。

「そうか、ご苦労。……ああ、食料が略奪されてるようだったら糧食から数日分を配給するようにしておいてくれ。こちらは補給が安定しているし多少は調整がきく」

その言葉に驚きの顔を見せたのは、共に地上へ上がってきたノイディアの老将の方だ。ルースの性格に慣れきっている部下は笑いながら、しかし了承ではなく別件の報告を口にする。

「その件ですが、殿下にご挨拶したいという人間が来ておりまして……」

「ん？」

「わたくしでございます、殿下」

兵の背後から現れたのは、先日ルースにルクサの情報を売った隊商の長だ。ルースは意外な顔を意外な場所で見たことで目を丸くした。

「王都に行かなかったのか？」

「参りました。きちんと商売させて頂きましたよ、殿下から頂いた仕事を含めましてね。ただこのままリサイを通り過ぎてしまっては、商売の機を逃してしまうと思いまして、色々買いこんで引き返して参りました。食料や薬など一通りのものは揃えてまいりましたが、お買い上げ頂くことはできますでしょうか」

商売人としての笑顔に加え悪戯っぽい目を見せる長に、意表をつかれていたルースは笑い出した。

確かに糧食には余裕があり補給経路も整ってはいるが、しょせん応急の措置だ。町の復旧にはもっと多くの物資が必要になる。その点、長の申し出は非常にありがたい。

「分かった。全てもらおう。ただ代金は城に戻った後でもいいか？　砲で払ってもいいならちょうどいくつかあるが」

「砲は確かに充分過ぎる代金になりますが、それはご自身のためとっておかれてください。支払いはもちろん後で構いません。あなた様には信用がございますから」

そう言うと隊商の長は、売却品の目録と金額をあわせて記した紙をルースに差し出した。彼がその内容に目を通すと、本来より大分安い金額がそこには記されている。ルースは怪訝な顔になった。

「計算が間違っていないか？　これではほとんど仕入れ値と変わらんだろう」

「いえ、これで合っております。これはわたくしがあなた様に品物をお売りする取引でもございますが、わたくしが将来の利を買う取引でもあるのですよ。もしあなた様が一国の主となりましたら、この二倍の金額をわたくしどもにお支払い頂きたい。この条件で買って頂けますでしょうか？」

「何だそれは……ラノマに何か吹きこまれでもしたか？」

まさか部下以外からこのようなことを焚き付けられるとは思わなかった。

思いきり脱力したルースに、長は変わらず笑顔を向けている。

「わたくしどもも商売柄あちこちを行き来しておりますが、よき王がいる国ほど民の売り買いも気前がいい。ですからそのような国が増えればいいと思っているだけのことでございます」

「俺にそんなことを言われてもな。損をするかもしれないぞ」

「これでもわたくし、目利きには自信がございます」

そこまで買われてむず痒(がゆ)いものがないではないが、今回の好意は願ってもない話だ。ルースは「十年経っても今のままだったら通常の売値を払うからな」と付け足して、それらの品物を買い取った。

少しずつ日が落ちていく。染み出してくる黄昏(たそがれ)の中、家の戸口からおそるおそる幼い子供とその母親が顔を覗かせている。黒い豹が気になるのか、しきりにリグの方を窺う子供に、ルースは気づくと笑って手招きした。子供は軽く飛び上がると、母親の手をすり抜け外に出てくる。

ルースは小さな男の子に笑った。

「これが気になるのか？　この大きな猫が」

「きになる」

「触ってもいいぞ。引っかかないから」

そう言われてもなかなか手を出せない子供に豹は自分からすりついた。後を追ってきた母親が顔を強張らせて子供を抱き取ろうと手を伸ばす。

しかし彼女の心配とは別に、子供は黒豹が気に入ったらしい。目を輝かせて艶やかな背を撫でた。

ルースは、くるくると回り出す一頭と一人を見ていたが、視線を転じるとやせ細った母親に問う。

「食べ物は配給させるから取りに行くといい。他に足りないものはないか？」

「あ……できれば包帯を少し……」

「多分あると思う。ないなら用意させよう。薬も必要なら持っていけ」

「あ、ありがとうございます」

深く頭を下げた母親は、一向に豹から離れようとしない息子の手を取ると、しきりに礼を言って通りの向こうに消えた。残されたルースに、先ほどからずっと近くにいた老将軍の声がかかる。

「リサイの王弟よ。あなたの周りにどうして人が集まるのか、私にも少し分かった気がする」

しみじみとした声は、新たなものに驚いているようにも、過ぎ去りし時を懐かしんでいるようにも聞こえた。ルースは「甘い」と謗られ得る自身の性質をそのように言われて、いささかの苦笑を見せる。

「別に変わったことをしているつもりはないんだがな」

「人の上にある者が当然のことをし続けるということは、存外難しい。何故アルタ・ディティアタがあなたを選んだのか分かったよ」

老将軍はそれだけを言うと踵を返した。休むつもりなのか夕闇の中に消えていく。

林の切れ目から吹きつけてくる風は冷たくはあったが清新だった。それは淀んだ町の空気をゆっくりと押し流していく。

「シェライーデ、行くか。もう日が落ちる」

歩き出す男に影は無言で寄り添う。

静謐に包まれる夕べ。それはノイディアの王都が解放される一週間前のことだった。

※

晴れた空は見渡す限りどこまでも広がっている。

風のない草原は陽光に温められた空気で蒸し暑いくらいだった。ルースは数万の軍に踏み躙られる青草を少しだけ心配に思って見下ろす。普段は牧草地となっているというこの草原だが、ここまで馬蹄に踏み荒らされてしまって後はどうにかできるのだろうか——そんな疑問を彼は抱いたが、今は目の前の敵を排することの方がノイディアの民にとっても重要だろう。

ルースは脱線しかけた思考を頭の中から捨て去ると、軍の指揮に意識を戻す。

「よし、いいぞ。もう少ししたら右翼を前進させろ。砲撃兵器の射程に押しこめ」

彼の指揮を伝えるべく、伝令が走っていった。

遠くで響く砲撃、やまぬ剣戟の音を聞きながらルースは自身も馬を進める。戦況を見渡せる後方から直接指揮ができる前線へと出て行った。

――ノイディア王都が奪還されてから二週間。残る戦場はこの王都西の草原だけだ。

ルクサは当初南部砦の戦力に対し、買いこんだ砲撃兵器を巧みに使い優勢に立ち回っていた。だが、そちらとの戦闘に誘い出された隙に王都が解放され、彼は王都に戻れなくなったのだ。

解放された王都では、老将軍が無事だった部隊を編成しなおし、更に一万七千の軍勢が逆賊であるルクサを討つべく投入された。

そしてその軍の指揮を執ったのが、老将軍に代理として強く推薦されたルースだ。

ルースは、ルクサ軍が南部砦からの攻撃を押し返した後背をつくと、疲労が抜けていない敵軍を確実に突き崩し始めた。

その時点ではまだルクサ軍の兵数が五千ほど多かったにもかかわらず、ルースは砲撃兵器の届かぬ範囲を念頭に騎馬兵を動かし、敵軍を翻弄してはその人数を削っていったのだ。

「……あと少しだな」

一人斬り捨てるごとに、血と脂が剣の刃にまとわりつく。

ルースは自身の剣の刃こぼれに気づくと、剣を地面に投げ捨てた。鞍につけている鞘から新しい一振りを抜き取る。

戦場には既に砲撃音は響いていない。もはやルクサ軍のそれらは無力化され、草原は半ば乱戦の場となっていた。ルースはかろうじて存在する前線を押し上げながら、敵の本陣を包囲していく。

首魁である男の顔は知らない。だが、貴族というものはある程度見れば分かるのだ。

ルースは、怒声を上げ向かってくる兵士の剣を避けると、その頸部に刃を叩きこんだ。肝心の標的を探して視線を巡らす。

血で濡れた草々。死の匂いが立ちこめる空気は温く、無残に転がる死屍は今が歴史の変わり目であることを如実に示している。ここ数十年争いらしい争いもなかった山中の国は、いまや草原を埋め尽くす怒号と流血によって、その行く先を決められようとしていた。

次第に奥の林へと追いやられていく敵軍の様子をルースは概観する。

もはや勝敗は決したと言っていいだろう。敵兵の中には馬を捨て林に逃げこむ者もいる。そういった者たちの顔に浮かんでいるのは焦りと恐れで、戦う意思が残っているようにはとても見えない。

ルースは一応それらの者も捕らえ得るように、騎兵に林を迂回して待ち伏せするよう指示する。

「さて、ルクサは生かすか殺すか……」

そんな呟きを零したのは半ば無意識だったが、聞こえるはずもない言葉がまるで届いたかのように、乱戦の向こうで男が一人、ルースを見た。

壮健そうな体つき、四十代半ばに見える男は、飾り気はないがよく手入れされた鎧を身に着けている。その薄灰の双眸には充分な教育を受けた知性があり、そして煮えたぎるような憎悪があった。それが誰であるか直感したルースは、男に向かって声を上げる。

「ルクサ！」

男は体を震わせた。すぐ背後が林というところまで追い詰められながら、けれど彼は怯むところの一切ない目でルースを睨む。甲高い声が叫んだ。

「私を気安く呼ぶな、奴隷腹の小僧が！」

「ああ、やっぱりルクサか。よし、あいつを捕らえろ」

ルースが指差すと、何人かの兵士がルクサの方へと駆け出した。彼らはたちまち敵の兵士と斬りあいになる。ルースはその様子を見ながら自身も馬を進めた。

『奴隷腹』などという謗りは物心ついた時から聞き慣れている。今更どうということもない。

だが彼は、続くルクサの言葉に不快げな顔になった。

「あの偽りだらけの娼婦にたぶらかされたか⁉　魔術を弄する穢らわしい汚物に！」

「何だと？」

それが誰を指しているのか。その場の誰もが理解し得た。ルースと近しい女は一人しかいない。今は戦場を離れ王都の城にいるアルタ・ディティアタ。政権を預かる彼女を侮辱され、周囲の兵士たちは一瞬で怒り心頭になった。ルクサめがけて殺到していく。

しかし、ルクサは自軍を盾に耳障りな哄笑を上げると、身軽な動作で馬を飛び降りた。身を翻して雑木林の中へ走り去る。すぐに何人かがそれを追って林の中に飛びこみかけたが、ルースは彼らを制止した。

「いい。放っておけ」

主人の命令に、濃い血臭をさせるラノマが戻ってきて問いかける。

「追わなくていいんすか？」

「あれは挑発だ。林の中に伏兵でもいるんだろう。林を包囲してから徐々に炙り出すさ」

林の中に駆けこむ直前、ルースが見た男の目は、とても敗走する人間の目には見えなかった。まだ何か手を隠しているのだろう。ルースはその誘いには乗らず、戦線を立て直すよう指示する。

ラノマはルースと同様、刃こぼれして使い物にならなくなった剣を鞘に戻すと、身を屈めて近くに突き立っていた死者の剣を引き抜いた。彼は重さを確かめるように軽く手元で振る。

「しかし殿下、挑発が効かないなんてさすがですね。オレなら切れてますよ」

「効いていないわけじゃない。捕まえたら思い知らせてやろうと思ってる」

「もう林に火を放てばいいんじゃないすかね」

「山火事になったらどうやって鎮火させるんだ」

「雨乞いとか。神職ってそういうこともできるんじゃないすか」

「さすがに無理だろ……」

馬鹿馬鹿しい会話を交わした二人は、どちらからともなくその場を離れ残敵掃討のため動き出す。

――結局、敵の残存兵力を全て殺ぎ落としてしまうまで、戦闘は五日間にも及んだ。

持ち駒全てをルースの手によって叩き落とされたルクサは、けれど追っ手を撒くとわずかな護衛と共に森の中に消え、行方をくらます。

こうしてノイディア王家を転覆させた逆賊は、隣国から来た男の前に敗北を喫した。

後に残るものはただ、色濃い記憶のみである。

※

ノイディアの王都は、傀儡として玉座にあった男の暴虐のせいで荒廃しかけていたが、城そのものは美しく保たれたままだった。白く壮麗な建物は緑に覆われた国土にひときわ映えて見え、その内には高価な美術品が惜しげもなく並べられている。

しかし王都の解放と共に城に戻った人間たちは、唾棄したそうな顔で飾り立てられた城内を見回した。元の王城にはここまでの装飾品は置かれていなかった。つまりこれらは、我欲に捕らわれた男が王を殺し、親族を殺し、あらゆる邪魔者を排除した後、城庫の金で買い揃えた品々なのだ。

委任状を持って入城したシェライーデは、すぐにそれらを換金し王都の復興にあてた。

美しいアルタ・ディティアタは、昼は豹の姿でほとんど眠っているが、夜になると動き出しそつのない手腕で復興策を指示していく。そんな彼女は戦場から戻ってきた恋人が執務室を訪れると、神職の正装を翻しルースに飛びついてきた。

「お疲れ様です。どうでした？」

「問題なし。ああ、あと少しのところでルクサを逃がしてしまった。今追っ手をかけてはいるが」

「構いません。どうせもう何もできないでしょうし」

たおやかな笑顔で叛逆者の行く末に触れた彼女は、恋人に長椅子を勧めるとその隣に座った。甘えるようにもたれかかって、数枚の書類を見せてくる。

「お疲れのところすみません。今後の予算案を見て頂きたいんですけど」

「……イルドじゃ駄目なのか？」

「貴方じゃなきゃ意味がないんですよ。ノイディアはリサイとは風土のせいで大分違いますから。ずっとでいいんで記憶に留めといてください」

「分かった」

その後もぽんぽんと渡されたのは、執務書類の中でもノイディアの独自色が多く見られるものだ。まるで政務者を教育するようなシェライーデの選別に、ルースは苦笑しつつも大体に目を通す。

「こういうものは重要機密じゃないのか？」

「貴方は知っておいてください」

ルースは大事な箇所を女に読み上げさせながら、月光が艶を作る黒髪をゆっくりと撫でていった。

彼はふとあることに気づいて恋人の顔を覗きこむ。

「そういえばお前、戴冠式はしないのか？」

「うーん、今のところ考えていません。貴方が戴冠してくれるのなら準備しますよ」

「何故俺が。脈絡がないにも程がある」

「そうですか？」

シェライーデはちらりと執務机を振り返る。そこにはまだ開封されていない政権委任状が置かれていた。彼女は視線を戻すと、豹のように顔を近づけてルースを見つめなおす。

「貴方、ノイディアの民にも兵にもすごく人気がありますから。こんな短期間のうちにここまでになるって私にもびっくりです」

「それはお前っていう前提があるからだろう」

苦境に見舞われていた王都を解放した彼は、人々に食料や医者を迅速に手配したことや指揮の腕を以て、半ば英雄のように称えられていた。ルクサの考えでは本来彼自身が傀儡を退けることによって得るはずだったろう支持を、ルースが期せずして手にすることになったのだ。

シェライーデはそれについて楽しそうに笑っているだけだったが、ルース自身は他国のことに介入しすぎたかと思わないではない。彼は城に戻る前から決めていたことを口にした。

「シェライーデ、そろそろ俺はウィリディス城に帰る」

「そう……ですか。ずいぶん長い間力をお借りしてしまいましたし、向こうのことも心配ですね」

「ああ。どうやら二番目の兄が王に出兵を焚きつけているらしくてな。面倒ごとが起こりそうだ。それ次第ではこれから協力を頼むこともあるだろうが」

「何なりとご要望ください。ノイディアの民は貴方に恩を返したいと思うでしょう」

彼女はルースの腕の中をすり抜けると、窓を開け露台に出る。

空から降り注ぐ月光が、神の代理人である女の衣を薄青く染め上げた。ルースは彼女の後について外の空気を吸いこむ。

シェライーデは淋しそうな顔をしていたが、それは悲しみではないようだった。むしろ彼女は穏やかに微笑んで彼を見上げる。

「でも、貴方にはもう一つの選択があるんですよ。この国の王となって、山々と荒野を共に治めるということも――」

「お前の夫になって、か？」

「貴方が、王冠を得るんです。貴方だからこそ、この国をわずかな期間で解放できた。私の選択は間違っていません」

「シェライーデ」

いつになく強硬な恋人に、ルースは彼女の体を抱き取ろうと手を伸ばした。

しかしシェライーデは露台の角に歩み寄ると、欄干にもたれかかり遠い街並みを見下ろす。愛しげな視線が夜に灯る家々の明かりを撫でていった。

「ルース、私はこの国が大事です」

「ああ」

「そして貴方のことはそれ以上に――」

風を切る音。

言葉が、途切れる。

シェライーデが自分の意思で口を閉ざしたのではない。

彼女から声を奪ったものは、胸から背へ貫通した一本の矢だった。

「……あ」

細い身体はゆっくり傾ぐと、糸が切れたかのようにその場に崩れ落ちる。夜の庭から覚えのある男の笑声が響いた。

あまりの光景に一瞬自失したルースは、しかしシェライーデに駆け寄るとその身体を抱き起こす。

「シェライーデ！」

矢は、彼女の胸を真っ直ぐに貫いていた。白い神服がみるみるうちに血で染まっていく。

覆しようのない致命傷。それが唐突に恋人を襲ったことは明らかだ。

ルースは浅い呼吸を繰り返す彼女の体を抱き上げると、医者を呼びに廊下へと駆け出す。いつかもそうしてリグを抱いて助けを求めたように、暗い城内に向かって叫んだ。

「誰か来てくれ！　医者が必要だ！」

逃がしてしまったルクサが城に侵入している――それはかろうじて理解できたが、ルースはその事実がもたらす結末に少しも納得できずにいた。「必ず守る」と言った己の言葉が虚しく頭の中にこだまする。

広がっていく血の染み。鮮やかな赤色に絶望がよぎる。ルースは一向に誰も現れないことに焦りを覚えると、もう一度人を呼ぼうと口を開いた。

しかしその前に、女の小さな手が彼の手に重ねられる。

「ルース」

「シェライーデ、喋るな。今医者のところに連れて行く」

「いいんです。こんなものは何でもないんですから」

女の声は、先ほどまで苦しげな息をしていた人間と同じとは思えないほど澄みきっていた。

驚くルースが視線を落とすと、シェライーデは右手を自分の胸に添える。

血塗れた傷口に伸ばされた白い指。その指先が触れると、突き刺さっていた矢がまるで幻のように掻き消えた。同時に広がった血の染みも、時を巻き戻すかのように小さくなっていく。ルースはあまりにも非現実的な光景に息をのんだ。

「……魔術か？」

「ええ。全て」

またたくまのうちに怪我の痕も見当たらなくなった彼女は、床に下りると微笑む。深い闇色の瞳は夜の景色を吸いこんで、そこに茫洋(ぼうよう)たる広がりを宿していた。

シェライーデは深く息をつくと、窓の外、広がる国土を見つめる。

「全部映しこんで自動で動かすので、私には予想外のことも多いんです」

「すぐに兵を呼ぼう。城を封鎖させる」

「いえ、それは不要です。もう止めましたから」

「止める？　何のことだ？　魔術か？」

「ルース」

小さな手が、彼の頰に触れる。

柔らかい肌だ。しかしそこから伝わってくるものは水のような冷たさだ。驚く男に彼女は微笑む。

「ずっとずっと、貴方を愛している。いつの時も、どこに在っても。叶うなら、はじめから貴方の傍に生まれたかった」

「シェライーデ？」

彼女の存在は、綺麗にできている分だけとても儚く見える。

しかしルースは、穏やかな声音の中に切り離せない痛切が含まれている気がして、目を逸らすことができなかった。

神の意を汲む女。その最後の一人である彼女は、預言を伝えるように彼に言葉を捧ぐ。

「ルース、よく聞いてください。貴方には、王の器が備わっている。きっと名君になれる。今、苦しむ多くの人々も貴方の力と優しさがあれば、穏やかな暮らしを得ることができる。貴方は私よりもずっと……ただの人としてその才を揮う生き方もできるんです」

そこにあるものは深い愛情、そして揺るがぬ信頼だ。鮮やかな微笑は彼だけに向けられる。

「だからどうか、王になって。私の民を救って」

両腕が投げかけられる。シェライーデはか細い身体で背伸びしてルースを抱いた。幸福そうに微笑んで男に口付けを贈る。

甘やかな感触。顔を離した彼女は、小さな囁きを残すと目を閉じた。彼女を抱き締めるルースも同じように瞼を閉ざす。

月光が塗り分ける白と黒。鮮やかに別たれた光と影は、とても遠い距離をそうして寄り添った。

永遠を望み、否定し、得られた束の間に多くの思いを注いでいく。

今までずっとそうしてきたように。これから先、ずっとそうしていかねばならないように。

縫い留められた月。

夜は沈黙する。

時が歩みを止める。

充足が魂を満たした一瞬。

そして世界は、白い光に塗りつぶされた。

10．夢の果て

「――シェライーデ」

己の声を引き金にして彼は現実へと戻ってくる。反射的に体を起こし、辺りを見回した。

広すぎない、物の少ない部屋。

見えるものは二つの机と一つの本棚だけで、窓の外は夜でもない。

見慣れた光景。視界に入るものは全て、彼にとって日常的なものだ。ウィリディス城の執務室で自分の椅子に座っているルースは、目に映る一つ一つのものを注視していった。

机の上に処理しかけの書類を見出すと、彼は呆然と記憶を探る。夢と現実、その曖昧な境界線を意識が行き来した。

「シェライーデ……リグ……？」

その名を口にしても応える者はいない。

己で呟いた名。しかしそのうちの一つは、胸に鈍痛をもたらした。記憶を呼び起こすより先に喪失感が甦る。喉につかえる痛みと空虚。その理由を思い出してルースは愕然と呟いた。

「リグ、は、いない。――死んでいる」

数日前の夜、毒姫の手から彼を守ってリグは死んだ。

間違いない。彼自身の手で遺骸をフィオナの墓の隣に埋葬したのだ。

だからもうリグはいない。いるはずがない。女に変じるはずも、ない。


ならば彼の隣にずっといた彼女は、何だったのだろう。

全ては慙愧の念が見せた幻だったのだろうか。


ルースは混乱する頭を抱え、こめかみを押さえる。

その時執務室の扉が叩かれ、イルドが入ってきた。彼は驚き覚めやらぬといった苦々しい顔で主人に二つの報告を呈する。

「殿下、実はかなり厄介な問題が入ってまいりまして」

「何だ？」

「一つはノイディア方面より国境を越えてきた怪しい一行と、見回りの人間が揉めたらしく、相手を捕縛いたしました。今広間に引き出しております」

「ノイディアの……」

「もう一つはまだ確定の情報ではないのですが……王が殿下をこの城から北部に異動させるよう、使者を送り出したとのことです」

夢の非現実を危うくさせる部下の報告に、ルースは言葉を失った。

ウィリディス城の人間にとっては初めて知る二つの情報。しかしルースはその先のことを知っている。夢で見たのだ。まるでこれから起こることを予知したかのように。

偶然かもしれない。だが本当に偶然なのだろうか。あれはとても現実的で、ただの夢とは思えなかった。彼女の纏っていた鮮やかな存在感も含めて全て。

ルースは震える手をついて椅子から立ち上がる。

「殿下?」

「ノイディアの人間に会いに行く。全てはそれからだ」

——あれは、現実ではなかった。

こうして現実に戻ってきた今ならそのことが分かる。こちらが本当で……だがあれは、現実に酷似していた。ならばあれは何であったのか。

ルースは足早に広間へ向かう。次第に早くなっていく歩調は最後には走り出しそうになった。

両開きの扉を乱暴に開けると、広間にいた人間たちの視線が彼へと集まった。その中で一人だけ床を見つめたまま動かない人間がいる。

ルースは抜け殻のように蹲る少女の前に駆け寄ると、彼女の肩を叩いた。

「シェライーデはどこだ」

その問いに、欲しい答えが返ってくると信じていたわけではない。

誰のことだと失笑される可能性もあっただろう。むしろ、そうなるべきだった。

だが少女は体をびくりと震わせると、あどけない顔をたちどころに歪ませる。隣にいた男が「どうしてその名を……」と呟いた。

ルースは床に膝をついて少女を覗きこむ。

「シェライーデを知っているな？　あいつは今どこだ。ディアなんだろう？　方角が分かるか？」

「……いない」

「嘘をつくな！　俺はあいつを知っている！」

「いない！　何度も言わせないでよ！　アルタ・ディティアタは死んだのよ！」

理解できない言葉。

少女は糸が切れたかのように泣き叫んだ。その体を隣にいた男が押さえる。

何が起こっているのかまったく分からないウィリディス城の人間たちを前に、ルースはその場で凍りついた。

繋がらない断片。

現実を否定し、夢を否定する。

そうして整理できぬ疑問を形にすると、彼はややあってようやく口の端に乗せた。

「何か……勘違いしているな。俺が聞いているのはあいつの父親のことじゃない。あいつのことだ。シェライーデ……俺の……」

途切れた言葉を受け取り、ルースを見上げたのは、泣きじゃくる少女を抱いた男だ。

夢の中ではタウトスと名乗っていた彼は、困惑と悲しみをないまぜにした目でルースに返す。

「あなたがどうしてあの方の名を知っているのかは知らない。知らないが、彼女の父親、前代のアルタ・ディティアタはもう十年も前に亡くなっている。シェライーデ様は五歳の時にお父上の役目を継がれ、十年後の今日までアルタ・ディティアタでいらっしゃった」

彼女は、ずっとアルタ・ディティアタだった。

リグではなかった。リグはもう死んでいる。

彼のそばには誰もいない。ルースは虚脱した声で聞き返す。

「今日まで？　何だそれは」

「つい先ほど亡くなられた。エナがそれを感じ取った」

他国の人間には理解できない繋がり。だが男は、ルースが「ディア」と言ったことで話が通じると思ったのだろう。

実際ルースはその言葉を理解した。けれど事実が理解できなかった。

彼は忘我の表情でノイディアの人間たちを順に見回す。

「何だ……ずいぶん面白くない話だな。お前たち、ルクサの兵から逃げてきたんじゃないのか？」

「――何故それを」

「正直に言え。シェライーデはどこだ？　俺はあいつを傷つけない」

「アルタ・ディティアタは……」

ルースの詰問に男は明らかに戸惑って、だがその答えを口にした。

「あの方は、我々を逃がすために魔術で石門を破壊された。そしてその場に残った……あの方のお体は、数日前から毒矢に蝕まれていた」

男の目に偽りは見えない。

ルースはそれが真実だと知って、そして沈黙した。

※

彼の傍には、常に一頭の影がいた。

幼い頃から共にいた豹。リグはけれど、彼を守って毒に侵され死んだ。

その後に現れた豹は――闇色の瞳を持っていた。そうして女に変じると彼の傍に寄り添ったのだ。

シェライーデは、リグの死を知っていて、そうして入れ替わったのだろう。夢の中の彼女は両手に白い花を持って中庭の墓を訪れていた。右手と左手に一つずつ。フィオナと、リグの分だ。

全ては彼女が最後に言った通り、現実を映しこんで作られた夢だったのだろう。歴代でも抜きん出た力を持っていたというアルタ・ディティアタ。その彼女が魔術で作った夢。

ディアは、魔術の媒介にもできると彼女は確かに言っていた。

そしてウィリディス城にエナが入った瞬間から、シェライーデは束の間に長い時を込めてルースに夢を見せたのだ。自らが死す、その瞬間まで。

そして彼女が息を引き取ったから、幸福な夢も終わった。

「何故こんな……」

自室に戻ったルースは空っぽの部屋を見回す。

そこかしこに彼女の気配が残っているのに、彼女はいない。長椅子で本を読んでいた姿も、窓辺に座って外を眺めていた姿もよく覚えているのに、現実の彼女がこの部屋を訪れたことはないのだ。

「シェライーデ……何故だ……！」

叫んだ声が空っぽの部屋に響きわたる。

会ったことも見たこともない女。いや、本当の彼女はまだ少女だった。十五歳になったばかりの頼りない少女。

その彼女が何故ルースを選んであのような夢を見せたのか。

答えはきっと分かっている。彼はそれを聞いている。

『だからどうか、王になって。私の民を救って』

淋しそうに、嬉しそうに、微笑っていた彼女。シェライーデはルースに自国の情報を惜しみなく与え、その解放を請うていた。ノイディアが今どんな状況なのか、どう手を打てば王都に辿りつけるのか。国を取り戻した後の復興はどうすればいいのか、そんな細かいことを全て。

それは死を間際にした彼女が発した最後の願いだったのだろう。

そこまでを理解しながら、しかしルースは何一つのみこめていないままだ。突然の喪失が理解できない。彼女が永遠に失われたという事実も。

――初めて女を愛した。

だがそれは始まった時から既に終わっていたのだ。彼は、彼女の本当の姿を見ることもできなかった。その手を取ることも。守ってやることも。

ルースは、隣で稚く微笑んでいた彼女の笑顔を思い出す。

「シェライーデ……お前は馬鹿だ……何故、ここまで来なかったんだ」

毒に侵された体であっても、傷だらけでも、国境を越えて逃げこんでくれればよかった。

一言「助けて欲しい」と言ってくれればよかった。

そうすれば自分は、何かをできただろうか。

それとも彼女がこの城に辿りつくことは、ついにはできなかったのだろうか。

『ルース、私、とても幸せ。貴方といる時、幸福を感じている』

幻の温もりと多くの言葉を残して、彼女は消え去った。

寄り添う影はない。

そうして彼の傍には今も、月光だけが降り注いでいる。

※

翌日面会を希望してきたタウトスは、執務室を訪れると一通の封書をルースに差し出してきた。

見覚えのある紋が捺された封書。ノイディアの政権委任状をルースは無感動に見やる。

「何故、俺にこれを？」

「アルタ・ディティアタのご遺志です。元は陛下があの方に委任したもので……それをあの方が更に書き加えました。どうぞご開封ください」

夢の中では「迂闊に開けてはいけない」と言われ、ついには開かれなかった封書。それを開封するよう言われて、ルースは少しの意外さを覚えた。彼は眉を寄せながらナイフを取ると、紙の端にあてる。

中から出てきた紙には形式的な文章に添えて、三つの名が書かれていた。

一つは王からアルタ・ディティアタ、シェライーデへ政権を委任するもの。

そしてもう一つはシェライーデの名で――ルースへの政権移譲が記されていた。

「……は？」

予想外なその内容にルースは数瞬絶句する。

しばらくの後にようやく呆然とした状態から抜け出ると、ルースはタウトスを見上げた。

「何故。俺は他国の人間だ」

「アルタ・ディティアタは、一番確実な人間に任せると仰っていました。……こういうことを私が明かしてしまうのは問題でしょうが……シェライーデ様は、ずっとあなたの話を聞き、憧れていらっしゃったのです。アルタ・ディティアタは国外に出ることを許されておりませんが、いつかあなたにお会いしてみたいとよく仰っていました」

十五歳のシェライーデは、忙しい神職の仕事の合間を縫って馬を駆り国境近くの丘へ行くこともあったのだという。そうして偶然遠目に彼の姿を見つけると、ただの少女のように浮き立った。

神の預言者である彼女に、そのような言葉をあてることは禁忌であったが、シェライーデはルースに恋をしていたのだろう。

少女らしい憧れを胸の中に募らせ、彼女は死に至るまでの間、彼の傍に来た。

自らが映し出した虚構の世界で、ついに秘せる恋を叶えたのだ。


ルースは並べられた自分の名と彼女の名を無言で見つめる。

見覚えのある綺麗な筆跡。溜息と共に委任状を折り畳んだ彼は、それを元に戻そうとして、しかし中に小さな紙がまだ残っていることに気づいた。

引き出すとそこにはシェライーデの字で一言だけ書かれている。――「ごめんなさい」と。

ルースはそれを見て、まるで目の前で彼女が頭を下げているかのような錯覚に捕らわれた。小さな紙を大切に手の中へ握り締める。

「馬鹿か……こういう時は他に言うことがあるだろう」

彼女はもういない。ただその願いと言葉だけが残っている。

彼は小さな紙片に口付けると微苦笑した。

「愛している」

そうして年月は過ぎる。

幻のように消えた少女を置き去りに。

時代が変わり、新たな時代が始まる。

荒野には、変わらぬ風が吹いている。

※

※

広い宮廷には、余分な装飾品はほとんどない。

それは主人である皇帝がそういったことにあまり興味を持っていない、ということも理由だろうが、この宮殿自体がまだ作られたばかりであるという原因の方が大きかった。

リサイ、ノイディア、ランバルド——旧三国が交わっていた国境上に建てられた城は、青い空の下、壮麗な姿を覗かせている。東に面する窓からは皇帝がかつて住んでいたウィリディス城が見え、その裾から広がる緑が荒野に鮮やかな色を加えていた。

彼の新しい居城を整えるため多くの者たちが忙しなく働く中、当の本人は露台から延びていく街道を眺めているだけだ。そうしてぼんやりと時を過ごしている彼へ、一年ぶりに宮廷を訪れた隊商の長はそっと声をかけた。

「陛下、よろしいでしょうか」

「ああ、お前か。久しぶりだな。今度は何を持ってきた？」

「色々でございます。またよい商いをさせてくださいませ」

悠々と笑ってみせる長にルースは苦笑する。

この長は、ノイディア王都を奪還した時から先行投資として多くの援助をルースにしてきたが、そのもとは充分に取れたと言っていいだろう。ルースがノイディアの後ろ盾を得てリサイの玉座に座ってから九年、いまや広大な国土を持つ帝国の主となった彼は、先見の目がある長に、その才に値するだけの見返りを与えていた。

ルースは口頭で伝えられる商品からいくつかを選ぶと、それを買い取る旨告げる。長が了承すると、ルースは別のことを思い出して軽く手を打った。

「ああ、そうだ。お前を兄上に紹介したいから少し待っていろ」

「陛下の兄君、でらっしゃいますか？」

「そうだ。死んだ者も含めて数えると三番目の兄と四番目の兄だな。今すぐ、というわけではないがやがて三番目の兄がこの帝国を治めていくことになる。お前も今のうちに挨拶をしておいてくれ」

「そ、それは……」

軽く口に出された内容の重さに、長は愕然とした。

たった十年で作り上げられた帝国。それはルースの才覚があってこそのことなのだ。

ノイディア王都を解放した彼は、是非王にと望まれながらウィリディス城に帰り、彼を排そうと軍を出してきた王を、ノイディアの援護を受けて退けた。その上で荒れたリサイ王都に戻って玉座争いを制すると、リサイとノイディアを一つの国としたのだ。

奴隷の母を持ちながら王となった彼には、その後もランバルドからの侵攻など苦難がつきまとったが、彼は全ての苦境を乗り越えた。他に言えばリサイ北の隣国を下し、調停にこぎつけたこともルースの功績である。

そうしてようやく得られた新しい帝国と平穏を、しかしルースは兄に渡すという。確かに彼に残る二人の兄は、どちらも誠実な人柄と有能さで知られているが、それは思いきった判断だろう。

口をぽかんと開いてしまった長を見て、ルースは笑い出した。

「そう驚くな。昔から考えていたんだ。全て終わったら旅に出ようと」

「た、旅にでございますか？」

「ラノマじゃないが、しばらく国を出て大陸を回ってみる。――実はずっと探している女がいてな」

今年三十七歳になる彼は、しかし未だ妃を迎えていない。

その原因について巷では種々の噂が囁かれていたが、長は実際のところを聞いたことが一度もなかった。今、自分がその真実を目前にしているのではないかと、彼はいささかの好奇心を覚える。

「それは……どのような方でいらっしゃいますか？　わたくしもあちこちを回っておりますゆえ、どこかでお会いしているかもしれませぬ」

「ふむ。お前、最後のアルタ・ディティアタを知っているか？」

アルタ・ディティアタ――旧ノイディアにいた神職の称号。

今はもういないその存在を耳にし、長は内心嘆息した。

人々の間に流布している噂のうち、もっとも人気を集めている話……それはルースと、最後のアルタ・ディティアタであった少女の恋物語だ。

国境を越え密やかに愛し合っていた二人はしかし、ノイディアの政変によって少女が死すという悲劇を迎える。残されたルースは彼女の願いを叶えてノイディアを解放したが、未だ彼女のことを忘れてはいないという話だ。

長は噂が真実であったことを知って驚きを押し隠した。

「申し訳ございません。あいにくその方とお会いしたことはありませんで」

「そうか。まぁそうだろうな」

「陛下はその方を探してらっしゃるので？」

噂では彼女の遺体は見つかっていないと聞く。ルースはそこに一縷(いちる)の望みを抱いて彼女の行方を追っているのだろうか。

そっと伺う長に、皇帝は苦笑した。

「そうだ、と言うと学者たちに説教されるだろうな。人は死して生まれなおすことはない」

「では」

「気にするな。俺は正気だ。さぁ、兄上の体が空くまで少し待っていろ」

ルースが話を打ち切ると、男は深く頭を下げてその場を辞した。

再び露台に静寂が戻ると、ルースは乾いた風に懐かしげな目を向ける。

『また、いつか、どこかで』

それは夢が覚める瞬間、彼女がルースに囁いた言葉だ。束の間の別れを笑顔で見送る言葉。その意味をルースはとうに分かっている。

だから彼は彼女の言葉を信じて、これから大陸を探し続けるのだろう。その旅がいつ終わるのか、今は分からない。ルースは風に乱れた髪をかき上げると、広がる世界に向かって笑った。

「次は間に合う。どこにだって迎えに行ってやる。そうだろう？　ティナーシャ」

※

アディリランスという名で知られる帝国を作った初代皇帝がその後どうなったのか、正確な記録はどの書物にも記されていない。

しかし人々は、そして吟遊詩人たちはまことしやかにその行く末を謳い続ける。

広大な大陸を巡り、国々を渡り歩き、ついには西の大陸へと渡った彼は、そこでかつて恋した少女と再会する。

そうしてようやく結ばれた二人は、いつまでも寄り添い、幸せに暮らしたという話だ。

あとがき

いつもお世話になっております、古宮九時(ふるみやくじ)です。

『Unnamed Memory』の後日談を描く『after the end』も第三巻となりました。ここまで刊行できたのもひとえに皆様のおかげです。ありがとうございます。

この巻では大きく二つのエピソードを取り扱っており、それぞれ本編から約四百年後と五百年後のお話です。舞台も東の大陸へと移り、皇国ケレスメンティア滅亡後の大陸の様子に触れながら呪具を探す旅が続いていくことになります。

今巻で更に少し、外部者の呪具が生まれた経緯について語られることになりますが、呪具破壊の旅もこの巻でおおよその折り返しです。外部者については、別の主人公の別の長編がメインで取り扱うということもあり全ての真相がこのシリーズで明かされるわけではないのですが、こちらのシリーズでは最後をどの地点で終わらせようかな、と迷いつつ、ただ皆様が安心できるものにはなるであろうとも思っております。

ここから謝辞です。

担当様方、いつも本当にありがとうございます。仕事が色々増えてきて、お手を煩わせることが多くなり恐縮でいっぱいです。おまけに担当様方がだんだん悲劇耐性が強くなってきた気もします。このまま行くとなんかえらいことになりそうなので、次の巻はまるまるほんわかラブコメとかにしたいです。

そして、前巻からうってかわって緊迫感のある表紙を始め、また美しい情景で今作を彩ってくださったchibi先生、ありがとうございます！　思い返せば長いお付き合いになった、と思いつつ、先日お会いできてお話しできたの楽しかったです！　頂いたおせんべいが「なにこれ！　奇跡のおいしさ！」となって感激して売っている店まで調べました。いつも本当にありがとうございます。

また長月達平（ながつきたっぺい）先生には刊行当時からお世話になり、作品の転機ごとに温かいお声も頂き、ありがとうございます。お仕事でご一緒する機会には緊張で溶けそうです。草履を温めるアクションを練習しておきます！

最後に、この本をお手に取ってくださった皆様、ありがとうございます。

決して幸せなことばかりではないこの話に、寄り添ってくださる皆様がいらっしゃるということこそが幸福なことです。作中の二人が時代を旅し、土地を移動し、知り合った人間全てと別れて行かなければならない中、皆様がその旅路を知っていてくださるということにこそ、救いがあるのだと思います。

ここから先は、また新しい大陸にて新たな闘争を。

終わりへと旅する永遠の記録にお付き合いください。

それではまた、どこかの時代、いつかの場所にて。ありがとうございました！

古宮　九時

章外：月光

人は、いつごろの記憶がもっとも古い思い出になるのだろう。

ミミにとってそれはおそらく家の前、小さな花壇にいた時の記憶だ。

多分年は二歳か三歳だった。一人で花壇の前にしゃがみこみ、何かの遊びをしていたのだ。

けれどその時地面が揺れ——家の中から飛び出してきた父親に抱き取られた。

それが最初の記憶で、その時自分が泣いていたかどうか、ミミは覚えていない。

※

机の上に並べられた本。その中から少女は三冊の薄い教本を選び出した。今日は町の学校がある日なのだ。彼女はそれをまとめて小脇に抱える。

町の子であれば誰でも通える学校は、領主から援助を受けて維持されているが、毎日開かれているわけではない。そのためミミも週に三度だけある授業を受ける他には、家で自習を欠かさないよう心がけていた。

彼女は全ての荷物を鞄に詰めてしまうと、大急ぎで自室を飛び出す。居間のテーブルで書き物をしていた父に手を振りながら玄関に向かった。

「お父さん、行ってくるね！」

「気をつけろよ」

町外れにある家を出て、石畳でできた坂道を下っていく。通り過ぎる人々が、子犬のように駆けて行く彼女に気づいてくすくすと笑った。顔見知りの老女が声をかけてくる。

「ミミ、これから学校かい？」

「そう！　遅刻しちゃう！」

「あんまり走ると転ぶよ」

その心配が現実になるかのように、十字路に差し掛かったミミは、横から同じように飛び出してきた少年とぶつかりそうになった。あわてて止まろうとする少女を、彼は驚きながらも受け止める。

呆れ声がミミの頭上に響いた。

「お前、前見ろよ」

「エド！　ごめん、でも遅刻しちゃうから」

「まじで？　もうそんな時間？」

「そんな時間！」

十三歳の二人は顔を見合わせると、共に緩やかな坂道を走り出す。

いつものその光景は、町の平和を象徴するものだった。

物心つく前に母親を流行り病で喪ったミミは、町の人々曰く「母親とはあまり似ていないけれど美人」に育ったらしい。あまり自分の容姿を客観的に見ることのできない彼女は、美人かどうかよりもむしろ母親に似ることを望んだが、それは言ってもどうしようもないことだろう。長い漆黒の髪と闇色の瞳はどちらも母の色とは違っているらしいが、友達などは皆この色を珍しいと羨ましがる。それは或いは色だけではなく、人形のように繊細な美貌を持つ少女への憧憬なのかもしれない。

だが現在のミミが気にしているのは、自分の容姿よりも今後の身の振り方についてである。

「ミミは領主様のところに行かないの？」

友人の問いに、机に頬杖をついた少女は「うーん」と思案の声を上げた。

この大陸では生まれつき魔力を持った子供は、完全に長じる前に魔力の制御訓練を受けるのだが、彼女はまだこの訓練を受けていないのだ。

この小さな町には子供に制御訓練を施せる魔法士はいないため、領主の治める街にまで行かなければならないが、一年近くかかるというその訓練にミミは今まで二の足を踏み続けていた。彼女は大きな溜息をつくと友人に返す。

「でも、私がいないとお父さん料理下手だしなぁ。心配」

「親のことなんて心配してるの？　大人だもん。何とかするって。それよりわたしも大きな街に行ってみたいな」

「うーん」

ミミが他の子供たちのように憧れで町を飛び出せないのは、今の生活に充分満足しているせいかもしれない。生まれ育ったこの小さな町こそが彼女の世界で、外の土地は時に怖くさえあるのだ。

ミミは憂鬱を顕わにする。その時、背後から少年の声が投げかけられた。

「なぁ、お前ら。最近町に変な男が出るって知ってるか？」

「変な男？」

無謀とも言われる度胸のよさで知られる問題児、エドは、少女たちの疑問に力強く頷く。

「若い女が夜一人で外を歩いていると、背の高い男が現れるんだってさ。で、顔を覗きこんで『違う』って言う」

「人探しでもしてるんじゃないの？」

「最後まで聞けよ。それで、その男に会うとその場で気を失っちまうんだって。女は朝になると路上で発見されるって話」

「冷たくなって？」

思ったままを問うたのはミミだが、彼女の発言に友人の少女は慄き、エドは呆れ顔になった。少年は「ばーか」と言いつつミミの額を指で弾く。

「人死にが出てたらもっと騒ぎになってるだろ。生きてるよ。ただ二、三日ふらふらするんだとさ」

「路上で寝て風邪引いたんでしょ」

「いちいち話の腰を折るなよ、お前ら！」

「だって」

口論になるエドと友達を見ながらミミは嘆息した。

いまいちよく分からないが、つまり不審者が徘徊（はいかい）しているということだろうか。興味をなくして本を開こうとする彼女に気づくと、エドは机を叩く。

「でな？　その男は……妙に顔がいいんだとさ。で、倒れた女たちが騒いでるってわけ。怪しくないか？」

「――怪しくないぞ」

きっぱりとした結論は、いつの間にか教室に入ってきた教師のものだ。あわてて席に戻る子供たちを見回し、領主の館から派遣されてきた教師は大きく息をつく。

「とにかく君たち、無責任な噂話をしないように。あとくれぐれも夜出歩かないようにね。変な男が出るらしいってのは本当だから」

釘を刺す教師の言葉。

だがそれは好奇心旺盛な子供たちを、かえってざわめかせただけだった。

※

「ただいま！」

「おかえり。――ああ、ミミ。話があるから荷物を置いたらおいで」

「う」

家にかえってすぐの呼び出しにミミは苦い顔になってしまった。

父親が何の話をしようというのか、既に予想がついている。魔法制御訓練についての話だ。

普通は十五歳になるまでには受けるというこの訓練について、彼女は再三の打診に結論を出せないでいるのだ。うなだれて現れたミミを、父親は眼鏡越しに緑の目で一瞥する。

「ミミ。訓練の話だけどな」

「うん……」

「領主様の街の老魔法士が引き受けてもいいって話があるんだ。普段は生徒を取らない人らしいが、ミミのことを話したら特別に見てくれるらしい。行ってみないか？」

「……お父さん」

辞書の編纂を仕事としている父は、街の学者や魔法士たちにいくらかの伝手がある。その伝手を使って探してくれたのだろう訓練先に、ミミは複雑な表情を浮かべた。五年前のことが甦る。

当時まだ八歳だったミミは、ある日自分の魔力に耐えきれず高熱を出したのだ。それからしばらく、制御できない魔力が家中のものを壊し、外出することもままならず苦しみ続けた。

癇癪を起こし泣き喚いた彼女に昼夜付き添い続けたのは彼女の父親で、彼は娘の熱が下がった後、応急処置としていくつかの封飾具を彼女に与えた。魔力を封じ暴走を防ぐそれらの装身具は、今でもミミの首や指を慎ましやかに飾り彼女の魔力を抑えているが、成長していく彼女の力をそれらがやがて抑えきれなくなるであろうこともまた明らかだ。

ミミ自身、あの時のことを思い出すと、強い恐怖と不安が湧いてくる。それは自分の力への恐怖であり、同時に父親と離れることへの不安だ。

顔を曇らす娘に、父は息を一つついて続ける。

「いつかはやらなければならないことだ。それは分かっているんだろう？」

「分かる……。でも、私、この町を出たくないの」

「ミミ」

自分でもどうしてだかよく分からない。

ただこの町を離れ、遠くの場所で暮らすことが怖いのだ。彼女が黒い目を伏せると、父親はしばしの沈黙のあとかぶりを振る。

「訓練は長くて一年かかる。が、その魔法士なら半年で充分制御できるようにしてくれるらしいし、生徒の努力によっては三カ月でも可能だそうだ。ミミ。お前は三カ月でも嫌なのか？」

「三カ月？」

ミミはぱっと顔を上げる。

――本当に頑張ればそれで帰ってこられるのだろうか。

思ってもみなかった期間の短縮に少女の目に期待が混ざった。父は苦笑する。

「どうだ、ミミ。頼んでみるか？」

落ち着いた優しい声。

彼女は耳馴染むその声に考えこむと「頼んでみたい」と小さく結論を出したのだった。

※

夕食を終えたミミは自室に戻ると寝台にもぐりこんだ。

暗い部屋はいつも通りの静かだったが、新たな進路を決めたせいか胸騒ぎがして寝つけない。

それでもひたすら目を閉じて眠りにつこうとミミが努力していると、窓を叩く小さな音がした。

彼女がおそるおそる体を起こしてみると、誰かが外から部屋の窓を叩いている。

「エド?」

そこにいたのは彼女の幼馴染だ。ミミは起き上がって窓を開けるとやって来た少年を覗きこんだ。

彼は何故か手に長い木の棒を持っている。

「何? どうしたの?」

「ミミ、一緒に怪しい男の正体を掴みに行こう」

「え?」

それは昼間の話だろうか。夜出歩くなと言われたばかりにもかかわらず、好奇心だけで動いているらしい少年に彼女は思わず脱力した。何と注意しようか迷っていると、エドはにやりと笑う。

「大丈夫だって。上手く正体を暴ければ大人も怒らないだろ? 来いよ」

「何言ってるの……駄目に決まってるじゃない。大体なんで私なの?」

「お前魔法使えるんだろ?」

「使えないよ……」

　使えないからこそ制御訓練に出なければならないのだ。

　ミミは自分の言葉に凹（へこ）んでしまったが、エドはお構いなしに持っていた木の棒で夜空を指した。妙な自信に溢れた態度で笑いかける。

「使えないって思ってるだけだろ。ここで上手く使えて怪しい男を捕まえられたら、訓練とやらをしなくてよくなるんじゃないか？」

「そんな……。……そうなのかな」

「そうだよ。ほら、来いって」

　差し出された手を見ながら、ミミは考えこむ。

　結局彼女は誘惑に負けると、エドの手を借りて窓枠を乗り越えた。

　既に深夜近い町には人通りもない。いつもそうなのか、それとも怪しい男の話が広まって皆が用心しているからかは分からない。

　通りを行く二人を月が照らし出す。風の音、虫の声だけが聞こえる町外れ。怪しい男が出たとされる道を、エドとミミは並んで歩いていった。少年は肩に木の棒を担ぎ、少女は不安げな目であちこちを見回す。背丈の低い二人組は、もし町の大人たちに見つかってしまえばまず間違いなく叱責を受けるだろう。

　だが、道にはまだ誰の姿もない。ミミは自分の体を抱きながら隣の少年に問いかけた。

「その人が現れたらどうするの？　エド、それで殴るの？」

「やばそうだったら殴る」

「どこで判断するのよ、それ」

「何とかなるだろ。見れば分かるって」

まったく無計画この上ない。昔からよくエドは無茶なことばかりを好んで大人たちに怒られてきた。幼馴染が放っておけなくてついていったミミが一緒に叱られることなど日常茶飯事だ。

だが自分から家を抜け出した以上、ミミもあまり彼のことを責められない。彼女は肩を震わせ夜空を見上げた。青白い月。いつの時代もどこにあっても変わらぬそれを無言で仰ぐ。

そのままどれくらい空を見ていたのか。首がすっかり固定されてしまった頃、エドが彼女を呼ぶ。

「おい、ミミ」

「何?」

「あれ見てみろ……」

彼が指差す先にあるものは二つの人影だ。

一つは背の高い男で、一つは彼らより数歳年上の娘のものに見える。

向かい合って立つ男女の顔は影になって見えない。だが不穏な空気にミミが息を殺した時、娘は石畳へと崩れ落ちた。

「エ、エド!」

ミミが声を上げるのと、エドが走り出したのはほぼ同時だ。

少年は飛ぶような速度で距離を詰めると、男に向かって木の棒を振り上げる。

しかしその先制は、相手の男が横に避けたことで空振りに終わった。たたらを踏むエドに男の手が伸びる。

「やめて！」

ミミは叫ぶ。いつ駆け出していたのか自分でも分からない。だが彼女は必死で二人の間に飛びこむと、両手を広げて幼馴染を庇った。

魔法の使い方など分からない。ただ両眼に意志だけを込めて見知らぬ男を睨む。

男は驚いて手を止めると小柄な少女を見た。青い瞳が軽く見開かれる。

――知っている。

そう思ったのは、男の瞳の色だ。

日が落ちきった後の空の色。夜が始まる直前の澄んだ青。

初めて見るはずの色がどうしてこんなにも懐かしいのか。頭の奥底が痛む錯覚にミミは眉を寄せた。その顔に男の手が伸びる。

「見つけた」

よく通る声が響く。大きな掌が彼女の頬に触れようとした。

ミミは一歩後ずさる。その手を後ろから少年が摑んだ。

夜の空気を何かが切り裂いて飛ぶ。

「……あ」

我に返った時、ミミはエドに引っ張られて石畳に倒れこんでいた。少年は彼女を庇うように前に出ている。

しかし既に男の姿はどこにもない。

ただ後には生温かい夜風と、倒れている娘が取り残されているだけだ。

「ミミ、怪我はないか？」

差し伸べられた手を取るまでの間、彼女は何も言わなかった。

そうして立ち上がったミミが空を見上げた時、そこには変わらぬ月が静謐な光を放っていた。

※

家に戻ったミミは窓からではなく玄関から中へと入った。

鍵はかかっていない。そんな気がしたのだ。彼女は真っ直ぐ居間へと向かう。そこにはランプの灯りで仕事をしている父が起きていた。彼はミミに気づくと眼鏡を押し上げる。

「どうした。どこに行ってたんだ。こんな夜中に」

「知っているんでしょう？」

美しい声は夜の部屋の空気を変える。

少女はほろ苦い微笑を零すと男の前に立った。白い手を伸ばして彼の眼鏡を取る。

「何でこんなものかけてるんですか」

それは真実を指摘する言葉だ。彼は一拍の沈黙を置いて彼女に応える。

「いつ気づいた？」

「さっき外で。あの魔力食いの魔族を追い払ったのは貴方ですよね？　オスカー」

娘のものではない嫣然とした声。「魔女」の問いを受けて男は微苦笑した。彼は右手で自分の瞼に触れると魔法で変えていた目の色を戻す。

八十年ぶりの邂逅。それを血の繋がらない親子として果たした二人は、しばしの沈黙を以て見つめあった。ティナーシャは女の仕草で彼の膝の上に乗る。

「私だって気づいて育てていたんですか？」

「ああ。行き倒れている女を助けた時には既に出産間近で……お前の魔力の波動がした。凄い幸運を引いたと思った」

「そのまま何も言わないで十三年も父親を？　何で教えてくれなかったんです」

詰るように理由を尋ねる女にオスカーは肩を竦める。青い瞳が代わりのない愛情を湛えて少女を捉えた。

「一度お前に、普通の子供時代を過ごさせてやりたいと思っていた」

だから何も言わずに父として振舞った。

かつてそうして彼女と、子供たちを育てた時のように。

オスカーは苦笑して前髪をかきあげる。

「最低でも十五年はそのままでいようと思っていたが……お前が二歳の時、地震があってな。あわてて拾いに行ったらお前、俺を本来の名前で呼んだんだ。その時から目の色を変えて眼鏡をかけた。――覚えているか？」

「……全然」

父としてはルースの方の名を使っていた彼は、幼児の彼女に本当の名を呼ばれて驚愕したのだろう。その時から細心の注意を払って接していたに違いない。時には温かく、時には厳しく自分を躾(しつ)けてきた「父親」をティナーシャは困ったような目で見やる。

どれほどの愛情をかけてくれていたのだろう。

少し気を緩めれば泣いてしまいそうで、だから微笑むしかできなかった。

彼女は小さく頷くと男の胸に寄りかかる。

「おかげさまで楽しかったです。とても……幸せでした」

「ならよかった」

肩の荷を下ろしたかのような仕草で男は伸びをした。その頬に手を添え、魔女は口付けを贈る。

息を止め交わす無言の時間。

ゆっくりと顔を離したティナーシャにオスカーは溜息をつくと――

「できれば姿を成長させてくれ。非常に落ち着かなくて困る」と零したのだった。


こうして、歴史の裏側を行く旅がまた始まる。

お子守りドラゴン

小さな子供を一人で育てるのは、想像以上の神経を使う。

——ということをオスカーが痛感したのは、ミミが二歳になった頃のことだ。

「オスカー！　オスカー！」

「大丈夫だからもう泣くな」

ぎゃんぎゃんと泣きわめく子供を抱き上げてあやす。

ほんの少し、洗い物をしている間、家の前で遊んでいたと思ったら地震が起きたのだ。あわてて拾いに行ったところ、地震よりも父親の剣幕に驚いたのか手がつけられなくなってしまった。しかも教えた覚えのない名前を呼ばれている。

困り果てたオスカーはそこから娘の気を逸らせて落ち着かせるのに、一時間を要した。ミミが昼寝をしてしまうと、そばでその様子を見ながら仕事を始める。

寝ていたと思ったミミがいつの間にか起きていて、引き出しをひっくり返したのはその一時間後のことだ。

「……これはまずい」

ひっくり返された引き出しは、本来ならミミの手が届かない位置だった。にもかかわらず近くにあった箱を踏み台にして引っ張って落としたのだ。中には鞘に入っていたとは言えナイフもあったので危なかった。そもそもなんでティナーシャのはずなのにこんなに寝ないのか。おかしい。放っておくと半日寝ているようになるのは何歳からなのだろう。

ミミの母親は、ミミが一歳を過ぎた頃に病で亡くなった。それまでオスカーは、対外的には夫として、内実は母子を支える同居家族として育児に携わってきた。

だからそれなりに「慣れた」と思っていたのだ。けれどそれは慢心でしかなく、ミミがやることは日々進歩していく。このまま予想外を突き続けられると厳しい。

床に座っているオスカーは、胡坐をかいた足の上でうつぶせに力尽きているミミを見た。

考えて考えて、とあることを思いつく。

「そうだ」

膝上のミミを起こさないように、オスカーはそっと持ち上げて長椅子に寝かせると、寝室に小さな箱を取りに行く。その箱に入っているのは、小さな澄んだ水晶球だ。妻である魔女が作ったそれをオスカーは取り出すと名を呼ぶ。

「ナーク」

主人の声に応えて、石球は赤い光を放つ。

その光が消えた時、現れたのは小さな紅いドラゴンだ。寿命を保つため魔法で休眠していたドラゴンは、主人の姿を見るなり喜びの声を上げて飛びついてきた。久しぶりのその体をオスカーは笑って抱き取る。

「いい夢を見ていたか？　起こしてしまってすまないな」

ナークは翼を羽ばたかせて楽しげな声を上げる。

その声が届いたのか、居間の方で何かが床に落ちる音がした。

「……しまった」

ナークを頭に載せて、オスカーはあわてて居間に戻る。

そこにいたのは、長椅子からクッションの上に落ちて泣いているミミで、けれど彼女はすぐにナークを見つけると泣き止んで目を輝かせた。

「にゃー！　にゃー！」

「猫じゃないんだ……あ、ナーク、待て」

ミミが誰であるのかすぐ分かったらしく、ナークはオスカーの頭から彼女の伸ばした手の中に飛んでいく。飛んでいって、当然のようにもみくちゃにされた。

翼を引っ張られてぎょっとしているナークを、オスカーは急いでミミから取り上げる。泣き出すミミとあえて視線を合わせないようにしつつ、オスカーはナークに頼んだ。

「見た通りなんだ。俺が仕事や家のことをしている間、こいつが怪我をしないように見てやって欲しい。子供だけあって加減が分からないから、自分を守りながらやってくれ……」

どことなく途方にくれた主人の命令に、ナークはオスカーとミミを交互に見ると、了承の声を

「きゅいっ！」と上げる。

オスカーは申し訳なさを覚えつつも、今度はミミに言った。

「いいか、ナークだ。ドラゴンだ。生きている動物だから乱暴しちゃ駄目だ」

「にゃー！　にゃー！」

「乱暴しないと約束しなさい。痛がって可哀想だろう」

「にゃー！」

「話が通じない……助けてくれティナーシャ……」

当然と言えば当然だが途方もない。一方、ナークの方は事情を把握したらしく、オスカーに頭を擦り寄せると、自分からミミの手元に飛んでいった。自分を抱き取る幼児の力加減が強すぎる時は小さな威嚇を挟みながら、ミミと遊び始める。

オスカーと違ってナークは、ティナーシャの娘であるフィストリアと赤子の頃から付き合いがあったのだ。子守りにもある程度耐性があるのかもしれない。

「本当に……よろしく頼む……すまない……」

ティナーシャには平凡で幸福な子供時代を送らせてやりたい。だから「早く大きくなって欲しい」とは別に思っていないのだが、それはそれとして怪我をせず危ない目に遭わずにいて欲しい。

オスカーは、宙を飛び回るナークとよたよたとそれを追っていくミミを見送る。ミミがよろめくとすかさずナークが旋回して受け止めにいくあたり、任せてもよさそうな気がする。オスカーは落ち着かない気分で一人と一匹を見ながら、居間のテーブルで仕事を再開する。

そうしてミミが少しずつ大きくなり、外に出て友達と遊ぶようになった頃、ナークは子守りの役目を終えて屋敷に戻っていった。ミミの魔力が増してきたこともあり、「ごく普通の子供」はドラゴンと一緒に育たないから、というオスカーの断腸の思いでの決断だ。

五歳になったミミはしばらくの間、ナークがいなくなったことで泣いて家中を探していたが、やがて諦めたのか落ち着きを取り戻した。そうして幼児は少女になった。

「――お父さん、私って小さい頃にドラゴンと暮らしてなかった？」

十三歳になった娘にそう問われて、オスカーはぎくりと緊張する。

緊張したが、表情には出さずに返した。

「いや？　記憶違いじゃないか？　ドラゴンが普通の家にいるわけないだろう」

「そっかー、そっかー？」

首を捻りながらもミミは「現実的ではない」という理由で納得したらしく、「一緒に寝てた気がしたんだけどなー」と言いながら自分の部屋に帰っていく。

後日オスカーは、記憶を取り戻したティナーシャに「何で嘘つくんですか」と呆れられた。

Unnamed Memory年表（アイティリス大陸共通暦）

正史『Unnamed Memory — after the end』

2063年	霧の槍、発掘。
2064年	逸脱者夫婦がロツィとファラースを拾う。
2066年	ベモン＝ビィが作られる。
2071年	ベモン＝ビィが初めて他国と会談を行う。
2081年	ベモン＝ビィ滅亡。
2090年	ウィリディス城完成。
2171年	ルース誕生。
2184年	シェライーデ誕生。 ルースがウィリディス城に放逐される。
2199年	ノイディアの政変。
2209年	リサイ・ノイディア・ランバルドが統一され、 アディリランス帝国が樹立する。
2264年	ミミ誕生。

Memory』コミック版

メモリー

コミックで
新たに語られる
オスカーと
ティナーシャの
愛と呪いの一大叙事詩——。

物語は『Unnamed Memory』の三百年後へ――。

《異世界》へ迷い込んだ少女は
大陸を変革し、世界の真実を暴く。

STORY

現代日本から突如異世界に迷い込んでしまった女子大生の水瀬雫。
剣と魔法が常識の世界に降り立ってしまい途方に暮れる彼女だったが、
魔法文字を研究する風変わりな魔法士の青年・エリクと偶然出会う。

「――お願いします、私を助けてください」

「いいよ。でも代わりに
一つお願いがある。
僕に、君の国の
文字を教えてくれ」

エリク
魔法文字を研究する
魔法士の青年。

雫
現代日本から
やってきた女子大生。

日本へと帰還する術を探すため、
魔法大国ファルサスを目指す旅に出る二人。
その旅路は、不条理で不可思議な謎に満ちていて。
――そうして、運命は回りだした。
これは、言葉にまつわる物語。
二人の旅立ちによって胎動をはじめたばかりの、世界の希望と変革の物語。

電撃の新文芸

Unnamed Memory
-after the end-Ⅲ

著者／古宮九時
イラスト／chibi

2023年10月17日　初版発行

発行者／山下直久
発行／株式会社ＫＡＤＯＫＡＷＡ
〒102-8177　東京都千代田区富士見2-13-3
0570-002-301（ナビダイヤル）
印刷／図書印刷株式会社
製本／図書印刷株式会社

【初出】
本書は、著者の公式ウェブサイト「no-seen flower」にて掲載されたものに加筆、訂正しています。

ISBN978-4-04-915288-3　C0093　Printed in Japan

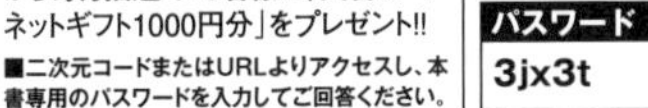

ファンレターあて先
〒102-8177
東京都千代田区富士見2-13-3
電撃の新文芸編集部

「古宮九時先生」係
「chibi先生」係

異世界のすみっこで快適ものづくり生活
～女神さまのくれた工房はちょっとやりすぎ性能だった～

著／長田信織
イラスト／東上文

転生ボーナスは趣味のモノづくりに大活躍——すぎる!?

ブラック労働の末、異世界転生したソウジロウ。「味のしないメシはもう嫌だ。平穏な田舎暮らしがしたい」と願ったら、魔境とされる森に放り出された!? しかもナイフ一本で。と思ったら、実はそれは神器〈クラフトギア〉。何でも手軽に加工できて、趣味のモノづくりに大活躍！ シェルターや井戸、果てはベッドまでも完備して、魔境で快適ライフがスタート！ 神器で魔獣を瞬殺したり、エルフやモフモフなお隣さんができたり、たまにとんでもないチートなんじゃ、と思うけど……せっかく手に入れた二度目の人生を楽しもうか。